Christoph Martin Wieland

Oberon

Christoph Martin Wieland

Oberon

Ein romantisches Heldengedichtin zwölf Gesängen

Sammlung Zenodot

Christoph Martin Wieland: Oberon. Ein romantisches Heldengedichtin zwölf Gesängen

Veröffentlicht in der Zenodot Verlagsgesellschaft mbH
Berlin, 2008
http://www.zenodot.de/
Gestaltung und Satz: Zenodot Verlagsgesellschaft mbH
Druck und Bindung: Books on Demand GmbH, Norderstedt

ISBN 978-3-86640-484-7

Erstdruck in: Teutscher Merkur (Weimar), 1. Vierteljahr, 1780. Hier in der Fassung von 1796.

Inhalt

An den Leser

Die Romanzen und Ritterbücher, womit Spanien und Frankreich im zwölften, dreizehnten und vierzehnten Jahrhundert ganz Europa so reichlich versehen haben, sind, eben so wie die fabelhafte Götter- und Heldengeschichte der Morgenländer und der Griechen, eine Fundgrube von poetischem Stoffe, welche, selbst nach allem was Bojardo, Ariost, Tasso, Allemanni, und andere daraus gezogen haben, noch lange für unerschöpflich angesehen werden kann.

Ein großer Teil der Materialien zu gegenwärtigem Gedichte, besonders dessen was man in der Kunstsprache die Fabel nennt, ist aus dem alten Ritterbuche von Huon de Bordeaux genommen, welches durch einen der Bibliotheque Universelle des Romans einverleibten freien Auszug, aus der Feder des verstorbenen Grafen von Tressan, allgemein bekannt ist. Aber der Oberon, der in diesem alten Ritterromane die Rolle des Deus ex machina spielt, und der Oberon, der dem gegenwärtigen Gedichte seinen Namen gegeben, sind zwei sehr verschiedene Wesen. Jener ist eine seltsame Art von Spuk, ein Mittelding von Mensch und Kobold, der Sohn Julius Cäsars und einer Fee, der durch eine sonderbare Verzauberung in einen Zwerg verwandelt ist; der meinige ist mit dem Oberon, welcher in Chaucers Merchant's-Tale und Shakespeares Midsummer-Night's-Dream als ein Feen- oder Elfenkönig (King of Fairies) erscheint, eine und eben dieselbe Person; und die Art, wie die Geschichte seines Zwistes mit seiner Gemahlin Titania in die Geschichte Hüons und Rezias eingewebt worden, scheint mir (mit Erlaubnis der Kunstrichter) die eigentümlichste Schönheit des Plans und der Komposition dieses Gedichtes zu sein.

In der Tat ist Oberon nicht nur aus zwei, sondern, wenn man es genau nehmen will, aus drei Haupthandlungen zusammen gesetzt: nämlich, aus dem Abenteuer, welches Hüon auf Befehl des Kaisers zu bestehen übernommen, der Geschichte seiner Liebesverbindung mit Rezia, und der Wiederaussöhnung der Titania mit Oberon; aber diese drei Handlungen oder Fabeln sind dergestalt in Einen Hauptknoten verschlungen, daß keine ohne die andere bestehen oder einen glücklichen Ausgang gewinnen konnte. Ohne Oberons Beistand würde Hüon Kaiser Karls Auftrag unmöglich haben ausführen können: ohne seine Liebe zu Rezia, und ohne die Hoffnung, welche Oberon auf die Treue und Standhaftigkeit der beiden Liebenden, als Werkzeugen seiner eignen Wiedervereinigung mit Titania, gründete, würde dieser Geisterfürst keine Ursache gehabt haben, einen so innigen Anteil an ihren Schicksalen zu nehmen. Aus dieser auf wechselseitige Unentbehrlichkeit gegründeten Verwebung ihres verschiedenen Interesse entsteht eine Art von *Einheit,* die, meines Erachtens, das Verdienst der *Neuheit* hat, und deren gute Wirkung der Leser durch seine eigene Teilnehmung an den sämtlichen handelnden Personen zu stark fühlt, als daß sie ihm irgend ein Kunstrichter wegdisputieren könnte.

An Se. Durchlaucht den Prinzen August
von Sachsen-Gotha und Altenburg

Der Grazien schönste weiht, am Altar
der Freundschaft, *Bester Prinz, Dir* diese Blumen,
gepflegt von einer Muse die Du liebst.
Sie blühten unter *Deinen* Blicken auf,
und *Du* ergötztest Dich an ihrem Duft.
Bescheiden ist ihr Glanz; allein mir sagt's
ein Genius, sie werden nie verblühen:
und wenn dereinst nichts übrig ist von mir
als sie – und auch von *Dir,* o *Du* Geliebter,
nichts übrig ist, als *Deiner* schönen Seele
und aller *Deiner* holden Tugenden
Erinnerung: dann werden noch die Musen,
stilltraurend – denn wer liebte sie wie *Du*? –
die unverwelklichen um *Deine* Urne winden.

Ester Gesang

1.

Noch einmal sattelt mir den Hippogryphen, ihr Musen,
Zum Ritt ins alte romantische Land!
Wie lieblich um meinen entfesselten Busen
Der holde Wahnsinn spielt! Wer schlang das magische Band
Um meine Stirne? Wer treibt von meinen Augen den Nebel
Der auf der Vorwelt Wundern liegt,
Ich seh, in buntem Gewühl, bald siegend, bald besiegt,
Des Ritters gutes Schwert, der Heiden blinkende Säbel.

2.

Vergebens knirscht des alten Sultans Zorn,
Vergebens dräut ein Wald von starren Lanzen:
Es tönt in lieblichem Ton das elfenbeinerne Horn,
Und, wie ein Wirbel, ergreift sie alle die Wut zu tanzen;
Sie drehen im Kreise sich um bis Sinn und Atem entgeht.
Triumph, Herr Ritter, Triumph! Gewonnen ist die Schöne.
Was säumt ihr? Fort! der Wimpel weht;
Nach Rom, daß euern Bund der heilge Vater kröne!

3.

Nur daß der süßen verbotenen Frucht
Euch ja nicht vor der Zeit gelüste!
Geduld! der freundlichste Wind begünstigt eure Flucht,
Zwei Tage noch, so winkt Hesperiens[1] goldne Küste.
O rette, rette sie, getreuer Scherasmin,
Wenn's möglich ist! – Umsonst! die trunknen Seelen hören
Sogar den Donner nicht. Unglückliche, wohin
Bringt euch ein Augenblick! Kann Liebe so betören?

4.

In welches Meer von Jammer stürzt sie euch!
Wer wird den Zorn des kleinen Halbgotts schmelzen?
Ach! wie sie Arm in Arm sich auf den Wogen wälzen!
Noch glücklich durch den Trost, zum wenigsten zugleich
Eins an des andern Brust zu sinken ins Verderben.

9

Ach! hofft es nicht! Zu sehr auf euch erbost
Versagt euch Oberon sogar den letzten Trost,
Den armen letzten Trost des Leidenden, zu sterben!

5.

Zu strengern Qualen aufgespart
Seh ich sie hülflos, nackt, am öden Ufer irren:
Ihr Lager eine Kluft, mit einer Hand voll dürren
Halb faulem Schilf bestreut! und Beeren wilder Art,
Die kärglich hier und dort an kahlen Hecken schmoren,
All ihre Kost! In dieser dringenden Not
Kein Hüttenrauch von fern, kein hülfewinkend Boot,
Glück, Zufall und Natur zu ihrem Fall verschworen!

6.

Und noch ist nicht des Rächers Zorn erweicht,
Noch hat ihr Elend nicht die höchste Stuf erreicht;
Es nährt nur ihre strafbarn Flammen,
Sie leiden zwar, doch leiden sie beisammen.
Getrennt zu sein, so wie in Donner und Blitz
Der wilde Sturm zwei Bruderschiffe trennet,
Und ausgelöscht, wenn im geheimsten Sitz
Der Hoffnung noch ein schwaches Flämmchen brennet:

7.

Dies fehlte noch! – O du, ihr Genius einst, ihr Freund!
Verdient, was Liebe gefehlt, die Rache sonder Grenzen?
Weh euch! Noch seh ich Tränen in seinen Augen glänzen;
Erwartet das Ärgste wenn Oberon weint! –
Doch, Muse, wohin reißt dich die Adlersschwinge
Der hohen trunknen Schwärmerei?
Dein Hörer steht bestürzt, er fragt sich was dir sei,
Und deine Gesichte sind *ihm* geheimnisvolle Dinge.

8.

Komm, laß dich nieder zu uns auf diesen Kanapee,
Und – statt zu rufen, »ich seh, ich seh«,
Was niemand sieht als Du – erzähl uns fein gelassen

Wie alles sich begab. Sieh, wie mit lauschendem Mund
Und weit geöffnetem Auge die Hörer alle passen,
Geneigt zum gegenseitigen Bund,
Wenn du sie täuschen kannst sich willig täuschen zu lassen.
Wohlan! so höret denn die Sache aus dem Grund!

9.

Der Paladin, mit dessen Abenteuern
Wir euch zu ergetzen (sofern ihr noch ergetzbar seid)
Entschlossen sind, war seit geraumer Zeit
Gebunden durch sein Wort nach Babylon zu steuern.
Was er zu Babylon verrichten sollte, war
Halsbrechend Werk, sogar in Karls des Großen Tagen:
In unsern würd es, auf gleiche Gefahr,
Um allen Ruhm der Welt kein junger Ritter wagen.

10.

»Sohn«, sprach sein Oheim zu ihm, der heilge Vater in Rom,
Zu dessen Füßen, mit einem reichlichen Strom
Bußfertger Zähren angefeuchtet,
Er, als ein frommer Christ, erst seine Schuld gebeichtet;
»Sohn«, sprach er, als er ihm den Ablaß segnend gab,
»Zeuch hin in Frieden! Es wird dir wohl gelingen
Was du beginnst. Allein vor allen Dingen,
Wenn du nach Joppen kommst, besuch das heilge Grab!«

11.

Der Ritter küsset ihm in Demut den Pantoffel,
Gelobt Gehorsam an, und zieht getrost dahin.
Schwer war das Werk, wozu der Kaiser ihn
Verurteilt hatte; doch, mit Gott und Sankt Christoffel
Hofft er zu seinem Ruhm sich schon heraus zu ziehn.
Er steigt zu Joppen aus, tritt mit dem Pilgerstabe
Die Wallfahrt an zum werten heilgen Grabe,
Und fühlt sich nun an Mut und Glauben zwiefach kühn.

12.

Drauf geht es mit verhängtem Zügel

Auf Bagdad los. Stets denkt er, »kommt es bald?«
Allein da lag noch mancher steile Hügel
Und manche Wüstenei und mancher dicke Wald
Dazwischen. Schlimm genug, daß in den Heidenlanden
Die schöne Sprache von Ok^2 was Unerhörtes war:
»Ist dies der nächste Weg nach Bagdad?« fragt er zwar
An jedem Tore, doch von keiner Seele verstanden.

13.

Einst traf der Weg der eben vor ihm lag
Auf einen Wald. Er ritt bei Sturm und Regen
Bald links bald rechts den ganzen langen Tag,
Und mußt oft erst mit seinem breiten Degen
Durchs wilde Gebüsch sich einen Ausgang haun.
Er ritt Berg an, um freier umzuschaun.
Weh ihm! Der Wald scheint sich von allen Seiten,
Je mehr er schaut, je weiter auszubreiten.

14.

Was ganz natürlich war däucht ihm ein Zauberspiel.
Wie wird ihm erst, da in so wilden Gründen,
Woraus kaum möglich war bei Tage sich zu finden,
Zuletzt die Nacht ihn überfiel!
Sein Ungemach erreichte nun den Gipfel.
Kein Sternchen glimmt durch die verwachsnen Wipfel;
Er führt sein Pferd so gut er kann am Zaum,
Und stößt bei jedem Tritt die Stirn an einen Baum.

15.

Die dichte rabenschwarze Hülle
Die um den Himmel liegt, ein unbekannter Wald,
Und, was zum ersten Mal in seine Ohren schallt,
Der Löwen donnerndes Gebrülle
Tief aus den Bergen her, das, durch die Todesstille
Der Nacht noch schrecklicher, von Felsen widerhallt:
Den Mann, der nie gebebt in seinem ganzen Leben,
Den machte alles dies zum ersten Mal erbeben!

12

16.

Auch unser Held, wiewohl kein Weibessohn
Ihn jemals zittern sah, fühlt doch bei diesem Ton
An Arm und Knie die Sehnen sich entstricken,
Und wider Willen läuft's ihm eiskalt übern Rücken.
Allein den Mut, der ihn nach Babylon
Zu gehen treibt, kann keine Furcht ersticken;
Und mit gezognem Schwert, sein Roß stets an der Hand,
Ersteigt er einen Pfad, der sich durch Felsen wand.

17.

Er war nicht lange fortgegangen,
So glaubt er in der Fern den Schein von Feuer zu sehn.
Der Anblick pumpt sogleich mehr Blut in seine Wangen,
Und, zwischen Zweifel, und Verlangen
Ein menschlich Wesen vielleicht in diesen öden Höhn
Zu finden, fährt er fort dem Schimmer nachzugehn,
Der bald erstirbt und bald sich wieder zeiget
So wie der Pfad sich senket oder steiget.

18.

Auf einmal gähnt im tiefsten Felsengrund
Ihn eine Höhle an, vor deren finsterm Schlund
Ein prasselnd Feuer flammt. In wunderbaren Gestalten
Ragt aus der dunkeln Nacht das angestrahlte Gestein,
Mit wildem Gebüsche versetzt, das aus den schwarzen Spalten
Herab nickt, und im Widerschein
Als grünes Feuer brennt. Mit lustvermengtem Grauen
Bleibt unser Ritter stehn, den Zauber anzuschauen.

19.

Indem schallt aus dem Bauch der Gruft ein donnernd »Halt!«
Und plötzlich stand vor ihm ein Mann von rauher Gestalt,
Mit einem Mantel bedeckt von wilden Katzenfellen,
Der, grob zusammen geflickt, die rauhen Schenkel schlug;
Ein graulich schwarzer Bart hing ihm in krausen Wellen
Bis auf den Magen herab, und auf der Schulter trug
Er einen Cedernast, als Keule, schwer genug

Den größten Stier auf Einen Schlag zu fällen.

20.

Der Ritter, ohne vor dem Mann
Und seiner Ceder und seinem Bart zu erschrecken,
Beginnt in der Sprache von Ok, der einzgen die er kann,
Ihm seinen Notstand zu entdecken.
»Was hör ich« ruft entzückt der alte Waldmann aus,
»O süße Musik vom Ufer der Garonne!
Schon sechzehnmal durchläuft den Sternenkreis die Sonne,
Und alle die Zeit entbehr ich diesen Ohrenschmaus.

21.

Willkommen, edler Herr, *auf Libanon,* willkommen!
Wiewohl sich leicht erachten läßt
Daß ihr den Weg in dieses Drachennest
Um meinetwillen nicht genommen.
Kommt, ruhet aus, und nehmt ein leichtes Mahl für gut,
Wobei die Freundlichkeit des Wirts das Beste tut.
Mein Wein (er springt aus diesem Felsenkeller)
Verdünnt das Blut, und macht die Augen heller.«

22.

Der Held, dem dieser Gruß gar große Freude gab,
Folgt ungesäumt dem Landsmann in die Grotte,
Legt traulich Helm und Panzer ab,
Und steht entwaffnet da, gleich einem jungen Gotte.
Dem Waldmann wird als rühr ihn Alquifs[3] Stab,
Da jener itzt den blanken Helm entschnallet,
Und ihm den schlanken Rücken hinab
Sein langes gelbes Haar in großen Ringen wallet.

23.

»Wie ähnlich«, ruft er, »o wie ähnlich, Stück für Stück!
Stirn, Auge, Mund und Haar!« – »Wem ähnlich?« fragt der Ritter.
»Verzeihung, junger Mann! Es war ein Augenblick,
Ein Traum aus beßrer Zeit! so süß, und auch so bitter!
Es kann nicht sein! – Und doch, wie euch dies schöne Haar

Den Rücken herunter fiel, war mir's ich seh Ihn selber
Von Kopf zu Fuß. Bei Gott! sein Abdruck, ganz und gar;
Nur Er von breitrer Brust, und eure Locken gelber.

24.

Ihr seid, der Sprache nach, aus meinem Lande; vielleicht
Ist's nicht umsonst, daß ihr dem guten Herrn so gleicht,
Um den ich hier in diesem wilden Haine,
So fern von meinem Volk, schon sechzehn Jahre weine.
Ach! ihn zu überleben war
Mein Schicksal! Diese Hand hat ihm die Augen geschlossen,
Dies Auge sein frühes Grab mit treuen Zähren begossen,
Und itzt, ihn wieder in euch zu sehn, wie wunderbar!«

25.

»Der Zufall spielt zuweilen solche Spiele«,
Versetzt der Jüngling. – »Sei es dann«,
Fährt jener fort, »genug, mein wackrer junger Mann,
Die Liebe, womit ich mich zu euch gezogen fühle,
Ist traun! kein Wahn; und gönnet ihr den Lohn
Daß Scherasmin bei euerm Namen euch nenne?«
»Mein Nam ist Hüon, Erb und Sohn
Des braven Siegewin, *einst* Herzogs von Guyenne.«

26.

»O!« ruft der Alte, der ihm zu Fußen fällt,
»So log mein Herz mir nicht! O tausendmal willkommen
In diesem einsamen unwirtbarn Teil der Welt,
Willkommen, Sohn des ritterlichen, frommen,
Preiswerten Herrn, mit dem in meiner bessern Zeit
Ich manches Abenteur in Schimpf[4] und Ernst bestanden!
Ihr hüpftet noch im ersten Flügelkleid,
Als wir zum heilgen Grab zu fahren[5] uns verbanden.

27.

Wer hätte dazumal gedacht,
Wir würden uns in diesen Felsenschlünden
Auf Libanon nach achtzehn Jahren finden?

Verzweifle keiner je, dem in der trübsten Nacht
Der Hoffnung letzte Sterne schwinden!
Doch, Herr, verzeiht daß mich die Freude plaudern macht.
Laßt mich vielmehr vor allen Dingen fragen,
Was für ein Sturmwind euch in dieses Land verschlagen?«

28.

Herr Hüon läßt am Feuerherd
Auf einer Bank von Moos sich mit dem Alten nieder,
Und als er drauf die reisemüden Glieder
Mit einem Trunk, so frisch die Quelle ihn beschert,
Und etwas Honigseim gestärket,
Beginnt er seine Geschichte dem Wirt erzählen, der sich
Nicht satt an ihm sehen kann, und stets noch was bemerket
Worin sein vorger Herr dem jungen Ritter glich.

29.

Der junge Mann erzählt, nach Art der lieben Jugend,
Ein wenig breit: wie seine Mutter ihn
Bei Hofe (dem wahren Ort um Prinzen zu erziehn)
Gar fleißig zu guter Lehr und ritterlicher Tugend
Erzogen; wie schnell der Kindheit lieblicher Traum
Vorüber geflogen; und wie, so bald ihm etwas Flaum
Durchs Kinn gestochen, man ihn zu Bordeaux, von den Stufen
Des Schlosses, mit großem Pomp zum Herzog ausgerufen;

30.

Und wie sie drauf in eitel[6] Lust und Pracht,
Mit Jagen, Turnieren, Banketten, Saus und Brause,
Zwei volle Jahre wie einzelne Tage verbracht;
Bis Amory, der Feind von seinem Hause,
Beim Kaiser (dessen Huld sein Vater schon verscherzt)
Ihn hinterrücks gar böslich angeschwärzt;
Und wie ihn Karl, zum Schein in allen Gnaden,
Nach Hofe, zum Empfang der Lehen, vorgeladen;

31.

Wie sein besagter Feind, der listige Baron

Von Hohenblat, mit Scharlot, zweitem Sohn
Des großen Karls, dem schlimmsten Fürstenknaben
Im Christentum, (als der schon lange Lust gehegt
Zu Hüons Land) es heimlich angelegt
Auf seinem Zuge nach Hof ihm eine Grube zu graben;
Und wie sie, eines Morgens früh,
Ihm aufgepaßt im Wald bei Montlery.

32.

»Mein Bruder«, fuhr er fort, »der junge Gerard, machte,
Mit seinem Falken auf der Hand,
Die Reise mit. Aus frohem Unverstand
Entfernt der Knabe sich, da niemand Arges dachte,
Von unserm Trupp, läßt seinen Falken los,
Und rennt ihm nach: wir andern alle zogen
Indessen unsern Weg, und achteten's nicht groß
Als Falk und Knab aus unserm Blick entflogen.

33.

Auf einmal dringt ein klägliches Geschrei
In unser Ohr. Wir eilen schnell herbei,
Und siehe da! mein Bruder liegt, vom Pferde
Gestürzt, beschmutzt und blutend auf der Erde.
Ein Edelknecht (von keinem unsrer Schar
Erkannt, wiewohl es Scharlot selber war)
Stand im Begriff ihn weidlich abzuwalken,
Und seitwärts hielt ein Zwerg mit seinem Falken.

34.

Von Zorn entbrannt rief ich: ›Du Grobian,
Was hat der Knabe dir getan,
Der wehrlos ist, ihm also mitzuspielen?
Zurück, und rühr ihn noch mit einem Finger an,
Wofern dich's jückt mein Schwert in deinem Wanst zu fühlen.‹
›Ha!‹ schrie mir jener zu – ›bist du's? Dich sucht ich just;
Schon lange dürst ich nach der Lust
Mein racheglühend Herz in deinem Blut zu kühlen.

35.

Kennst du mich nicht, so wiß, ich bin der Sohn
Des Herzogs Dietrich von Ardennen:
Dein Vater Siegewin (mög er im Abgrund brennen!)
Trug über meinen einst bei einem offnen Rennen[7]
Mit Hinterlist den Dank[8] davon,
Und durch die Flocht allein entging er seinem Lohn.
Doch, Rache hab ich ihm geschworen,
Du sollst mir zahlen für *ihn!* Da, sieh zu deinen Ohren!‹

36.

Und mit dem Worte rennt er gegen mich,
Der, unbereit zu solchem Tanze,
Sich dessen nicht versah, mit eingelegter Lanze.
Zum Glück pariert ich seinen Stich
Mit meinem linken Arm, um den ich in der Eile
Den Mantel schlug, und auf der Stell empfing
Mit meinem Degenknopf der Unhold eine Beule
Am rechten Schlaf, wovon der Atem ihm entging.

37.

Er fiel, mit Einem Wort, um nimmer aufzustehen.
Da ließen plötzlich sich im Walde Reiter sehen
In großer Zahl; doch des Erschlagnen Tod
Zu rächen, war dem feigen Troß nicht Not.
Sie hielten, während wir des Knaben Wunde banden,
Sich still und fern, bis wir aus ihren Augen schwanden;
Drauf legten sie den Leichnam auf ein Roß
Und zogen eilends fort zum kaiserlichen Schloß.

38.

Unwissend, wie bei Karl mein Handel sich verschlimmert,
Verfolg ich meinen Weg, des Vorgangs unbekümmert.
Wir langen an. Mein alter Oheim, Abt
Zu Saint Denis, ein Mann mit Weisheit hochbegabt,
Führt beim Gehör das Wort. Wir werden wohl empfangen,
Und alles wär erwünscht für uns ergangen:
Doch, wie man eben sich zur Tafel setzen will,

Hält Hohenblat am Schloß mit Scharlots Leiche still.

39.

Zwölf Knappen tragen sie, in schwarzen Flor vermummet,
Die hohen Stufen hinan, und wer sie sieht verstummet
Und steht erstarrt. Sie nehmen ihren Lauf
Dem Saale zu. Die Türen springen auf:
Da tragen zwölf Gespenster eine Bahre,
Mit blutgen Linnen bedeckt, bis mitten in den Saal.
Der Kaiser selbst erblaßt, uns andern stehn die Haare
Zu Berg, und mich trifft's wie ein Wetterstrahl.

40.

Indem tritt Amory hervor, hebt von der Leiche
Das blutge Tuch, und – ›Sieh! (ruft er dem Kaiser zu)
Dies ist dein Sohn! und hier der Frevler, der dem Reiche
Und dir die Wunde schlug, der Mörder unsrer Ruh!
Weh mir! ich kam zu spät dazu!
Sich nichts versehend fiel dein Scharlot im Gesträuche,
Durch Meuchelmord, nicht wie in offnem Feld
Von Rittershand ein ritterlicher Held.‹

41.

Wie viel Verdrieß[9] dem alten Herrn auch täglich
Sein böser Sohn gebracht, so blieb er doch sein Sohn,
Sein Fleisch und Blut. Erst stand er unbeweglich;
Dann schrie er laut vor Schmerz, ›mein Sohn! mein Sohn!‹
Und warf sich in Verzweiflung neben
Den Leichnam hin. Mir war der bange Vaterton
Ein Dolch ins Herz; ich hätt um Scharlots Leben
In diesem Augenblick mein bestes Blut gegeben.

42.

›Herr‹, rief ich, ›höre mich! Mein Will ist ohne Schuld;
Er gab sich für den Sohn des Herzogs von Ardennen,
Und was er tat, bei Gott! es hätte die Geduld
Von einem Heilgen morden können!
Er schlug den Knaben dort, der ihm kein Leid getan,

Sprach lästerlich von meines Vaters Ehre,
Fiel unverwarnt mich selber mördrisch an –
Den möcht ich sehn, der kalt geblieben wäre!‹

43.

›Ha! Bösewicht!‹ schreit Karl mich hörend, springt entbrannt
Vom Leichnam auf, mit Löwengrimm im Blicke,
Reißt einem Knecht das Eisen aus der Hand,
Und, hielten ihn mit Macht die Fürsten nicht zurücke, Er hätt in seiner Wut
mich durch und durch gerannt.
Auf einmal rüttelt sich der ganze Ritterstand;
Ein wetterleuchtender Glanz von hundert bloßen Wehren[10]
Scheint stracks in jeder Brust die Mordlust aufzustören.

44.

Die Hall erdonnert von Geschrei,
Das Estrich bebt, die alten Fenster klirren.
Aus jedem Mund schallt *Mord! Verräterei!*
Die Sprachen scheinen sich aufs neue zu verwirren.
Man schnaubt, man rennt sich an, man zückt die drohende Hand.
Der Abt, den noch allein Sankt Benedikts Gewand
Vor Frevel schützt, hält endlich unsern Degen
Mit aufgehobnem Arm sein Skapulier entgegen.

45.

›Ehrt‹, ruft er laut, ›den heilgen Vater in mir
Des Sohn ich bin! Im Namen des Gottes, dem ich diene,
Gebiet ich Fried!‹ – Er rief's mit einer Miene
Und einem Ton, der Heiden zur Gebühr
Genötigt hätt. Und stracks auf einmal legen
Des Aufruhrs Wogen sich, erhellt sich jeder Blick,
Und jeder Dolch und jeder nackte Degen
Schleicht in die Scheide still zurück.

46.

Nun trug der Abt den ganzen Verlauf der Sache
Dem Kaiser vor. Die Überredung saß
Auf seinen Lippen. Allein, was half mir das?

Die Leiche des Sohns liegt da und schreit um Rache.
›Hier‹, ruft der Vater, ›sieh, und sprich
Dem Mörder meines Sohns das Urteil! Sprich's für mich!
Ja, rachedürstender Geist, dein Gaumen soll sich laben
An seinem Blut! Er sterb und mäste die Raben!‹

47.

Itzt schwoll mein Herz empor. ›Ich bin kein Mörder‹, schrie
Ich überlaut. ›Der Richter richtet nicht billig
In eigner Sache. Der Kläger Amory
Ist ein Verräter, Herr! Hier steh ich, frei und willig,
Will in sein falsches Herz, mit meines Lebens Fahr,
Beweisen, daß er ein Schalk und Lügner ist, und war
Und bleiben wird; so lange sein Hauch die Luft vergiftet.
Sein Werk ist alles dies, Er hat es angestiftet!

48.

Ich bin, wie er, von fürstlichem Geschlecht,
Ein *Pär* des Reichs[11], und fordre hier mein Recht;
Der Kaiser kann mir's nicht versagen!
Da liegt mein Handschuh, laßt ihn's wagen
Ihn aufzunehmen, und Gott in seinem Gericht
Entscheide, welchen von uns die Stimme dieses Blutes
Zur Hölle donnern soll! Die Quelle meines Mutes
Ist meine Unschuld, Herr! Mich schreckt sein Donner nicht.‹

49.

Die Fürsten des Kaiserreichs, so viel von ihnen zugegen,
Ein jeder sieht sich selbst in meiner Verdammung gekränkt.
Sie murmeln, dem Meere gleich, wenn sich von fern zu regen
Der Sturm beginnt: sie bitten, dringen, legen
Das Recht ihm vor. Umsonst! den starren Blick gesenkt
Auf Scharlots blutiges Haupt, kann nichts den Vater bewegen:
Wiewohl auch Hohenblat, der's für ein leichtes hält
Mir obzusiegen, selbst sich unter die Bittenden stellt.

50.

›Herr‹, spricht er, ›laßt mich gehn, den Frevler abzustrafen,

Ich wage nichts wo Pflicht und Recht mich schützt.‹
›Ha!‹ rief ich laut, von Scham und Grimm erhitzt,
›Du spottest noch? Erzittre! immer schlafen
Des Rächers Blitze nicht‹. – ›Mein Schwert‹, ruft Hohenblat,
›Soll, Mörder, sie auf deine Scheitel häufen!‹
Doch Karl, den meine Glut nur mehr erbittert hat,
Befiehlt der Wache, mich zu greifen.

51.

Dies rasche Wort empört den ganzen Saal
Von neuem; alle Schwerter blitzen,
Das Ritterrecht, das Karl in mir verletzt, zu schützen.
›Ergreift ihn‹, ruft der Kaiser abermal;
Allein er sieht, mit vorgehaltnen Klingen,
In dichtem Kreis die Ritter mich umringen.
Vergebens droht, schier im Gedräng erstickt,
Der geistliche Herr mit Bann und Interdikt.

52.

Des Reiches Schicksal schien an einem Haar zu schweben.
Die grauen Räte flehn dem Kaiser auf den Knien,
Dem Recht der Ritter nachzugeben:
Je mehr sie flehn, je minder rührt es ihn;
Bis endlich Herzog Nayms[12] (der oft in seinem Leben,
Wenn Karl den Kopf verlor, den seinen ihm geliehn)
Den Mund zum Ohr ihm hält, dann gegen uns sich kehret,
Und zum begehrten Kampf des Kaisers Urlaub schwöret.«

53.

Herr Hüon fahr dann zu erzählen fort:
Wie stracks auf dieses einzge Wort
Der Aufruhr sich gelegt, die Ritter alle zurücke
Gewichen, und Karl, wiewohl im Herzen ergrimmt,
Mit stiller Wut im halb entwölkten Blicke,
Den achten Tag zum Urteilskampf bestimmt;
Wie beide Teile sich mit großer Pracht gerüstet,
Und, des Triumphs gewiß, sich Amory gebrüstet.

54.

Der stolze Mann, wiewohl in seiner Brust
Ein Kläger pocht der seinen Mut erschüttert,
War eines Arms von Eisen sich bewußt,
Der manchen Wald von Lanzen schon zersplittert.
Er hatte nie vor einem Feind gezittert,
Und Kampf auf Tod und Leben war ihm Lust.
Doch all sein Trotz und seine Riesenstärke
Betrogen ihn bei diesem blutgen Werke. –

55.

»Gekommen war nunmehr der richterliche Tag,
Versammelt alles Volk. Mit meinem silberblanken
Turnierschild vor der Brust, und, wie ich sagen mag,
Von allen mit Liebe begrüßt, erschien ich in den Schranken.
Schon stand der Kläger da. In einem Erker lag
Der alte Karl, umringt von seinen Fürsten,
Und schien, in offenem Vertrag
Mit Amory, nach meinem Blut zu dürsten.

56.

Die Sonne wird geteilt. Die Richter setzen sich.
Mein Gegner scheint vor Ungeduld zu brennen
Bis die Trompete ruft. Nun ruft sie, und wir rennen,
Und treffen so gewaltiglich
Zusammen, daß aufs Knie die Rosse stürzen, und ich
Und Hohenblat uns kaum im Sattel halten können.
Eilfertig machen wir uns aus den Bügeln los,
Und nun, in einem Blitz, sind beide Schwerter bloß.

57.

Daß ich von unserm Kampf dir ein Gemälde mache
Verlange nicht. An Grimm und Stärke war,
Wie an Erfahrenheit, mein Gegner offenbar
Mir überlegen; doch die Unschuld meiner Sache
Beschützte mich, und machte meine Kraft
Dem Willen gleich.« Der Sieg blieb lange zweifelhaft;
Schon floß aus manchem Quell des Klägers Blut herunter,

Und Hüon war noch unverletzt und munter.

58.

Der wilde Amory, wie er sein dampfend Blut
Den Panzer färben sieht, entbrennt von neuer Wut,
Und stürmt auf Hüon ein, gleich einem Ungewitter
Das alles vor sich her zertrümmert und verheert,
Blitzt Schlag auf Schlag, so daß mein junger Ritter
Der überlegnen Macht mit Mühe sich erwehrt.
Ein Arm, an Kraft mit Rolands zu vergleichen,
Bringt endlich ihn, nach langem Kampf, zum Weichen.

59.

Des Sieges schon gewiß faßt Amory sogleich
Mit beiden angestrengten Händen
Sein mächtig Schwert, den Kampf auf Einen Schlag zu enden.
Doch Hüons gutes Glück entglitscht dem Todesstreich,
Und bringt, eh jener sich ins Gleichgewicht zu schwingen
Vermag, da wo der Helm sich an den Kragen schnürt,
So einen Hieb ihm bei, daß ihm die Ohren klingen,
Und die entnervte Hand den Degengriff verliert.

60.

Der Stolze sinkt zu seines Gegners Füßen,
Und Hüon, mit gezücktem Schwert,
Dringt auf ihn ein. »Entlade dein Gewissen«,
Ruft er, »wenn noch das Leben einen Wert
In deinen Augen hat.« – »Gesteh es auf der Stelle –
Bandit« schreit Amory, indem er alle Kraft
Zum letzten Stoß mit Grimm zusammen rafft,
»Nimm dies und folge mir zur Hölle!«

61.

Zum Glücke streift der Stoß, mit ungewisser Hand
Vom Boden auf geführt, durch eine schnelle Wendung
Die Hüon macht, unschädlich nur den Rand
Des linken Arms; allein, mein Ritter, in der Blendung
Des ersten Zorns, vergißt, daß Hohenblat,

Um öffentlich vor Karln die Wahrheit kund zu machen,
Noch etwas Atem nötig hat,
Und stößt sein breites Schwert ihm wütend in den Rachen.

62.

Der Frevler speit in Wellen roter Flut
Die schwarze Seele aus. Der Sieger steht, entsündigt
Und rein gewaschen in seines Klägers Blut,
Vor allen Augen da. Des Herolds Ruf verkündigt
Es laut dem Volk. Ein helles Jubelgeschrei
Schallt an die Wolken. Die Ritter eilen herbei
Das Blut zu stillen, das an des Panzers Seiten
Herab ihm quillt, und ihn zum Kaiser zu begleiten.

63.

»Doch Karl (so fährt der junge Ritter fort
Dem Mann vom Felsen zu erzählen)
Karl hielt noch seinen Groll. ›Kann dieser neue Mord
Mir‹, rief er, ›meinen Sohn beseelen?
Ist Hüons Unschuld anerkannt?
Ließ Hohenblat ein Wort von Widerruf entfallen?
Auf ewig sei er denn aus unserm Reich verbannt,
Und all sein Land und Gut der Krone heimgefallen!‹

64.

Streng war dies Urteil, streng der Mund
Aus dem es ging: allein, was konnten wir dagegen?
Das einzige Mittel war aufs Bitten uns zu legen.
Die Pairs, die Ritterschaft, wir alle knieten, rund
Um seinen Thron, uns schier die Kniee wund,
Und gaben's endlich auf, ihn jemals zu bewegen;
Als Karl zuletzt sein langes Schweigen brach:
›Wohlan, ihr Fürsten und Ritter, ihr wollt's, wir geben nach.

65.

Doch höret den Beding, den nichts zu widerrufen
Vermögend ist!‹ – Hier neigt' er gegen mich
Herunter zu des Thrones Stufen

Den Zepter – ›Ich begnadige dich:
Allein, aus allen meinen Reichen
Soll dein verbannter Fuß zur Stunde stracks entweichen,
Und, bis du Stück für Stock mein kaiserlich Gebot
Vollbracht, ist Wiederkunft unmittelbarer Tod.

66.

Zeuch hin nach Babylon,[13] und in der festlichen Stunde,
Wenn der Kalif, im Staat, an seiner Tafelrunde,
Mit seinen Emirn sich beim hohen Mahl vergnügt,
Tritt hin, und schlage dem, der ihm zur Linken liegt,
Den Kopf ab, daß sein Blut die Tafel überspritze.
Ist dies getan, so nahe züchtig dich
Der Erbin seines Throns, zunächst an seinem Sitze,
Und küß als deine Braut sie dreimal öffentlich.

67.

Und wenn dann der Kalif, der einer solchen Szene
In seiner eignen Gegenwart
Sich nicht versah, vor deiner Kühnheit starrt,
So wirf dich, an der goldnen Lehne
Von seinem Stuhle, hin, nach Morgenländer-Art,
Und, zum Geschenk für mich, das unsre Freundschaft kröne,
Erbitte dir von ihm vier seiner Backenzähne
Und eine Hand voll Haar aus seinem grauen Bart.

68.

Geh hin, und, wie gesagt, eh du aufs Haar vollzogen
Was ich dir hier von Wort zu Wort gebot,
Ist deine Wiederkunft unmittelbarer Tod!
Wir bleiben übrigens in Gnaden dir gewogen.‹
Der Kaiser sprach's und schwieg. Allein wie uns dabei
Zu Mute war, ist notlos zu beschreiben.
Ein jeder sah, daß so gewogen bleiben
Nichts besser als ein Todesurteil sei.

69.

Ein dumpfes Murren begann im tiefen Saal zu wittern.

26

›Bei Sankt Georg! (sprach einer von den Rittern
Der auf der Lanzelot und Tristan rauher Bahn
Manch Abenteur mit Ehren abgetan)
Sonst pfleg ich auch nicht leicht vor einem Ding zu zittern;
Setz einer seinen Kopf, ich setz ihm meinen dran:
Doch was der Kaiser da dem Hüon angesonnen
Hätt auch, so brav er war, Herr Gawin nicht begonnen!‹

70.

Was red ich viel? Es war zu offenbar
Daß Karl durch dies Gebot mir nach dem Leben trachte.
Doch, wie es kam, ob es Verzweiflung war,
Ob Ahnung, oder Trotz, was mich so tollkühn machte,
Genug, ich trat vor ihn und sprach mit Zuversicht:
›Was du befohlen, Herr, kann meinen Mut nicht beugen.
Ich bin ein Frank! Unmöglich oder nicht,
Ich unternehm's, und seid ihr alle Zeugen!‹

71.

Und nun, kraft dieses Worts, mein guter Scherasmin,
Siehst du mich hier, nach Babylon zu reisen
Entschlossen. Willst du mir dahin
Den nächsten Weg aus diesen Bergen weisen,
So habe Dank; wo nicht, so mach ich's wie ich kann.«
»Mein bester Herr«, versetzt der Felsenmann,
Indem die Zähren ihm am Bart herunter beben,
»Ihr ruft, wie aus dem Grab, mich in ein neues Leben!

72.

Hier schwör ich euch, und da, zum heilgen Pfand,
Ist diese alte zwar doch nicht entnervte Hand,
Mit euch, dem teuren Sohn und Erben
Von meinem guten Herrn, zu leben und zu sterben.
Das Werk, wozu der Kaiser euch gesandt,
Ist schwer, doch ist damit auch Ehre zu erwerben!
Genug, ich führ euch hin, und steh euch festen Muts
Bis auf den letzten Tropfen Bluts.«

73.

Der junge Fürst, gerührt von solcher Treue,
Fällt dankbarlich dem Alten um den Hals.
Drauf legen sich die beiden auf die Streue,
Und Hüon schläft als wär es Flaum. Und als
Der Tag erwacht, erwacht mit muntern Blicken
Der Ritter auch, schnallt seine Rüstung an,
Der Alte nimmt den Quersack auf den Rücken,
Den Knittel in die Hand, und wandert frisch voran.

1 *Hesperien*, I. 3. Italien, welches die ältesten Griechen, weil es ihnen gegen Abend lag, Hesperia, das *Abendland*, nannten.

2 *Ok, die Sprache von Ok*, I. 12. Die so genannte Romanische (romana rustica) Sprache, die nach der Zerstörung der Römischen Herrschaft in Gallien vom Volke gesprochen wurde, teilte sich in zwei sehr ungleichartige Mundarten, in deren einer das dermalige Französische Bejahungswörtchen *oui, oïl*, in der andern hingegen *ok* ausgesprochen wurde. Diese letztere, die in dem mittäglichen Frankreich herrschte, hieß daher *la langue d'oc*, und wurde späterhin die *provenzalische* genannt. S. die Einleitung vor le Grands Fabliaux ou Contes du XII. et XIII. Siècle.

3 *Alquif*, I. 22. Ein *weiser Meister* und großer Zauberer im Amadis de Gaule.

4 *Schimpf*, I. 26. »In *Schimpf* und *Ernst*«, d.i. in Ritterspielen und in gefährlichen Abenteuern, wo Leib und Leben gewagt wurde. Schimpf wird hier in der veralteten Bedeutung von Spiel und Scherz gebraucht. Noch im 15ten Jahrhundert waren *scherzen* und *schimpfen* gleichbedeutend. So heißt es zum Beispiel (nach Adelungs Zeugnis) in einer zu Straßburg 1466 gedruckten Deutschen Bibel: »Abimelech sah in (ihn, den Isaak) *schimpfen* mit Rebekka seiner Hausfrauen.« – Es wird aus Schimpf noch Ernst werden, ist eine Redensart, die noch itzt in Oberdeutschland zuweilen gehört wird.

5 *Fahren*, für reisen, ausziehen, wallfahrten, I. 26. »Als wir zum heilgen Grab *zu fahren* uns verbanden.« In noch weiterer Bedeutung hieß fahren *herum irren*, im Lande herum ziehen; daher fahrende Ritter, (Chevaliers errans) fahrende Schüler, Landfahrer u.d. *Fahrt*, III. 55 ist also so viel als Zug, Ritt, oder das Französische Wort Traite.

6 *Eitel*, I. 30 in der veralteten Bedeutung: »in eitel Lust und Pracht«, statt, in *lauter* Lust –

7 *Rennen*, I. 35. »Bei einem offnen Rennen«, d.i. in einem Turnier; ein in dem alten Amadis aus Gallien und ähnlichen Werken häufig vorkommendes Wort. Noch gewöhnlicher hieß es ein *Stechen*, Stechspiel, Ritterstechen; daher *Stechhelm*, ein Turnierhelm, der das ganze Gesicht bedeckte und nur zum Sehen und Atmen

Öffnungen hatte, – *Stechpferd,* ein starkes zum Turnieren abgerichtetes Pferd, *Stechbahn,* Stechzeug, usw. ein *scharfer Stecher,* III. 12. *Reiten* wurde ebenfalls als ein Synonym von turnieren, oder eine Lanze mit einander brechen, gebraucht; daher ein *Ritt,* III. 10. Für Turnier wurde damals auch *Turnei* gesagt: II. 19 [186]. *im Feld und im Turnei.*

8 *Dank,* kommt mehrmals in der Bedeutung vor, die dies Wort in der alten Turniersprache hatte, worin es den Preis bezeichnete, welchen der Ritter gewann, der alle andern aus dem Sattel gehoben hatte.

9 *Verdrieß,* I. 41. Die alte Form des Wortes *Verdruß,* welche hier mit gutem Bedacht der gewöhnlichen vorgezogen worden ist.

10 *Wehre* für Gewehre, I. 43. *Wehrgeschmeide,* III. 4 für *Waffenschmuck,* Waffenrüstung. – Wörter, die in der Dichtersprache erhalten zu werden verdienen.

11 *Pär (Pair) des Reichs,* I. 48. Es bedarf wohl kaum erinnert zu werden, daß unser Dichter auch hier, da sein Held sich (als Herzog von Guyenne oder Aquitanien) einen *Pär des Reichs* nennt, in der 49sten Stanze von *Fürsten des Kaiserreichs* spricht, und in dieser Qualität das Recht seinen Ankläger zum Zweikampf heraus zu fordern geltend macht, nicht der *Geschichte,* sondern den *Ritterromanen* von Charlemagne folgt, welche wahrscheinlich erst im XII. und XIII. Jahrhundert ausgeheckt wurden. Der unbekannte Mönch, der seinen aus den abenteuerlichsten Erdichtungen zusammen gestoppelten Roman de Gestis Caroli M. et Rolandi, um ihm das Ansehen einer wahren Geschichte zu geben, dem Erzbischof Tilpin von Reims (den er Turpin nennt) unterschob, hatte so wenig Kenntnis und Begriff von Karl dem Großen und seiner Regierung, daß er nicht nur die Gebräuche, Sitten und Lebensweise der so genannten *Ritterzeiten,* sondern sogar die ganze Verfassung von Frankreich, wie er sie unter Ludwig VII. und Philipp August (unter deren Regierung er lebte) fand, in die Zeit jenes großen Königs der Franken hinüber trägt. Daher denn auch die vorgeblichen *zwölf Pärs* desselben, die in diesen Romanen als die zwölf großen erblichen Kronvasallen erscheinen, da man doch damals eben so wenig von Erb-Kronvasallen als von bestimmten Vorzügen und Vorrechten einiger derselben vor allen übrigen wußte, indem alle vom König unmittelbar belehnte Baronen eben darum, weil sie alle einander gleich waren, *Pares Franciae* hießen, und, in so fern ein jeder nur von seines gleichen gerichtet werden konnte, den Hof der *Pärs,* la Cour des Pairs ausmachten. Von *wem* und zu welcher *Zeit* die ehemals ungeheure Menge der Baronen oder *Pärs* von

Frankreich auf *zwölf* (*sechs* geistliche und *sechs* weltliche[A1]) eingeschränkt worden, ist eine eben so problematische oder vielmehr unauflösbare Frage in der Französischen Geschichte, als der Ursprung der Kurfürsten in der Deutschen; aber so viel ist gewiß, daß von diesen zwölf Pärs erst unter Ludewig VII. Erwähnung geschieht. S. Les Moeurs et Coutumes dans les differens tems de la Monarchie Franç. au Tome VI. de l'Hist. de France de le Gendre.

12 *Herzog Nayms*, I. 52. Die alten Ritterbücher von Charlemagne und den Helden seiner Zeit sprechen viel von einem Herzog Naymes von Bayern, als dem weisesten Mann an Karls Hofe, für dessen Rat dieser Kaiser immer besondere Achtung getragen habe. Bekannter Maßen kennt die Geschichte dieser Zeit keinen andern Herzog in Bayern als den unruhigen *Tassilo*. Ich habe dem seltsamen Namen Naymes überall nachgespürt, und nichts gefunden, als daß in dem Zedlerischen Universal-Lexikon ein *Nainus* oder Nämus als ein *General der Bayern* unter Karl dem Großen aufgeführt wird, ohne die Quelle, woraus diese Angabe geschöpft ist, anzuzeigen.

13 *Babylon,* wird in diesem Gedichte mehrmals (wiewohl unrichtig) als gleichbedeutend mit Bagdad gebraucht, welches letztere unter den Abassischen Kalifen der Sitz dieser mächtigen Fürsten war. Die alten Romanciers übten eine so willkürliche Gewalt über die Geographie als über Chronologie und Geschichte aus; und unser Dichter hielt es für schicklich, sich ihnen auch in diesem Stücke gleich zu stellen. Übrigens ist nicht zu leugnen, daß das Babylon im Roman von Huon de Bordeaux, dessen so genannte Admirale (Miramolins) in den Romanen von Charlemagne und seinen Pairs eine große Rolle spielen, nicht in Mesopotamien, sondern angeblich in Ägypten gelegen haben soll.

A1 Jene waren, der Erzbischof Herzog von Reims, der Bischof Herzog von Laon, der Bischof Herzog von Langres, der Bischof Graf von Beauvais, und die Bischöfe von Chalons sur Marne und von Noyon; *Diese,* die drei Herzoge von Burgund, Normandie und Guyenne, und die drei Grafen von Flandern, Champagne und Toulouse.

Zweiter Gesang

1.

So zieht das edle Paar, stets fröhlich, wach und munter,
Bei Sonnenschein und Sternenlicht
Drei Tage schon den Libanon hinunter;
Und wenn die Mittagsglut sie auf die Scheitel sticht,
Dient hohes Gras im Schatten alter Cedern
Zum Ruheplatz; indes in bunten Federn
Das leichte Volk der Luft die Silberkehlen stimmt,
Und traulich Teil an ihrer Mahlzeit nimmt.

2.

Am vierten Morgen läßt ein kleiner Haufen Reiter
Sich ziemlich nah auf einer Höhe sehn.
»Es sind Araber«, spricht zu Hüon sein Begleiter,
»Und aus dem Wege dem rohen Volke zu gehn,
Wo möglich, wäre wohl das beste:
Ich kenne sie als unverschämte Gäste.«
»Ei, ei, wo denkst du hin?« erwidert Siegwins Sohn,
»Wo hörtest du, daß Franken je geflohn?«

3.

Die Söhne der Wüste, magnetisch angezogen
Von Hüons Helm, der ihnen im Sonnenglanz
Entgegen blitzt, als wär er ganz
Karfunkel und Rubin, sie kommen mit Pfeil und Bogen,
Den Säbel gezückt, in Sturm heran geflogen.
Ein Mann zu Fuß, ein Mann zu Pferd
Scheint ihnen kaum des Angriffs wert;
Allein sie fanden sich betrogen.

4.

Der junge Held, bedeckt mit seinem Schild,
Sprengt unter sie, und wirft mit seinem Speere
Den, der ihr Führer schien, so kräftig von der Mähre,
Daß ihm ein blutiger Strom aus Mund und Nase quillt.
Nun stürzen alle zumal, des Hauptmann Fall zu rächen,

Auf seinen Sieger zu, mit Hauen und mit Stechen;
Allein von Scherasmin, der ihm den Rücken deckt,
Wird auf den ersten Schlag ein Pocher hingestreckt;

5.

Und auf den andern Troß arbeitet unser Ritter
So unverdrossen los, daß bald ein Zweiter und Dritter
Den Sattel räumt. Auf jeden frischen Zug
Fliegt hier ein Kopf, und dort ein Arm, den Säbel
Noch in der Faust. Nicht minder kräftig schlug
Der Alte zu mit seinem schweren Hebel.
Zu ihrem Mahom[1] schrein die Heiden[2] fluchend auf,
Und wer noch fliehen kann, der flieht im vollem Lauf.

6.

Das Feld liegt grauenhaft mit Leichen und mit Stümmeln
Von Roß und Mann bedeckt, die durch einander wimmeln.
Der Held, so bald sein neuer Spießgesell
Das beste Roß, das seinen Herrn verloren,
Nebst einem guten Schwert sich aus der Beut erkoren,
Spornt seinen schnaubenden Hengst und eilet vogelschnell
Den Tälern zu, die sich in unabsehbarn Weiten
An des Gebirges Fuß vor ihrem Blick verbreiten.

7.

Es schien ein wohl gebautes Land,
Mit Bächen überall durchschnitten,
Die Anger mit Schafen bedeckt, die Auen im Blumengewand,
Und zwischen Palmen die friedlichen Hütten
Der braunen Bewohner verstreut, die froh ihr Tagwerk tun,
In ihrer Armut reich sich dünken,
Und, wenn sie hungrig und müd in kühlen Schatten ruhn,
Zum rohen bäurischen Mahl dem Pilger freundlich winken.

8.

Hier läßt der Ritter, da ihn die Sonne zu drücken begann,
Sich Brot und frische Milch von einer Hirtin brocken.
Das gute Volk begafft zur Seite, halb erschrocken,

34

Wie er im Grase liegt, den fremden eisernen Mann;
Allein da Blick und Ton ihm schnell ihr Herz gewann,
So wagen bald Kinder sich hin und spielen mit seinen Locken.
Den tapfern Mann ergetzt ihr traulich frohes Gewühl,
Er wird mit ihnen Kind, und teilt ihr süßes Spiel.

9.

»Wie selig«, denkt er, »wär's in diesen Hütten wohnen!«
Vergeblicher Wunsch! ihn ruft sein Schicksal anderwärts.
Der Abend winkt. Beim Scheiden wallt sein Herz,
Und, um dem guten Volk das freundliche Mahl zu lohnen,
Wirft Hüon eine Hand voll Gold
Der Wirtin in den Schoß. Allein die Glücklichen wußten
Nicht was es war, und übten das Gastrecht ohne Sold,
So daß die Herren ihr Gold nur wieder nehmen mußten.

10.

Nun ritten sie zu, bis endlich, da der Tag
Zu dämmern begann, ein Wald vor ihnen lag.
»Freund«, spricht der Paladin zum Alten,
»Mich brennt's wie Feuer bis ich dem Kaiser Wort gehalten.
Den nächsten Weg nach Bagdad wolltest du
Mich führen? Mir ist's, ich sei vier Jahre schon geritten.«
»Der nächste Weg«, versetzt sein Spießgesell, »geht mitten
Durch diesen Wald; allein, ich rat euch nicht dazu.

11.

Man spricht nicht gut von ihm, zum wenigsten noch keiner,
Der sich hinein gewagt, kam jemals wieder raus.
Ihr lächelt? Glaubt mir's, Herr, ein übellauniger kleiner
Boshafter Kobold[3] hält in diesem Walde Haus.
Es wimmelt drin von Füchsen, Hirschen, Rehen,
Die *Menschen* waren so gut als wir.
Der Himmel weiß in welches wilde Tier
Wir, eh es morgen wird, uns umgekleidet sehen!«

12.

»Geht nur«, erwidert Siegwins Sohn,

»Durch diesen Wald der Weg nach Babylon,
So fürcht ich nichts.« – »Herr, laßt auf meinen Knieen
Euch bitten! Es ist, bei Gott! mir mehr um euch als mich:
Denn gegen diesen Geist, das glaubt mir sicherlich,
Hilft weder Gegenwehr noch Fliehen.
Mit fünf, sechs Tagen später ist's getan;
Und ach! ihr kommt noch stets zu früh in Bagdad an!«

13.

»Wenn du dich fürchtest«, spricht der Ritter,
»So bleibe du. Ich geh, mein Schluß ist fest.«
»Das nicht«, ruft Scherasmin, »der Tod schmeckt immer bitter,
Allein, ein Schelm der seinen Herrn verläßt!
Wenn ihr entschlossen seid, so folg ich ohne Zaudern,
Und helf uns Gott und Unsre Frau zu Acqs[4]!«
»Wohlan«, spricht Hüon, »komm!« und reitet, bleich wie Wachs,
Den Wald hinein. Der Alte folgt mit Schaudern.

14.

Kaum war er in der Dämmerung
Zwei hundert Schritte fortgetrottet,
Als links und rechts in vollem Sprung
Ein Heer von Hirschen und Rehen sich ihm entgegen rottet.
Sie schienen, mit Tränen im warnenden Blick,
(Wie Scherasmin, wiewohl bei wenig Lichte,
Bemerken will) aus Mitleid sie zurück
Zu scheuchen, als sprächen sie: »O flieht, ihr armen Wichte!«

15.

»Nun! merkt ihr, (flüstert er zum Ritter) wie es steht?
Und werdet ihr ein andermal mir glauben?
Trifft's nicht ganz wörtlich ein? Die Tiere, die ihr seht,
Die aus Erbarmen uns so stark entgegen schnauben,
Sind Menschen, sag ich euch; und wenn ihr weiter geht,
Glaubt mir, so haben wir den Kobold auf der Hauben.
Seid nicht so hart und rennt aus Eigensinn,
Trotz eines Freundes Rat, in euer Unglück hin!«

16.

»Wie, Alter«? spricht der Held, »ich geh mit diesen Schritten
Nach Bagdad, den Kalif um eine Hand voll Haar
Aus seinem Bart und vier von seinen Zähnen zu bitten,
Und du verlangst, ich soll von ungewisser Fahr[5]
Mich schrecken lassen, Wo ist dein Sinn geblieben?
Wer weiß, der Kobold ist vielleicht mein guter Freund.
Mit diesen wenigstens *ist's* nicht so schlimm gemeint;
Sieh, wie sie all' in einem Hui zerstieben!«

17.

Indem er's sagt, so sprengt er auf sie zu,
Und alles weicht wie Luft und ist im Hui verflogen.
Herr Hüon und sein Führer zogen
Nun eine Weile fort in ungestörter Ruh,
Stillschweigend beide. Der Tag war nun gesunken,
Und ihren Mohnsaft goß die braune Nacht herab;
Rings um sie lag schon alles schlummertrunken,
Und durch den ganzen Wald war's stille wie im Grab.

18.

Zuletzt kann länger sich der Alte nicht entbrechen.
»Herr«, spricht er, »stör ich euch in einem Grillenplan,
So haltet mir's zu gut; 's ist eine meiner Schwächen,
Ich leugn' es nicht; allein, im Dunkeln muß ich sprechen,
Das war so meine Art von meiner Kindheit an.
Es ist so stille hier als sei der *große Pan* [6]
Gestorben. Tönte nicht der Hufschlag unsrer Pferde,
Ich glaube, daß man gar den Maulwurf scharren hörte.

19.

Ihr denkt ich fürchte mich; doch ohne Prahlerei,
(Denn, was der Mensch auch hat, so sind's am Ende Gaben.
Auch leben manche noch, die es gesehen haben)
Wo Schwerter klirren, im Feld und im *Turnei*,
Mann gegen Mann, auf Stechen oder Hauen,
Wär's auch im Notfall zwei und drei
An fünf bis sechs, ich bin dabei!

Da kann man doch auf seine Knochen trauen.

20.

Kurz, hat ein Feind nur Fleisch und Blut,
Ich bin sein Mann! Allein, das muß ich frei gestehen,
Um Mitternacht an einem Kirchhof gehen
Das lupft ein wenig mir den Hut.
Gesetzt, so einem Geist, der querfeld mir begegnet,
Steht meine Physiognomie
Nicht an: was hilft mir Arm und Degen, ventregris[7]!
Wenn's unsichtbare Schläg auf meinen Rücken regnet,

21.

Gesetzt, wie man Exempel hat,
Ich hau ihm auch den Schädel glatt vom Rumpfe;
Noch weil er rollt, stehn schon an dessen Statt
Zwei neue Köpfe auf dem Stumpfe.
Oft rennt sogar der Rumpf in vollem Lauf
Dem Kopfe nach, und setzt ihn wieder auf
Als wär es nur ein Hut, den ihm der Wind genommen:
Nun, bitt ich euch, wie ist so einem beizukommen?

22.

Zwar, wie ihr wißt, so bald der Hahn gekräht,
So ist's mit all dem Spuk, der zwischen elf und zwölfen
Im Dunkeln schleicht, Gespenstern oder Elfen[8],
Als hätte sie der Wind davon geweht.
Allein, der Geist der hier sein Wesen treibet,
Ist euch von ganz besonderm Schlag
Hält offnen Hof, ißt, trinkt, und lebt und leibet
Wie unser eins, und geht bei hellem Tag.«

23.

»Um meine Neugier aufzuschrauben,
Hast du dein Bestes getan«, erwidert Siegwins Sohn,
»Man spricht von Geistern so viel, und lügt so viel davon
Daß Laien unsrer Art nicht wissen was sie glauben.
Einst kam an unsern Hof ein tief studierter Mann,

38

Der schwor uns hoch, es wäre gar nichts dran,
Und schimpfte weidlich los auf alle Geisterseher;
Auch hieß ihn der Kaplan nur einen Manichäer[9].

24.

Sie disputierten oft bei einer Flasche Wein;
Doch, wenn das letzte Glas zu Kopf zu gehn begonnte,
So mischten sie so viel Latein darein
Daß unser einer kaum ein Wort verstehen konnte.
Da dacht ich oft: Schwatzt noch so hoch gelehrt,
Man weiß doch nichts als was man selbst erfährt:
Ich wollt ein Geist erwiese mir die Ehre
Und sagte mir was an der Sache wäre.«

25.

Indem sah unser wandernd Paar
Sich unvermerkt in einem Park befangen,
Durch den sich hin und her so viele Wege schlangen,
Daß irre drin zu gehn fast unvermeidlich war.
Der Mond war eben itzt vollwangig aufgegangen,
Um durch ein trüglich Dunkelklar
Die Augen, die nach einem Ausweg irren,
Mit falschen Lichtern zu verwirren.

26.

»Herr«, sagte Scherasmin, »hier ist's drauf angesehn
Uns in ein Labyrinth zu winden.
Der einzge Weg sich noch heraus zu finden,
Ist – auf gut Glück der Nase nachzugehn.«
Der Rat (der weiser ist als mancher Klügling meinet)
Führt unsre frommen Wandrer bald
Zum Mittelpunkt, wo sich der ganze Wald
In einen großen Stern vereinet.

27.

Und in der Fern erblicken sie in Büschen
Ein Schloß, das, wie aus Abendrot gewebt,
Sich schimmernd in die Luft erhebt.

Mit Augen, worin sich Lust und Grauen mischen,
Und zwischen Traum und Wachen zweifelhaft
Schwebt Hüon sprachlos da und gafft;
Als plötzlich auf die goldnen Türen flogen
Und rollt' ein Wagen daher, den Leoparden zogen.

28.

Ein Knäbchen, schon, wie auf Cytherens Schoß
Der Liebesgott, saß in dem Silberwagen,
Die Zügel in der Hand. – »Da kommt er auf uns los,
Mein bester Herr«, ruft Scherasmin mit Zagen,
Indem er Hüons Pferd beim Zaume nach sich zieht,
»Wir sind verloren! flieht, o flieht!
Da kommt der Zwerg!« – »Wie schön er ist!« spricht jener –
»Nur desto schlimmer! Fort! und wär er zehnmal schöner.

29.

Flieht, sag ich euch, sonst ist's um uns getan!«
Der Ritter sträubt sich zwar, allein da hilft kein Sträuben
Der Alte jagt im schnellsten Flug voran
Und zieht ihn nach, und hört nicht auf zu treiben,
Zu jagen über Stock und Stein,
Durch Wald und Busch, und über Zaun und Graben
Zu setzen, bis sie aus dem Hain Ins Freie sich gerettet haben.

30.

Mit Regen, Sturm und Blitz verfolgt ein Ungewitter
Die Fliehenden; die fürchterlichste Nacht
Verschlingt den Mond; es donnert, saust und kracht
Rings um sie her, als schlüg's den ganzen Wald in Splitter
Kurz, alle Element im Streit
Zerkämpfen sich mit zügellosem Grimme;
Doch mitten aus dem Sturm ertönt von Zeit zu Zeit
Mit liebevollem Ton des Geistes sanfte Stimme:

31.

»Was fliehst du mich? Du fliehst vor deinem Glück;
Vertrau dich mir, komm, Hüon, komm zurück!«

»Herr, wenn ihr's tut, seid ihr verloren«,
Schreit Scherasmin, »fort, fort, die Finger in die Ohren,
Und sprecht kein Wort! Er hat nichts Guts im Sinn!«
Nun geht's aufs neue los durch Dick und Dünn,
Vom Sturm umsaust, vom Regen überschwemmet,
Bis eine Klostermaur die raschen Reiter hemmet.

32.

Ein neues Abenteur! Der Tag da dies geschah
War just das Namensfest der heilgen Agatha,
Der Schützerin von diesem *Jungfernzwinger*[10].
Nun lag kaum einen Büchsenschuß
Davon ein Stift voll wohl genährter Jünger
Des heilgen Abts Antonius;
Und beide hatten sich in diesen Abendstunden
Zu einer Betefahrt[11] freundnachbarlich verbunden.

33.

Sie kamen just zurück, als, nah am Klosterbühl[12],
Indem sie Paar und Paar in schönster Ordnung wallten,
Der Rest des Sturms sie überfiel.
Kreuz, Fahnen, Skapulier, sind toller Winde Spiel,
Und strömend dringt die Flut bis in des Schleiers Falten.
Umsonst ist alle Müh den Anstand zu erhalten;
Die Andacht reißt; mit komischem Gewühl
Rennt alles hin und her in seltsamen Gestalten.

34.

Hier watet bis ans Knie geschürzt
Ein Nönnchen im Morast, dort glitscht ein Mönch im Laufen,
Und, wie er sich auf einen Haufen
Von Schwesterchen, die vor ihm rennen, stürzt,
Ergreift er in der Angst die Domina[13] beim Beine.
Doch endlich, als der Sturm sein Äußerstes getan,
Langt atemlos die ganze Chorgemeine,
Durchnäßt und wohl bespritzt, im Klostervorhof an.

35.

Hier war noch alles voll Getümmel,
Als durch das Tor, das weit geöffnet stund,
Mein Scherasmin sich mitten ins Gewimmel
Der Klosterleute stürzt; denn auf geweihtem Grund
Ist's, wie er glaubt, so sicher als im Himmel.
Bald kommt auch Hüon nach; und, wie er gleich den Mund
Eröffnen will, die Freiheit abzubitten,
So steht mit einem Blitz – der Zwerg in ihrer Mitten.

36.

Auf einmal ist der Himmel wolkenleer,
Und alles hell und mild und trocken wie vorher.
Schön, wie im Morgenrot ein neugeborner Engel,
Steht er, gestützt auf einen Lilienstengel,
Und um die Schultern hängt ein elfenbeinern Horn.
So schön er ist, kommt doch ein unbekanntes Grauen
Sie alle an: denn Ernst und stiller Zorn
Wölkt sich um seine Augenbrauen.

37.

Er setzt das Horn an seine Lippen an
Und bläst den lieblichsten Ton. Stracks übermannt den Alten
Ein Schwindelgeist; er kann sich Tanzens nicht enthalten,
Packt eine Nonne ohne Zahn,
Die vor Begierde stirbt ein Tänzchen mitzumachen,
Und hüpft und springt als wie ein junger Bock
So rasch mit ihr herum, daß Schleiertuch und Rock
Weit in die Lüfte wehn, zu allgemeinem Lachen.

38.

Bald faßt die gleiche Wut den ganzen Klosterstand;
Ein jeder Büßer nimmt sein Nönnchen bei der Hand,
Und ein Ballett beginnt, wie man so bald nicht wieder
Eins sehen wird. Die Schwestern und die Brüder
Sind keiner Zucht noch Regel sich bewußt;
Leichtfertger kann kein Faunentanz sich drehen.
Der einzge Hüon bleibt auf seinen Füßen stehen,

Sieht ihren Sprüngen zu, und lacht aus voller Brust.

39.

Da naht sich ihm der schöne *Zwerg*, und spricht
In seiner Sprach ihn an, mit ernstem Angesicht:
»Warum entfliehn vor mir, o Hüon von Guyenne? –
Wie? du verstummst, Beim Gott des Himmels, den ich kenne.
Antworte mir!« – Nun kehrt die Zuversicht
In Hüons Brust zurück. »Was willst du mein?« erwidert
Der Jüngling. – »Fürchte nichts«, spricht jener, »wer das Licht
Nicht scheuen darf, der ist mit mir verbrüdert.

40.

Ich liebte dich von deiner Kindheit an,
Und was ich Gutes dir bestimme,
An keinem Adamskind hab ich es je getan!
Dein Herz ist rein, dein Wandel ohne Krümme,
Wo Pflicht und Ehre ruft, fragst du nicht Fleisch und Blut,
Hast Glauben an dich selbst, hast in der Prüfung Mut:
So kann mein Schutz dir niemals fehlen,
Denn meine Strafgewalt trifft nur befleckte Seelen.

41.

Wär nicht dies Klostervolk ein heuchlerisch Gezücht,
Belög ihr keuscher Blick, ihr leiser Bußton nicht
Ein heimlich strafbares Gewissen,
Sie ständen, trotz dem Horn, wie du, auf ihren Füßen.
Auch Scherasmin, für den sein redlich Auge spricht,
Muß seiner Zunge Frevel büßen.
Sie alle tanzen nicht weil sie der Kitzel sticht,
Die Armen tanzen weil sie müssen.«

42.

Indem beginnt ein neuer Wirbelwind
Den Faunentanz noch schneller umzuwälzen;
Sie springen so hoch, und drehn sich so geschwind,
Daß sie in eigner Glut wie Schnee im Tauwind schmelzen,
Und jedes zappelnde Herz bis an die Kehle schlägt.

Des Ritters Menschlichkeit erträgt
Den Anblick länger nicht; er denkt, es wäre Schade
Um all das junge Blut, und fleht für sie um Gnade.

43.

Der schöne Zwerg schwingt seinen Lilienstab,
Und stracks zerrinnt der dicke Zauberschwindel;
Versteinert stehn Sankt Antons fette Mündel,
Und jedes Nönnchen, bleich als stieg' es aus dem Grab,
Eilt, Schleier, Rock, und was sich sonst im Springen
Verschoben hat, in Richtigkeit zu bringen.
Nur Scherasmin, zu alt für solchen Scherz,
Sinkt kraftlos um, und glaubt ihm berste gleich das Herz.

44.

»Ach!« keicht er, »gnädger Herr, was sagt ich euch?« – »Nicht weiter,
Freund Scherasmin!« fällt ihm der Zwerg ins Wort,
»Ich kenne dich als einen wackern Streiter,
Nur läuft zuweilen dein Kopf mit deinem Herzen fort. Warum, auf andrer Wort,
so rasch, mich zu verlästern?
Fi! graulich schon von Bart, an Urteil noch so jung!
Nimm in Geduld die kleine Züchtigung!
Ihr andern, geht, und büßt für euch und eure Schwestern!«

45.

Das Klostervolk schleicht sich beschämt davon.
Drauf spricht der schöne Zwerg mit Freundlichkeit zum Alten:
»Wie, Alter, immer noch des Argwohns düstre Falten?
Doch, weil du bieder bist, verzeiht dir Oberon.
Komm näher, guter alter Zecher,
Komm, faß ein Herz zu mir und fürchte keinen Trug!
Du bist erschöpft; nimm diesen Becher
Und leer ihn aus auf Einen Zug.«

46.

Mit diesem Wort reicht ihm der Elfenkönig
Ein Trinkgeschirr von feinem Gold gedreht.
Der Alte, der mit Not auf seinen Beinen steht,

Stutzt, wie er leer es sieht, nicht wenig.
»Ei«, ruft der Geist, »noch keine Zuversicht?
Frisch an den Mund, und trink, und zweifle nicht!«
Der gute Mann gehorcht, zwar nur mit halbem Willen,
Und sieht das Gold sich flugs mit Wein von Langon[14] füllen.

47.

Und als er ihn auf Einen Zug geleert,
Ist's ihm, als ob mit wollustvoller Hitze
Ein neuer Lebensgeist durch alle Adern blitze.
Er fühlet sich so stark und unversehrt,
Als wie er war, da er, in seinen besten Jahren,
Mit seinem ersten Herrn zum heilgen Grab gefahren.
Voll Ehrfurcht und Vertraun fällt er dem schönen Zwerg
Zu Fuß und ruft: »Nun steht mein Glaube wie ein Berg!«

48.

Drauf spricht der Geist mit ernstem Blick zum Ritter:
»Mir ist der Auftrag wohl bekannt,
Womit dich Karl nach Babylon gesandt.
Du siehst, was für ein Ungewitter
Er dir bereitet hat; sein Groll verlangt dein Blut:
Allein, was du mit Glauben und mit Mut
Begonnen hast, das helf ich dir vollenden;
Da, wackrer Hüon, nimm dies Horn aus meinen Händen!

49.

Ertönt mit lieblichem Ton von einem sanften Hauch
Sein schneckengleich gewundner Bauch,
Und dräuten dir mit Schwert und Lanzen
Zehn tausend Mann, sie fangen an zu tanzen,
Und tanzen ohne Rast im Wirbel, wie du hier
Ein Beispiel sahst, bis sie zu Boden fallen:
Doch, lässest du's mit Macht erschallen,
So ist's ein Ruf, und ich erscheine dir.

50.

Dann siehst du mich, und wär ich tausend Meilen

Von dir entfernt, zu deinem Beistand eilen.
Nur spare solchen Ruf bis höchste Not dich dringt.
Auch diesen Becher nimm, der sich mit Weine füllet,
So bald ein Biedermann ihn an die Lippen bringt;
Der Quell versieget nie, woraus sein Nektar quillet:
Doch bringt ein Schalk ihn an des Mundes Rand,
So wird der Becher leer, und glüht ihm in der Hand.«

51.

Herr Hüon nimmt mit Dank die wundervollen Pfänder
Von seines neuen Schützers Huld;
Und da er sich des Ostens Purpurränder
Vergülden sieht, forscht er mit Ungeduld
Nach Babylon den kürzesten der Wege.
»Zeuch hin«, spricht Oberon, nachdem er ihn belehrt;
»Und daß ich nie die Stunde sehen möge,
Da Hüons Herz durch Schwäche sich entehrt!

52.

Nicht daß ich deinem Mut und Herzen
Mißtraue! aber, ach! du bist ein Adamskind,
Aus weichem Ton geformt, und für die Zukunft blind!
Zu oft ist kurze Lust die Quelle langer Schmerzen!
Vergiß der Warnung nie, die Oberon dir gab!«
Drauf rührt er ihn mit seinem Lilienstab,
Und Hüon sieht aus seinem liebevollen
Azurnen Augenpaar zwei helle Perlen rollen.

53.

Und wie er Treu und Pflicht ihm heilig schwören will,
Entschwunden war der Waldgeist seinem Blicke,
Und nur ein Lilienduft blieb wo er stand zurücke.
Betroffen, sprachlos, steht der junge Ritter still,
Reibt Aug und Stirn, wie einer, im Erwachen
Aus einem schönen Traum, sich sucht gewiß zu machen,
Ob das, was ihn mit solcher Lust erfüllt,
Was Wirklichs ist, ob nur ein nächtlich Bild,

Doch, wenn er auch gezweifelt hätte,
Der Becher und das Horn, das ihm an goldner Kette
Um seine Schultern hing, ließ keinem Zweifel Platz.
Der Becher sonderlich dünkt dem verjüngten Alten
Das schönste Stück im ganzen Feenschatz.
»Herr«, spricht er, (im Begriff den Bügel ihm zu halten)
»Noch einen Zug, dem guten Zwerg zum Dank!
Sein Wein, bei meiner Treu! ist echter Göttertrank!«

Und nun, nachdem sie sich gestärkt zur neuen Reise,
Ging's über Berg und Tal, nach alter Ritter Weise,
Den ganzen Tag; und nur ein Teil der kurzen Nacht
Wird unter Bäumen zugebracht.
So zogen sie, ohn alles Abenteuer,
Vier Tage lang – der Ritter schon im Geist
Zu Babylon, und glücklich sein Getreuer,
Daß Siegwins Sohn es ist, dem er zur Seite reist.

Anmerkungen

1 *Mahom,* II. 5 und öfters. Eine in den alten Französischen Rittergedichten, Fabliaux, u.d. ziemlich allgemeine komische Abkürzung des Namens *Mahomed,* wenn von dem großen Propheten der Sarazenen die Rede ist.

2 *Heiden,* II. 5 wird hier, nach der Weise der alten Ritterbücher, von allen *Nicht-Christen,* also auch von Sarazenen oder Muhamedanern, gebraucht.

3 *Kobold,* II. 11. Eine Art von Mittelgeistern, *Gobelinus* im Latein des Mittelalters, von welchen man glaubte, daß sie den Menschen eher hold als zu schaden geneigt seien, wiewohl dies so ziemlich von ihrer Laune und andern Umständen abhing. Der Kobold der *Bergleute,* oder das *Bergmännchen,* scheint mit Gabalis *Gnomen,* oder Elementargeistern von der vierten Klasse, einerlei zu sein.

4 *Acqs,* II. 13. Acqus, (Aquae Augustae) eine kleine, vor Alters beträchtliche, bischöfliche Stadt in den Landes von Gascogne, die ihren Namen von einer mitten in der Stadt befindlichen heißen Quelle hat. Aus den Worten Scherasmins sollte man schließen, daß Acqus damals im Besitz eines so genannten *Gnadenbildes* der heiligen Jungfrau gewesen sei. Poetisch zu reden, mußte er das, als in diesen Gegenden einheimisch, am besten wissen, und in so fern kann uns auch, ohne andere historische Beweise, an seinem Zeugnis genügen.

5 *Fahr,* II. I6. Das veraltete Wort, an dessen Stelle *Gefahr* gewöhnlich ist. Daher *Fährde, fährlich, Fährlichkeit,* wovon ebenfalls in der Dichtersprache (nur pudenter, wie Horaz sagt) Gebrauch zu machen wäre.

6 *Pan, der große Pan,* II. 18. Eine im Munde Scherasmins fast zu gelehrte Anspielung auf das bekannte Märchen von dem Ägyptischen Schiffer Thamos, dem, als er einst, unter der Regierung des Kaisers Tiberius, an den Echinadischen Inseln vorbei fuhr, nach einer plötzlich erfolgten Windstille eine Stimme von den Paxischen Inseln her zu drei Malen befahl: so bald er den Hafen *Pelodes* (an der Küste von Epirus) erreicht haben würde, sollte er mit lauter Stimme ausrufen: *Der große Pan sei gestorben.* Thamos hatte diesen seltsamen Auftrag wieder vergessen, als er durch eine abermalige Windstille, die ihn im Angesicht des Hafens Pelodes befiel, daran erinnert wurde: und kaum hatte er den Tod des *großen Pans* ausgerufen, so ließ sich ein großes Wehklagen und Gewinsel in der Luft hören, wie von unsichtbaren Personen, die an dieser Nachricht ganz besondern

Anteil nähmen, und ihr Erstaunen und Leidwesen darüber bezeigten. Das merkwürdigste an dieser schönen Geschichte ist, daß Plutarch in seiner Abhandlung von den Ursachen, warum die Orakel aufgehört hätten, sie einem gewissen Ämilianus in den Mund legt, der sie von seinem Vater, als einem unmittelbaren Augen- und Ohrenzeugen, gehört zu haben versicherte. – Übrigens ist es, in Rücksicht des bekannten Gebrauchs, welcher in der Folge von dieser Erzählung gemacht wurde, eben nicht unmöglich, daß Scherasmin gelegentlich von seinem Pfarrer etwas von ihr gehört haben könnte, wiewohl ihm nichts davon im Gedächtnis geblieben, als die isolierte Vorstellung, wie still und tot es auf einmal in der Natur werden müßte, wenn *der große Pan* wirklich zu sterben kommen sollte.

7 *Ventregris,* II. 20. Ein nur in Scherasmins Munde duldbarer, wiewohl ehemals dem König Heinrich IV. von Frankreich sehr geläufiger, Gasconnischer Schwur, statt *Ventre-Saint-Gris.*

8 *Elfen,* II. 22 und a.o. *Alfen, Elfen* oder *Elven* sind eine Art von Genien, in der Mythologie der Nordischen Völker, in welcher sie (wie Adelung unter dem Wort *Alp* schon bemerkt) ungefähr die Stelle der Nymphen und Waldgötter der Griechen vertreten. Auch die *Fairies,* an welche das Britische Landvolk noch itzt hier und da glaubt, gehören in diese Rubrik. In Chaucers Merchants-Tale ist Oberon König der Fairies. Unser Dichter hat diese *Elfen zu* einer Art von edeln, mächtigen und den Menschen gewogenen Sylphen erhoben, und Oberon, ihr König, spielt in diesem Gedicht eine so wichtige Rolle, daß es daher den Namen von ihm erhalten hat.

9 *Manichäer,* II. 23 war in Hüons Zeiten ein eben so gemeiner als verhaßter Ketzername, wobei man sich das Abscheulichste dachte, ohne sich darum zu bekümmern, was die wirklichen Anhänger des Manes ehemals gelehrt hatten oder nicht. Der Kaplan konnte also dem tief studierten Manne, der sich so positiv gegen die Geister erklärte, keinen schlimmern Streich spielen, als ihm einen Namen anzuhängen, den jener nicht auf sich sitzen lassen durfte, wenn er den anwesenden Laien nicht ein Greuel werden wollte. Daher vermutlich der Fechterkniff, im Fortgang des Streits sich hinter so viel Latein zurück zu ziehen, daß die Zuhörer, und vielleicht auch der orthodoxe Kaplan selbst, ihm nichts weiter anhaben konnten.

10 *Jungfernzwinger,* II. 32. Ein (vermutlich) von unserm Dichter gestempeltes Wort *für Jungfernkloster. Daß* sich *dazu* keine andre Analogie fand als das Jägerwort *Hundezwinger,* wird ihm hoffentlich zu keinem Vorwurf gereichen.

11 *Betefahrt,* II. 32. In der katholischen Kirche eine Prozession mit Kreuz und Fahnen, wobei gebetet wird. Besonders wurde vor Alters der in der so genannten Kreuzwoche (Hebedomas Rogationum) übliche feierliche Umgang, wobei die Felder und Früchte eingesegnet werden, so genannt. Auch kommt dieses Wort in der allgemeinen Bedeutung von *Wallfahrt vor.* Es scheint Niedersächsischen Ursprungs zu sein.

12 *Klosterbühl,* II. 33. *Bühel, Bühl,* (in den härtesten Mundarten *Büchel) ist* ein gutes altes Wort für *Hügel.* Die Reichsstadt Dinkelsbühl hat ihren Namen von Dinkel (einer Getreideart, die vermutlich in ihrer Gegend vorzüglich gerät) und von einem dreifachen Bühl, d.i. Hügel, worauf sie erbaut ist.

13 *Domina,* II. 34 wird die Vorsteherin der Frauenklöster in einigen religiösen Orden genannt.

14 *Langon,* II. 46. Eine kleine Stadt an der Garonne, berühmt durch ihren Wein, der für den besten unter den weißen Bourdeaux-Weinen, Vins *de Grave* genannt, gehalten wird. Melanges tirés d'une grande Bibliotheque. Vol. 36. p. 94.

Dritter Gesang

1.

Am fünften, da ihr Weg sich durch Gebirge stahl,
Auf einmal sehen sie in einem engen Tal
Viel reiche Zelten aufgeschlagen,
Und Ritter, mehr als zwanzig an der Zahl,
Die gruppenweis umher in Palmenschatten lagen.
Sie ruhten, wie es schien, nach ihrem Mittagsmahl:
Indessen Helm' und Speer' an niedern Ästen hingen,
Und ihre Pferde frei im Grase weiden gingen.

2.

Kaum wird die ritterliche Schar
Der beiden Reisigen noch auf der Höh gewahr,
So raffen alle von der Erde
Sich eilends auf aus ihrer Mittagsruh,
Als ob zum Kampf geblasen werde.
Das ganze Tal wird reg in einem Nu,
Man zittert hin und her, man läuft den Waffen zu,
Die Ritter rüsten *sich,* die Knappen[1] ihre Pferde.

3.

»Laß sehen«, spricht mein Held zu Scherasmin,
»Was diese Ritterschaft, die dem Verdauungswerke
So friedlich obzuliegen schien,
In solche Unruh setzt.« – »Wir selber, wie ich merke«,
Erwidert jener; »seid auf eurer Hut.
Sie kommen uns in halbem Mond entgegen.«
Herr Hüon zieht mit kaltem Blut den Degen,
»Freund«, spricht er, »*der* ist mir für allen Schaden gut.«

4.

Indem tritt aus dem Kreis, in seinem Wehrgeschmeide,
Ein feiner Mann hervor, grüßt höflich unsre beide,
Und bittet um Gehör. »Mit Gunst, Herr Paladin!
Ein jeder«, spricht er, »ist hier angehalten worden,
Wer noch von unserm Stand und Orden

Seit einem halben Jahr in diesem Tal erschien.
Nun steht's in eurer Wahl, ein Speerchen hier zu brechen,
Wo nicht, sogleich zu tun, warum wir euch besprechen.«

5.

»Und was?« fragt Hüon züchtiglich.
»Nicht weit von hier«, spricht jener, »mästet sich
In einer festen Burg der Riese Angulaffer;
Ein arger Christenfeind, ein wahrer Wüterich,
Auf schöne Fraun erpichter als ein Kaffer,
Und, was das schlimmste ist, fest gegen Hieb und Stich,
Kraft eines Rings, den er dem Zwerg genommen,
Aus dessen Park die Herren hergekommen.

6.

Mein Herr, ich bin ein Prinz vom Berge Libanon.
Ich hatte mich dem Dienst der schönsten aller Schönen
Drei Jahre sonder Minnelohn
Verdingt, bevor sie sich so viele Treu zu krönen
Erbitten ließ: und wie ich nun als Bräutigam
Ihr eben itzt den Gürtel lösen wollte,
Da kam der Wehrwolf, nahm sie untern Arm und trollte
Vor meinen Augen weg mit meinem holden Lamm.

7.

Fast sieben Monden sind verflossen,
Seit ich zu ihrem Heil mein Äußerstes versucht:
Allein der Eisenturm, worein er sie verschlossen,
Wehrt *mir* den Zugang, *ihr* die Flucht.
Das Einzge, was von Amors süßer Frucht
Ich in der langen Zeit genossen,
War, Tage lang von fern auf einem Baum zu lauern,
Und hinzusehn nach den verhaßten Mauern.

8.

Zuweilen däuchte mich sogar
Ich sehe sie, in los gebundnem Haar,
Am Fenster stehn, mit aufgehobnen Armen,

Als flehte sie zum Himmel um Erbarmen.
Mir fuhr ein Dolch ins Herz. Und die Verzweiflung nun
Trieb mich, seit jenem Tag, aus bloßer Not zu tun
Was ihr erfahren habt, wie alle diese Streiter:
Kurz, ungefochten, Herr, kommt hier kein Ritter weiter.

9.

Gelingt es euch, was keinem noch gelang,
Aus meinem Sattel mich zu heben,
So seid ihr frei und reiset ohne Zwang
Wohin ihr wollt: wo nicht, so müßt ihr euch ergeben,
Wie diese Herren hier, mir zu Gebot zu stehn,
Und keinen Schritt von hier zu gehn,
Bis wir das Abenteur bestanden
Und meine Braut erlöst aus Angulaffers Banden.

10.

Doch, wenn ihr etwa lieber schwört
In seinen Eisenturm geraden Wegs zu dringen,
Und meine Angela allein zurück zu bringen,
So habt ihr freie Wahl, und seid noch Dankes wert.«
»Prinz«, sprach der Paladin, »was braucht's hier erst zu kiesen?
Genug, daß ihr die Ehre mir erwiesen!
Kommt, einen Ritt mit euch und eurer ganzen Zahl,
Vom übrigen ein andermal!«

11.

Der schöne Ritter stutzt, doch läßt er sich's gefallen:
Sie reiten, die Trompeten schallen,
Und, kurz, Herr Hüon legt mit einem derben Stoß
Den Prinzen Libanons gar unsanft auf den Schoß
Der guten alten Mutter Erde.
Drauf kommen nach der Reih die edeln Knechte dran;
Und als er ihnen so wie ihrem Herrn getan,
Hebt er sie wieder auf mit höflicher Gebärde.

12.

»Bei Gott, Herr Ritter, (spricht, indem er zu ihm hinkt,

Der Cedernprinz) ihr seid ein scharfer Stecher!
Doch Basta! eure Hand! Kommt, weil der Abend winkt,
Zum brüderlichen Mahl und zum Versöhnungsbecher.«
Herr Hüon nimmt den Antrag dankbar an:
Drei Stunden flogen weg mit Trinken und mit Scherzen;
Und, wie die Ritter ihn so schön und höflich sahn,
Verziehn sie ihm ihr Rippenweh von Herzen.

13.

»Itzt«, spricht er, »liebe Herrn und Freunde, da ich euch
Was mein war ehrlich abgewonnen,
Itzt, sollt ihr wissen, geht's geraden Weges gleich
Dem Riesen zu. Ich war's vorhin gesonnen,
Und tu es nun mit desto größrer Lust,
Weil einem Biedermann ein Dienst damit geschiehet.«
Drauf dankt er daß sie sich so viel mit ihm bemühet,
Und drückt der Reihe nach sie all' an seine Brust.

14.

Und als sie ihm zur Burg des ungeschlachten Riesen
Durch einen Föhrenwald den nächsten Weg gewiesen,
Entläßt er sie, mit der Versicherung,
Sie sollten bald von ihrer Dame hören.
»Lebt wohl, ihr Herrn!« – »Viel Glücks!« – Und nun in vollem Sprung
Zum Wald hinaus. Kaum rötete die Föhren
Die Morgensonn, als ihm im blachen Feld
Ein ungeheurer Turm sich vor die Augen stellt.

15.

Aus Eisen schien das ganze Werk gegossen,
Und ringsum war's so fest verschlossen,
Daß nur ein Pförtchen, kaum zwei Fuß breit, offen stand;
Und vor dem Pförtchen stehn, mit Flegeln in der Hand,
Zwei hochgewaltige metallene Kolossen,
Durch Zauberei belebt, und dreschen unverdrossen
So hageldicht, daß zwischen Schlag und Schlag
Sich unzerknickt kein Lichtstrahl drängen mag.

16.

Der Paladin bleibt eine Weile stehen;
Und, wie er überlegt was anzufangen sei,
Läßt eine Jungfrau sich an einem Fenster sehen,
Und winkt gar züchtiglich ihn mit der Hand herbei.
»Ei ja!« ruft Scherasmin, »die Jungfer hat gut winken!
Ihr werdet doch kein solcher Waghals sein?
Seht ihr die Schweizer nicht zur Rechten und zur Linken
Da kommt von euch kein Knochen ganz hinein!«

17.

Doch Hüon hielt getreu an seiner Ordensregel,
Dem Satan selber nicht den Rücken zuzudrehn.
»Hier«, denkt er, »ist kein Rat als mitten durch die Flegel
Geradezu aufs Pförtchen los zu gehn.«
Den Degen hoch, die Augen zugeschlossen,
Stürzt er hinein; und, wohl ihm! ihn verführt
Sein Glaube nicht; die ehernen Kolossen
Stehn regungslos, so bald er sie berührt.

18.

Kaum ist der Held hinein gegangen,
Indessen Scherasmin im Hof die Pferde hält,
So eilt die schöne Magd² den Ritter zu empfangen;
Mit schwarzen Haaren, die ihr am Rücken niederhangen,
In weißem Atlasrock, der bis zur Erde fällt,
Und den am leicht bedeckten Busen
Ein goldnes Band zusammen hält,
Das zierlichste Modell zu Grazien oder Musen!

19.

»Was für ein Engel, (spricht, indem sie seine Hand
Nur kaum berührt, das Mädchen süß errötend)
Was für ein Engel, Herr, hat euch mir zugesandt,
Ich stand am Fenster just, zur heilgen Jungfrau betend,
Als ihr erschient. Gewiß hat Sie's getan,
Und als von Ihr geschickt nimmt Angela euch an.
Von Ihr, die schon so oft sich meiner angenommen,

Zu Hülfe mir gesandt, seid tausendmal willkommen!

20.

Nur laßt uns nicht verziehn; denn jeder Augenblick
Ist mir verhaßt, den wir in diesem Kerker weilen.«
»Ich komme nicht«, spricht Hüon, »so zu eilen:
Wo ist der Ries?« – »O der«, versetzt sie, »liegt, zum Glück,
In tiefem Schlaf, und wohl, daß ihr ihn so getroffen;
Denn, ist er wieder auferweckt,
Vergebens würdet ihr ihm obzusiegen[3] hoffen,
So lang der Zauberring an seinem Finger steckt.

21.

Doch diesen Ring ihm sicher abzunehmen
Ist's noch gerade Zeit.« »Wie so?« – »Der tiefe Schlaf,
Der täglich drei- bis viermal ihn zu lähmen
Und zu betäuben pflegt, ist kein gemeiner Schlaf.
Ich will euch, weil noch wohl zwei ganze Stunden fehlen
Bis er erwacht, die Sache kurz erzählen.
Mein Vater, Balazin von Phrygien genannt,
Ist Herr von Jericho im Palästinerland.

22.

Beinah vier Jahre sind's, seit mich Alexis liebte,
Der schönste Prinz vom Berge Libanon;
Und wenn ich ihn durch Sprödetun betrübte,
So wußte, glaubet mir, mein Herz kein Wort davon:
Es fiel mir schwer genug!
Doch, in den ersten Wochen
Hatt' ich's der heiligen Alexia versprochen,
Nur, wenn der Prinz drei Jahre keusch und rein
Mir diente, anders nicht, die Seinige zu sein.

23.

Ganz heimlich ward er mir mit jedem Tage lieber;
Die Prüfungszeit war lang, allein sie ging vorüber;
Ich ward ihm angetraut, – und kurz, schon sahen wir
Ins Brautgemach zusammen uns verschlossen:

Auf einmal flog im Sturm die Kammertür
Erdonnernd auf, der Riese kam geschossen,
Ergriff mich, floh, und sieben Monden schier
Sind, seit mich dieser Turm gefangen hält, verflossen.

24.

Zu wissen, ob der Ries es mir so leicht gemacht
Ihm Stürme ohne Zahl beständig abzuschlagen,
Müßt ihr ihn selber sehn. Mein Herr, was soll ich sagen?
Stets angefochten, stets den Sieg davon zu tragen,
Ist schwer. Einst, da er mich in einer Mondscheinsnacht
(Noch schaudert's mich!) aufs Äußerste gebracht,
Fiel ich auf meine Knie, rief mit gerungnen Händen
Die Mutter Gottes an, mir Hülfe zuzusenden.

25.

Die holde Himmelskönigin
Erhörte mich, die Jungfrau voller Gnaden.
Getroffen wie vom Blitz sank der Versucher hin,
Und lag, ohnmächtig mir zu schaden,
Sechs ganzer Stunden lang. So oft, seit dieser Zeit,
Er den verhaßten Kampf erneut,
Erneut das Wunder sich; stracks muß sein Trotz sich legen,
Und nichts vermag sein Zauberring dagegen.

26.

Dies war erst heute noch der Fall; und nach Verlauf
Der sechsten Stunde (vier sind schon davon verloffen)
Steht er zu neuem Leben auf,
So frisch und stark, als hätt ihn nichts betroffen.
Des Ringes Werk ist dies. So lang ihn der beschützt,
Kann ihm am Leben nichts geschehen.
Ihr glaubt nicht was der Ring für Tugenden besitzt!
Allein, was hält euch, selbst das alles anzusehen?«

27.

Nun ging's dem Ritter just wie euch.
Er hatte sich, nach Angulaffers Namen,

Ein Untier vorgestellt aus Titans rohem Samen,
Den wilden Erdensöhnen gleich,
Die einst, den Göttersitz zu stürmen,
Den hohen Pelion zusamt den Wurzeln aus
Der Erde rissen, um ihn dem Ossa aufzutürmen:
Nun ward ein Mann von sieben Fuß daraus.

28.

Habt ihr das Götterwerk von Glykon je gesehen,
Den großen Sohn der langen Wundernacht,
Im Urbild, oder nur in Gipse nachgemacht,
So denkt, ihr seht den Mann leibhaftig vor euch stehen,
Der in der schönen Mondscheinsnacht
Die arme Angela aufs Äußerste gebracht.
Ihn hätte, wie er lag, von unsern neuern Alten
Der Schlauste für ein Bild vom Herkules gehalten;

29.

Für einen Herkules in Ruh,
Als er dem Augias den Marmorstall gemistet;
So breit geschultert, hoch gebrüstet
Lag Angulaffer da; auch traf die Kleidung zu.
Der Ritter stutzt: denn in den Altertümern
Lag seine Stärke nicht; und so, vorm keuschen Blick
Des Tages, im Kostüm der Heldenzeit zu schimmern,
Däucht ihm ein wahres Heidenstück.

30.

»Nun«, flüstert ihm die Jungfrau, »edler Ritter,
Was zögert ihr? Er schläft. Den Ring, und einen Hieb,
So ist's getan!« – »Dazu ist mir mein Ruhm zu lieb.
Ein Feind, der schlafend liegt, und nackter als ein Splitter,
Schläft sicher neben mir: erst wecken will ich ihn.«
»So macht euch wenigstens zuvor des Ringes Meister«,
Spricht sie. Der Ritter naht, den Reif ihm abzuziehn,
Und macht, unwissend, sich zum Oberherrn der Geister.

31.

Der Ring hat, außer mancher Kraft
Die Hüon noch nicht kennt, auch diese Eigenschaft,
An jeden Finger stracks sich biegsam anzufügen;
Klein oder groß, er wird sich dehnen oder schmiegen
Wie's nötig ist. Der Paladin begafft
Den wundervollen Reif mit schaurichem Vergnügen,
Faßt drauf des Riesen Arm, und schüttelt ihn mit Macht
So lang und stark, bis er zuletzt erwacht.

32.

Kaum fängt der Riese sich zu regen an, so fliehet
Die Tochter Balazins mit einem lauten Schrei.
Herr Hüon, seinem Mut und Ritterstande treu,
Bleibt ruhig stehn. Wie ihn der Heide siehet,
Schreit er ihn grimmig an: »Wer bist du, kleiner Wicht,
Der meinen Morgenschlaf so tollkühn unterbricht,
Dein Köpfchen muß, weil du's von freien Stücken
Mir vor die Füße legst, dich unerträglich jücken?«

33.

»Steh auf und waffne dich«, versetzt der Paladin,
»Dann, Prahler, soll mein Schwert dir Antwort geben!
Der Himmel sendet mich zur Strafe dich zu ziehn;
Das Ende naht von deinem Sündenleben.«
Der Riese, da er ihn so reden hört, erschrickt
Indem er seinen Ring an Hüons Hand erblickt.
»Geh«, spricht er, »eh mein Blut beginnt zu sieden,
Gib mir den Ring zurück und ziehe hin in Frieden.«

34.

»Ich nahm dir nur was du gestohlen ab,
Und dem er angehört werd ich ihn wieder geben«,
Spricht Hüon; »ich verschmäh ein so geschenktes Leben
Steh auf und rüste dich, und komm mit mir herab!«
»Du hättest mich im Schlaf ermorden können«,
Versetzt der Reck in immer sanfterm Mut;
»Du bist ein Biedermann; mich daurt dein junges Blut;
Gib mir den Ring, den Kopf will ich dir gönnen.«

35.

»Feigherziger«, ruft Hüon, »schäme dich!
Vergebens bettelst du! Stirb, oder, wenn du Leben
Verdienst, verdien es ritterlich!«
Jetzt springt der Unhold auf, daß selbst die Mauern beben
Sein Auge flammet wie der offne Höllenschlund,
Die Nase schnaubt, Dampf fährt aus seinem Mund;
Er eilt hinweg den Panzer anzulegen,
Der undurchdringlich ist selbst einem Zauberdegen.

36.

Der Ritter steigt herab, und ungesäumt erscheint
Ganz in verlupptem[4] Stahl sein trotzig sicrer Feind,
Der in der Wut vergaß, daß vor des Ringes Blitzen
Ihn keine Zauberwaffen schützen.
Allein der erste Stoß, den Hüons gutes Schwert
Auf seinen Harnisch fahrt, gibt ihm die Todeswunde;
Das Blut schießt wie ein Strom den Hals empor, und sperrt
Des Atems Weg in seinem weiten Schlunde.

37.

Er fällt, wie auf der Stirn des Taurus eine Fichte
Im Donner stürzt; der Turm, das Feld umher
Erbebt von seinem Fall; er fühlt sich selbst nicht mehr,
Sein starrend Auge schließt auf ewig sich dem Lichte,
Und den verruchten Geist, von Freveltaten schwer,
Schon schleppen Teufel ihn zum schrecklichen Gerichte.
Der Sieger wischt vom blutbefleckten Stahl
Das schwarze Gift, und eilt zur Jungfrau in den Saal.

38.

»Heil euch, mein edler Herr! ihr habt mich wohl gerochen«,
Ruft Angela, indem sie sich entzückt
Zu seinen Füßen wirft, so bald sie ihn erblickt,
»Und dir, die ihn zum Retter mir geschickt,
O Himmelskönigin, sei es hiermit versprochen,
Der erste Sohn, mit dem ich in die Wochen
Einst komme, werd, in klarem dichtem Gold,

So schwer er ist, zum Opfer dir gezollt!«

39.

Herr Hüon, als er sie gar ehrbar aufgehoben,
Erwidert ihren Dank mit aller Höflichkeit
Der guten alten Ritterzeit,
Die zwar so fein, wie unsre, nicht gewoben,
Doch desto derber war, und besser Farbe hielt.
Des Ritters große Pflicht war Jungfraun zu beschützen,
Und, wenn sein Herz sich gleich unangemutet[5] fühlt,
Auf jeden Ruf sein Blut für jede zu verspritzen.

40.

Die Dame hatte noch nicht Zeit und Ruh genug
Gehabt, den jungen Mann genauer zu erwägen;
Itzt, da sie ihn erbat die Waffen abzulegen,
Itzt hätte sie sich gleich mehr Augen wünschen mögen
Als Junons Pfau in seinem Schweife trug,
So sehr däucht ihr der Ritter, Zug für Zug,
Von Kopf zu Fuß, an Bildung und Gebärden,
An Großheit[6] und an Reiz, der erste Mann auf Erden.

41.

Nicht, daß sie just mit jemand ihn verglich
Der zwischen ihm und ihrem Herzen stünde;
Ganz arglos überließ sie ihren Augen sich,
Und bloßes Sehn ist freilich keine Sünde.
Kein Skrupel störte sie in dieser Augenlust,
So sanft spielt noch um ihre junge Brust
Der süße Trug; denn, was sie sicher machte
War, daß ihr Herz nicht an Alexis dachte.

42.

Ein Glück für dich, unschuldge Angela,
Daß keiner deiner Blick' in Hüons Busen Zunder
Zum Fangen fand. Und freilich war's kein Wunder:
Denn, kam ihr auch, wie dann und wann geschah,
Der seinige auf halbem Weg entgegen,

So war's der Blick von einem Haubenkopf;
Er hätt auf einen Blumentopf,
Auf ein Tapetenbild, nicht kälter fallen mögen.

43.

Ein unbekanntes Was, das ihn wie ein Magnet
Nach Bagdad zieht, scheint allen seinen Blicken
Die scharfe Spitze abzuknicken,
Und macht, daß jeder Reiz an ihm verloren geht.
Vergebens ist ihr Wuchs wie eine schöne Vase
Von Amors eigner Hand gedreht;
Vergebens schließt die sanft erhobne Nase
Sich an die glatte Stirn in stolzer Majestät;

44.

Umsonst hebt ihre Brust, gleich einem Doppelhügel
Von frischem Schnee, um den ein Nebel graut,
Den dünnen weißen Flor; umsonst ist ihre Haut
So rein und glatt als wie ein Wasserspiegel,
Worin im Rosenschmuck Aurora sich beschaut;
Vergebens hat ihr königliches Siegel
Die Schönheit jedem Teil so sichtbar aufgedrückt,
Daß ihr Gewand sie weder deckt noch schmückt.

45.

Kurz, Angela mit allen ihren Reizen
Ist ihm vergebens schön und jung;
Und, ferne nach Verlängerung
Der holden Gegenwart zu geizen,
Wünscht er mit jedem Augenblick
In ihres Bräutgams Arm recht herzlich sie zurück,
Und kann zuletzt sich nicht entbrechen,
Da Sie nichts sagt, ihr selbst davon zu sprechen.

46.

Kaum daß er ihr dazu Geleit und Schutz versprach,
Und ihre Lippen sich in Dank dafür ergossen:
Als ein Getös von Reisigen und Rossen

Im Hof der Burg sie plötzlich unterbrach.
Schon trampelt's laut die langen Wendelstiegen
Herauf. Die junge Frau erschrickt – »Wer kann es sein?«
Doch bald zerschmilzt ihr Schrecken in Vergnügen,
Denn, siehe da! Alexis tritt herein.

47.

Ihm war, zwar etwas spät, zu Sinne
Gestiegen, daß es ihm nicht allzu rühmlich sei,
Wenn Hüon seine Braut dem Recken[7] abgewinne,
Indessen, weit vom Schuß, mit seiner Reiterei
Er, ihr Gemahl, im Schatten, frank und frei,
Sein zärtlich Blut mit Palmenwein verdünne:
Auch konnte ja (wer wird dafür ihm stehn?)
Der Ritter gar davon mit seinem Engel gehn.

48.

Demnach, so hatt' er, stracks als ihm sein Ohr gesungen,
Mit seiner Ritterschaft zu Pferde sich geschwungen,
Und kam in vollem Trab, falls etwa die Gefahr
Durch Hüons Tapferkeit bereits vorüber war,
Die Schöne in Empfang zu nehmen,
Dem fremden Ritter Gottes Lohn
Zu wünschen, und – ein wenig sich zu schämen,
(Denkt ihr) allein, er war ein Prinz von Libanon.

49.

Herr Hüon, unverhofft des Umwegs überhoben
Mit Angela zurück ins Palmental zu ziehn,
Läßt von den schönen Herrn sich in die Wette loben,
Und fühlt sich just dabei so gut, als ob man ihn
Gescholten hätt. Und nun, die Wohltat zu vollenden,
Wird, durch des Ringes Kraft, von unsichtbaren Händen
Mit allem was den Gaum ergetzt
Ein großer runder Tisch in Überfluß besetzt.

50.

»Ah«, ruft die schöne Braut, »schier hätt ich es vergessen:

Herr Ritter, ehe wir zum Essen
Uns setzen, geht und schließt mit eigner Hand geschwind
Des Riesen Harem auf; denn funfzig Jungfern sind
Noch außer mir in diesem Turm verwahret;
Der schönste Mädchenflor, ein wahres Tulpenbeet!
Er hatte sie für seinen Mahomed
Zu Opfern, denk ich, aufgesparet.«

51.

Der Harem tut sich auf, und zeigt, in vollem Putz
Und buntem lieblichem Gewimmel,
Ein wahres Bild von Mahoms lustgem Himmel.
Herr Hüon läßt die Damen all' im Schutz
Der schönen Herrn, und ist schon weit davon geritten,
Da hinter ihm noch alles lärmt und schnarrt,
Die Ehre seiner Gegenwart
Sich wenigstens zur Tafel auszubitten.

52.

Schon schlich, indes in Grau das Abendrot zerfloß,
Der stille Mond herauf am Horizonte,
Als Hüon, weil sein Gaul nicht länger laufen konnte,
An einem schönen Platz zu ruhen sich entschloß.
Er sieht sich auf der grünen Erde
Nach einem Lager um, indessen für die Pferde
Sein Alter sorgt. Auf einmal steht, ganz nah,
Ein prächtiges Gezelt vor seinen Augen da.

53.

Ein reicher Teppich liegt, so weit es sich verbreitet,
Auf seinem Boden ausgespreitet,
Mit Polstern rings umher belegt,
Die, wie beseelt von innerlichem Leben,
Bei jedem Druck sanft blähend sich erheben.
Ein Tisch von Jaspis, den ein goldner Dreifuß trägt,
Steht mitten drin, und, was dem essenslustgen Magen
Zum Göttertisch ihn macht, das Mahl ist aufgetragen.

54.

Der Ritter bleibt wie angefroren stehn,
Winkt Scherasmin herbei, und fragt ihn, was er sehe?
»O, das ist leicht«, erwidert der, »zu sehn:
Freund Oberon ist sichtlich in der Nähe.
Wir hätten ohne ihn die Nacht,
Anstatt uns nun in Schwanenflaum zu senken,
Auf unsrer Mutter Schoß so sanft nicht zugebracht.
Das nenn ich doch an seine Freunde denken!

55.

Kommt, lieber Herr, nach dieser langen Fahrt
Schmeckt Ruhe süß; laßt hurtig euch entgürten!
Ihr seht, der schöne Zwerg hat keinen Fleiß gespart,
Wiewohl im Flug, uns herrlich zu bewirten.«
Herr Hüon folgt dem Rat. Sie lagern beide sich
Halb sitzend um den Tisch, und schmausen ritterlich;
Auch wird, beim Sang Gasconscher froher Lieder,
Der Becher fleißig leer und füllt sich immer wieder.

56.

Bald löset unvermerkt des Schlafes weiche Hand
Der Nerven sanft erschlafftes Band.
Indem erfüllt, wie aus der höchsten Sphäre,
Die lieblichste Musik der Lüfte stillen Raum.
Es tönt als ob ringsum auf jedem Baum
Ein jedes Blatt zur Kehle worden wäre,
Und Maras Engelston, der Zauber aller Seelen,
Erschallte tausendfach aus allen diesen Kehlen.

57.

Allmählich sank die süße Harmonie,
Gleich voll, doch schwächer stets, herunter bis zum Säuseln
Der sanftsten Sommerluft, wenn kaum sich ie und ie[8]
Ein Blatt bewegt und um der Nymphe Knie
Im stillen Bache sich die Silberwellen kräuseln.
Der Ritter, zwischen Schlaf und Wachen, höret sie
Stets leiser wehn, bis unter ihrem Wiegen

Die Sinne unvermerkt dem Schlummer unterliegen.

58.

Er schlief in Einem fort, bis, da der frühe Hahn
Aurorens Rosenpferde wittert,
Ein wunderbarer Traum sein Innerstes erschüttert.
Ihm däucht, er geh auf unbekannter Bahn,
Am Ufer eines Stroms, durch schattige Gefilde;
Auf einmal steht vor ihm ein göttergleiches Weib[9],
Im großen Auge des Himmels reinste Milde,
Der Liebe Reiz um ihren ganzen Leib.

59.

Was er empfand ist nicht mit Worten auszudrücken,
Er, der zum ersten Mal itzt Amors Macht empfand,
Und atemlos, entgeistert vor Entzücken,
Sein Leben ganz in seinen Blicken,
Im Boden eingewurzelt stand,
Sie noch zu sehen glaubt, nachdem sie schon verschwand.
Und, da der süße Wahn zuletzt vor ihm zerfließet,
Nichts mehr zu sehn die Augen sterbend schließet.

60.

Betäubt, in fühlbarm Tod, lag er am Ufer da
In seinem Traum: als ihn bedünkt, er spüre
Daß eine warme Hand sein starres Herz berühre.
Und, wie vom Tod erweckt, erhob er sich und sah
Die Schöne abermal zu seiner Seite stehen,
Die keiner Sterblichen in seinen Augen gleicht,
Und dreimal schöner, wie ihm däucht,
Und holder als er sie zum ersten Mal gesehen.

61.

Stillschweigend schauten sie einander beide an,
Mit Blicken, die sich das unendlich stärker sagten,
Was ihre Lippen noch nicht auszusprechen wagten.
Ihm ward in ihrem Aug ein Himmel aufgetan,
Wo sich in eine See von Liebe

Die Seele taucht. Bald wird das Übermaß der Lust
Zum Schmerz: er sinkt im Drang der unaufhaltbarn Triebe
In ihren Arm, und drückt sein Herz an ihre Brust.

62.

Er fühlt der Nymphe Herz an seinem Busen schlagen
Der Glückliche! wie schnell, wie stark, wie warm!
Und – plötzlich hört es auf zu tagen,
Auf schwarzen Wolken rollt des Donners Feuerwagen,
Laut heulend bebt der Stürme wilder Schwarm;
Von unsichtbarer Macht wird schnell aus seinem Arm
Im Wirbelwind die Nymphe fortgerissen
Und in die Flut des nahen Stroms geschmissen.

63.

Er hört ihr ängstlich Schrein, will nach – o Höllenpein!
Und kann nicht! steht, entseelt vor Schrecken,
Starr wie ein Bild auf einem Leichenstein.
Vergebens strebt er, keicht, und ficht mit Arm und Bein;
Er glaubt in Eis bis an den Hals zu stecken,
Sieht aus den Wellen sie die Arme bittend strecken,
Und kann nicht schrein, nicht, wie der Liebe Wut
Ihn spornt, ihr nach sich stürzen in die Flut.

64.

»Herr!« ruft ihm Scherasmin, da er sein banges Schnauben
Vernimmt, »erwacht, erwacht! ein böser Traum
Schnürt euch die Kehle zu.« – »Fort, Geister, macht mir Raum«,
Schreit Hüon, »wollt ihr mir auch ihren Schatten rauben?«
Und wütend fährt er auf aus seinem Traumgesicht;
Noch klopft von Todesangst umfangen
Sein stockend Herz, er starrt ins Tageslicht
Hinaus, und kalter Schweiß liegt auf den bleichen Wangen.

65.

»Das war ein schwerer Traum«, ruft ihm der Alte zu,
»Ihr lagt vermutlich wohl zu lange auf dem Rücken?«
»Ein Traum?« seufzt Siegwins Sohn mit minder wilden Blicken,

»Das war's! allein ein Traum, der meines Herzens Ruh
Auf ewig raubt!« – »Das wolle Gott verwehren,
Mein bester Herr!« – »Sag mir im Ernste, (spricht
Der Ritter ernstvoll) glaubst du nicht
Daß Träume dann und wann der Zukunft uns belehren?«

66.

»Man hat Exempel, Herr, – und wahrlich, seit ich euch
Begleite, leugn' ich nichts«, erwidert ihm der Alte.
»Doch, wenn ich euch die reine Wahrheit gleich
Gestehen soll, so sag ich frei, ich halte
Nicht viel von Träumen. Fleisch und Blut
Hat, wenigstens bei mir, sein Spiel so oft ich träume:
Dies wußten unsre Alten gut,
Und lehrten's uns im wohl bekannten Reime.

67.

Inzwischen, wenn ihr mir den Inhalt eures Traums
Vertrautet, könnt ich euch vielleicht was Bessers reimen.«
»Das will ich auch«, spricht Hüon, ohne Säumen.
»Kaum rötet noch den Gipfel jenes Baums
Der Morgenstrahl. Wir haben Zeit zum Werke.
Nur reiche mir zuvor den Becher her,
Damit ich meine Geister stärke:
Es liegt mir auf der Brust noch immer zentnerschwer.«

68.

Indes der wundervolle Becher
Den Ritter labt, sieht ihn der Alte, still,
Als einer an, dem's nicht gefallen will,
Den wackern Sohn des braven Siegwins schwächer,
Als einem Manne ziemt, zu sehn.
»Ei (denkt er bei sich selbst, kopfschüttelnd) im Erwachen
Noch so viel Werks aus einem Traum zu machen!
Doch, weil's nun so ist, mag's zum Frühstück immer gehn!«

1 *Knappen,* III. 2, so viel als Schildknappen, Waffenträger, Knapo im mittlern Latein. Es war vor Alters mit *Knecht* oder *Edelknecht* (Englisch *Knight*) einerlei, und wurde auch von einem jungen Edelmann gebraucht, welcher einem ältern Ritter, entweder als Lehrjunge, um die Ritterschaft zu erlernen, oder als *Geselle,* um sie unter Anleitung und Aufsicht eines *Meisters* auszuüben, Dienste tat. Nach und nach verlor es, wie Knecht und Schalk, seine vormalige Bedeutung und Würde, und ist dermalen nur noch in den Benennungen Tuchknappe, Mühlknappe, Bergknappe, üblich.

2 *Magd,* III. 18. *Magd, Maget, Magad, Maid, Meid,* sind verschiedene Formen eines Wortes, welches in seiner ältesten Bedeutung eine ungeschwächte junge Frauensperson, eine Jungfrau im eigentlichen Verstande, bedeutete. »Es heißt im Deutschen *Magd* (sagt D. Luther) ein solch Weibsbild, das noch jung ist, und mit Ehren den Kranz trägt und in Haaren geht.« In diesem Sinne wird *Maria* in einem alten Kirchenliede *die reine Magd* genannt. Im Heldenbuch, Theuerdank, u.a. heißen junge Damen vom ersten Rang *edle Meid* oder *Magd,* ohne daß eben auf die physische Bedingung der Jungfräulichkeit Rücksicht genommen wird. *Magdtum* bezeichnet daher im alten Deutschen sowohl den jungfräulichen oder ledigen *Stand,* als was man jetzt in engerer Bedeutung *Jungferschaft* nennt.

3 *Obsiegen,* III. 20, (einem) auch *ansiegen,* eine Altdeutsche Form, für einen besiegen, bezwingen.

4 *Verluppt,* III. 36. »Ganz in verlupptem Stahl«, d.i. in *bezauberten Waffen. Luppen, verluppen* hieß in der alten Allemannischen Sprache vergiften; daher *verlüppte Pfeile.* Weil aber, wie Wachter wohl anmerkt, im gemeinen Volksglauben giftmischen und zaubern verwandte und assoziierte Begriffe sind, so bekamen die Worte *luppen, verluppt,* auch die Bedeutung von *zaubern* und *bezaubert.* So sagt zum Beispiel König Tyrol (beim Goldast):
Der konnte luppen, (d.i. zaubern) *mit die* (dem) *Speer;*
und der Dichter Nithart (ebenfalls in Goldasts Paraenet.) *Zöverluppe* für *Zauber,* fascinum magicum.

5 *Unangemutet,* III. 39, d.i. ohne eine *Anmutung* zu dieser Person zu spüren, ohne daß sein Herz ihm etwas für sie sagt, ohne daß sie ihn interessiert. *Mut* (Mod, Mûat, Mûoth) hieß bei den alten Angelsachsen, Franken und Allemannen

animus bene vel male adfectus, das *Gemüt,* oder was wir figürlich das Herz nennen, und *Muten* war so viel als das Gemüt in Bewegung setzen, *anziehen.* Daher *Anmut,* was unser Herz *anspricht, anzieht.* Das Zeitwort *anmuten* scheint also vorzüglich dazu geschickt zu sein, wenigstens in vielen Fällen die Stelle des fremden und unsern *Puristen* anstößigen *interessieren* zu ersetzen; zumal wenn unsre Schriftsteller sich entschlössen, dieses Wort in dem Sinne, worin es *ansinnen* oder *zumuten (d.*i. verlangen daß ein anderer über eine gewisse Sache eben so *gemutet sei* wie wir) heißt, nie wieder zu gebrauchen. Von etwas *angemutet* oder *unangemutet* sein oder werden, wäre diesem nach so viel als davon *interessiert* oder *nicht interessiert* werden: und in diesem Sinne scheint unser Dichter das von ihm vermutlich zuerst gebrauchte Wort *unangemutet* genommen zu haben.

6 *Großheit,* III. 40. Großheit verhält sich zu *Größe,* wie Hoheit *zu Höhe,* nur daß es in dieser Bedeutung im Hochdeutschen noch nicht üblich ist. Der Dichter versteht unter *Großheit* das, was beim ersten Anblick eine große, über gewöhnliche Menschen weit empor ragende Person ankündigt. *Größe,* ohne irgend eine hinzu gesetzte nähere Bestimmung, erweckt nur den Begriff körperlicher *Quantität: Großheit* erregt ein mit Ehrfurcht verbundenes dunkles Gefühl der Würde und Vortrefflichkeit einer Person. Majestät ist nur ein höherer Grad von Großheit, und beide können auch ohne eine über das gemeine Maß hinaus gehende kör-perliche Größe (Procerität) Statt finden, wiewohl diese unstreitig ein beträchtliches dazu beiträgt, das Gefühl und Vorurteil von Großheit und Majestät zu erregen.

7 *Recke,* III. 47. Ein veraltetes Wort für Riese. Es wurde ehemals auch von andern tapfern und streitbaren Männern gebraucht und die alten Sueven werden in dieser Bedeutung in dem Lobgesang auf den Heiligen Anno St. 19. gute Reckin genannt. In den alten Isländischen Mythen heißen ihre Heerführer oder Landes-hauptleute (Könige) Landrecken.

8 *Je und ie,* III. 57. Die alte und noch immer übliche *Oberdeutsche* Form der Partikel *je* ist *ie,* welches beinahe wie i ausgesprochen wird. So kommt sie bei den *Minnesängern* immer vor, und die Richtigkeit dieser Form und Aussprache wird auch durch das offenbar aus den alten Verneinungswörtchen *ni* und *ie* zu-sammen gesetzte *nie* bestätiget. Weil man einem Deutschen Dichter das Reimen nicht ohne Not erschweren sollte, indem unsre Sprache ohnehin *arm* genug an Reimen ist, so halten wir für billig, *daß* man reimenden Dichtern erlaube, sich der Wörter *je, jeder,* und *jetzt* sowohl in dieser neuern, als in der Altdeutschen Form, *ie, ieder,* und *itzt,* nach Gefallen zu bedienen. Ohne diese Freiheit hätte

hier eine der besten Stanzen des ganzen Oberons entweder gänzlich *kassiert, oder* ins Schlechtere verändert werden müssen.

9 *Weib*, III. 58 »da steht vor ihm ein *göttergleiches Weib*«, – wird hier in der Altdeutschen Bedeutung gebraucht, vermöge deren es, wie das Griechische gyne, eine jede Frauensperson, ohne Rücksicht auf Geburt, Stand und Alter bezeichnet. So kommt das Wort Wib beständig bei den *Minnesängern,* vor wiewohl schon Walther von der Vogelweide in einem seiner schönsten Lieder sich sehr darüber ereifert, daß man zu seiner Zeit (im 13ten Jahrhunderte) schon einen Unterschied zu machen anfing, weil die vornehmern nicht mehr Weiber sondern Frowen (Frauen) heißen wollten. Indessen sagen noch itzt in Oberdeutschland Personen von Stande, wenn von ihres gleichen die Rede ist, – »Sie ist ein schönes Weib«; und auch in unsrer neuem Dichtersprache ist das Wort Weib von mehrern wieder in seine alte Würde eingesetzt worden. Denn, wie der eben benannte edle Minnesänger sagt:
Wib muß immer sin der Wibe höhster Name.

Vierter Gesang

1.

Der Paladin beginnt nun seine Traumgeschichte
Wie folget: »Was du auch, mein guter Scherasmin,
Von dem, was ich dir itzt berichte,
Im Herzen denken magst, so ist's doch kein Gedichte,
Daß ich, Gott sei es Dank! noch stets an Leib und Sinn,
So wie du hier mich siehst, ein reiner Jüngling bin.
Nie hat vor diesem Tag in meinem ganzen Leben
Mein unbefangnes Herz der Liebe Raum gegeben.

2.

Es waren zwar der schönen Jungfrau'n viel
An meiner Mutter Hof, und an Gelegenheiten,
Die einen Knaben leicht zur Tändelei verleiten,
Gebrach es nicht, zumal beim Pfänderspiel:
Da gab's wohl manchmal auch ein Strumpfband aufzulösen
Allein der schönste Fuß ließ meine Phantasei
In stolzer Ruh; und wär's Genevrens Fuß gewesen,
Es war ein Fuß, mehr dacht ich nicht dabei.

3.

Daß ich von Kindheit an so viele offne Busen
Und bloße Schultern sah, mocht auch mit Ursach sein.
Gewohnheit gleicht in diesem Stück Medusen,
Und für das Schönste selbst verkehrt sie uns in Stein.
Allein, was half mir's, frei geblieben
Zu sein bis in mein zweimal zehntes Jahr?
Auch meine Stunde kam! Ach, Freund! mein Schicksal war
Im Traum zum ersten Mal zu lieben.

4.

Ja, Scherasmin, nun hab ich sie gesehn,
Sie, von den Sternen mir zur Siegerin erkoren;
Gesehen hab ich sie, und, ohne Widerstehn,
Beim ersten Blick mein Herz an sie verloren.
Du sprichst, es war ein Traum' Nein, Mann! ein Hirngespenst

Kann nicht so tiefe Spuren graben!
Und wenn du tausendmal mich einen Toren nennst,
Sie lebt, ich hatte sie, und muß sie wieder haben.

5.

O hättest du den holden Engel doch
Gesehn wie ich! – Zwar, wenn ich malen könnte,
Ich stellte sie dir hin, so glühend wie sie noch
Vor meiner Stirne schwebt, und bin gewiß, sie brennte
Dein altes Herz zu einer Kohle aus.
O daß nur etwas mir geblieben wär, das Leben
Von ihr empfing! ach! nur der Blumenstrauß
An ihrer Brust! was wollt ich nicht drum geben!

6.

Denk dir ein Weib im reinsten Jugendlicht,
Nach einem Urbild von dort oben
Aus Rosenglut und Lilienschnee gewoben;
Gib ihrem Bau das feinste Gleichgewicht;
Ein stilles Lächeln schweb auf ihrem Angesicht,
Und jeder Reiz, von Majestät erhoben,
Erweck und schrecke zugleich die lüsterne Begier:
Denk alles, und du hast den Schatten kaum von ihr!

7.

Und nun, sanft angelockt von ihren süßen Blicken,
Dies holde Weib, das nur die Luftgestalt
Von einem Engel schien, an meine Brust zu drücken,
Zu fühlen, wie ihr Herz in meines überwallt,
Ist's möglich, daß ich vor Entzücken
Nicht gar verging? – Nun komm, und sprich mir kalt,
Es war ein Traum! Wie schal, wie leer und tot ist neben
So einem Traum mein vorigs ganzes Leben!

8.

Noch einmal, Scherasmin, es war kein Schattenspiel
Im Sitz der Phantasie aus Weindunst ausgegoren!
Ein unbetrügliches Gefühl

Sagt mir, sie lebt, sie ist für mich geboren.
Vielleicht war's Oberon, der sie erscheinen ließ.
Ist's Wahn: o laß ihn mir! die Täuschung ist so süß!
Doch, nichts von Wahn! Kann solch ein Traum betrügen
O so ist alles Wahn! so kann die Wahrheit lügen!«

9.

Der Alte wiegt sein zweifelreiches Haupt,
Wie wenn man euch ein Wunderding erzählet,
Wovon ihr nichts im Herzen glaubt,
Wiewohl euch Grund es wegzuleugnen fehlet.
»Was denkst du?« fragt der Ritter. – »Das ist's just
Was mich verlegen macht«, versetzt der Unverliebte,
»Ich hätte freilich wohl zu manchem Einwurf Lust;
Allein was hälf's am End, als daß ich euch betrübte?

10.

Nur, vor der Hand, weil euer fürstlich Wort
Euch einmal gegen Karl verbindet,
So, dächt ich, setzten wir den Zug nach Bagdad fort.
Vielleicht daß unterwegs der Zauber wieder schwindet;
Vielleicht daß Oberon dabei sein Bestes tut,
Und unversehens sich die Traumprinzessin findet.
Inzwischen, lieber Herr, tut euch die Hoffnung gut,
So hofft! Man macht dabei zum mindsten rotes Blut.«

11.

Weil dies der Knappe spricht, steht mit gesenkter Stirne
Der Ritter da; denn plötzlich hatte sich
In seinem liebeskranken Hirne
Die Szene umgekehrt. »Ach«, spricht er, »täusche mich
Nicht auch mit falschem Trost! Feindselige Gestirne
Sind über mir. Was kann ich hoffen, sprich!
Der Sturm, der sie von meiner Brust gerissen,
Läßt, leider, mich zu viel von meinem Schicksal wissen.

12.

Entrissen ward sie mir! Noch streckt sie aus der Flut

Die Arme gegen mich – noch stockt vor Angst mein Blut
Und ach! wie an den Grund mit Ketten
Geschmiedet, stand ich da, ohnmächtig sie zu retten!«
»Das war im Traum«, spricht Scherasmin, »wofür
Euch ohne Not mit schwarzer Ahnung grämen,
Ein Traum läßt nie von Art. Das beste, glaubet mir,
Ist's, sich daraus nur was uns freut zu nehmen.

13.

Daß euch im Traum ein wohl gewogner Geist
Die künftge Königin von euerm Herzen weist,
Das hat er gut gemacht! So etwas läßt sich glauben,
Und kurz, wir nehmen's nun für bare Wahrheit an.
Allein den Strom, den Wirbelwind, die Schrauben
An Hand und Fuß, die hat der Traum hinzu getan.
Mir selbst ist oft in meinen jüngern Jahren,
Wenn mich der Alp gedrückt, dergleichen widerfahren.

14.

Da, zum Exempel, läuft ein schwarzer Zottelbär,
Indem ich wandeln geh, der Himmel weiß woher,
Mir in den Weg; ich greif im Schrecken nach dem Degen
Und zieh, und zieh – umsonst! Ein plötzlich Unvermögen
Strickt jede Sehne mir in allen Gliedern los;
Zusehens wird der Bär noch siebenmal so groß,
Sperrt einen Rachen auf so gräßlich wie die Hölle;
Ich flieh und ängstge mich, und kann nicht von der Stelle.

15.

Ein andermal, wenn ihr von einem Abendschmaus
Nach Haus zu gehen träumt, bei einem alten Gaden[1]
Vorbei; auf einmal knarrt ein kleiner Fensterladen,
Und eine Nase guckt heraus
So lang als euer Arm. Ihr sucht, halb starr vor Schrecken,
Ihr zu entfliehn, und vorn und hinten stehn
Gespenster da, die ins Gesicht euch sehn,
Und feurge Zungen weit aus langen Hälsen recken.

16.

Ihr drückt in Todesangst euch seitwärts an die Wand
Die gegenüber steht – und eine dürre Hand
Fährt durch ein rundes Loch euch eiskalt übern Rücken,
Und sucht an euch herum, euch da und dort zu zwicken.
Ein jedes Haar auf eurm Kopfe kehrt
Die Spitz empor, zur Flucht ist jeder Weg verwehrt,
Die Gasse wird zusehends immer enger,
Stets frostiger die Hand, die Nase immer länger.

17.

Dergleichen, wie gesagt, begegnet oft und viel;
Allein, am End ist's doch ein bloßes Possenspiel,
Das Nachtgespenster sich in unserm Schädel machen;
Die Nase samt der Angst verschwindet im Erwachen.
Ich dächt an euerm Platz dem Ding nicht weiter nach,
Und hielte mich an das, was mir der Zwerg versprach.
Frisch auf! Mir ahnet was! Es müßte übel enden,
Wenn wir die Dame nicht in Bagdad wiederfänden.«

18.

Bei diesem Worte springt der Ritter, angeweht
Von frischem Mut, empor, als hätt ihm nichts geträumet.
Der Morgenluft entgegen wiehernd, steht
Sein Renner schon gesattelt und gezäumet.
Er schwingt sich auf, und wie er aus dem Feld
Zurücke schaut, verschwunden ist das Zelt:
In einem Wink erhob sich's aus dem Rasen,
In einem Wink war alles weggeblasen.

19.

Sie zogen nun dem Lauf des hohen Euphrats nach,
Von Palmen und Gebüsch vorm Sonnenstrahl geborgen,
Durchs schönste Land der Welt, stillschweigend, keiner sprach
Ein Wort, wiewohl's an Stoff zum Reden nicht gebrach;
Denn jeder war vertieft in andre Sorgen.
Die reine Luft, der angenehme Morgen,
Der Vögel Lustgesang, des Stromes stiller Lauf,

Weckt beider Phantasie aus leisem Schlummer auf

20.

Der Ritter sieht in ihrem Zauberspiegel
Nichts sehenswert als das geliebte Bild.
Er malt die Göttin sich auf seinen blanken Schild,
Erklimmt auf ihrer Spur des Taurus schroffsten Hügel,
Steigt, sie erfragend, bis in Merlins furchtbars Grab,
Bekämpft die Riesen und die Drachen,
Die um das Schloß, worin sie schmachtet, wachen,
Und kämpfte sie der ganzen Hölle ab.

21.

Indessen er, in eingebildeter Wonne,
Die schwer errungne Braut an seinen Busen drückt,
Sieht unvermerkt ans Ufer der Garonne,
Wo er als Kind den ersten Strauß gepflückt,
Von Euphrats Ufern weg der Alte sich verzückt.
»Nein«, denkt er, »nirgends scheint doch unsers Herrgotts Sonne
So mild als da, wo sie zuerst mir schien,
So lachend keine Flur, so frisch kein andres Grün!

22.

Du kleiner Ort, wo ich das erste Licht gesogen,
Den ersten Schmerz, die erste Lust empfand,
Sei immerhin unscheinbar, unbekannt,
Mein Herz bleibt ewig doch vor allen dir gewogen,
Fühlt überall nach dir sich heimlich hingezogen,
Fühlt selbst im Paradies sich doch aus dir verbannt;
O möchte wenigstens mich nicht die Ahnung trügen,
Bei meinen Vätern einst in deinem Schoß zu liegen!«

23.

In solcher Träumerei schwindt unvermerkt der Raum
Der sie von Bagdad trennt, bis itzt die Mittagshitze
In einen Wald sie treibt, der vor der Glut sie schütze.
Noch ruhten sie um einen alten Baum,
Wo dichtes Moos sich schwellt zum weichen Sitze,

Und Oberons Pokal erfrischt den trocknen Gaum;
Als, eben da er sich zum dritten Male füllet,
Ein gräßliches Geschrei in ihre Ohren brüllet.

24.

Sie springen auf. Der Ritter faßt sein Schwert
Und fleucht dahin, woher die Zetertöne schallen!
Und sieh! ein Sarazen zu Pferd,
Von einem Löwen angefallen,
Kämpft aus Verzweiflung noch, erschöpft an Kraft und Mut,
Mit matter Faust. Schon taumelt halb zerrissen
Sein Roß, und wälzt mit ihm in einem Strom von Blut
Sich um, und hat vor Angst die Stange durchgebissen.

25.

Grimmschnaubend stürzt der Löw auf seinen Gegner los,
Aus jedem Blick schießt eine Feuerflamme.
Indem fährt Hüons Stahl ihm seitwärts in die Wamme.
Der Tiere Fürst, den solch ein Gruß verdroß,
Erwidert ihn mit einer langen Schramme,
Nach der des Ritters Blut aus tausend Quellchen floß:
Hätt Angulaffers Ring nicht über ihm gewaltet,
Ihn hätt auf Einen Zug der Löw entzwei gespaltet.

26.

Herr Hüon rafft, was er an Kraft vermag,
Zusammen, (denn sein Tod blitzt aus des Löwen Blicke)
Und stößt sein kurzes Schwert mit Macht ihm ins Genicke.
Vergebens schwingt sich noch der Schweif zu einem Schlag,
Von dem, wofern der Ritter nicht zurücke
Gesprungen wär, er halb zerschmettert lag;
Vergebens dräuet noch die fürchterliche Tatze;
Ein Streich von Scherasmin erlegt ihn auf dem Platze.

27.

Der Sarazen (den reichen Steinen nach,
Die hoch auf seinem Turban blitzen,
Ein Mann von Wichtigkeit) schien noch vor Angst zu schwitzen

Die Ritter fahren ihn am Arme ganz gemach
Den Bäumen zu, in deren Schirm sie lagen;
Man reicht zur Stärkung ihm den goldnen Becher dar,
Und auf Arabisch spricht der Alte: »Herr, fürwahr,
Ihr habt dem Gott der Christen Dank zu sagen!«

28.

Mit scheelem Auge nimmt der Heid aus Hüons Hand
Den Becher voll, und wie er an der Lippen Rand
Ihn bringt, versiegt der Wein, und glühend wird der Becher
In seiner Faust, der innern Schalkheit Rächer!
Er schleudert ihn laut brüllend weit von sich,
Und stampft, und tobt, und lästert fürchterlich.
Herr Hüon, dem es graut ihm länger zuzuhören,
Zieht sein geweihtes Schwert, den Heiden zu – bekehren.

29.

Allein, der Schalk, der übermannt sich hält,
Hat keine Lust zur Gegenwehr zu stehen;
Wie ein gejagter Strauß läuft er ins nahe Feld,
Wo beide Pferd im Grase weiden gehen.
Risch schwingt er sich auf Hüons Klepper, faßt
Ihn bei der Mähn, und mit verhängten Zügeln
Rennt er davon, in solcher Angst und Hast,
Als säß er zwischen Sturmwindsflügeln.

30.

Das Abenteur war freilich ärgerlich;
Allein was half's, dem Lecker nachzulaufen?
Zum Glücke war ein Ding, das einem Maultier glich,
Im nächsten Dorf und wenig Geld zu kaufen.
Das arme Tier, durchsichtiger als Glas,
Schien kaum belebt genug, bis Bagdad auszureichen;
Doch däucht's dem Alten noch auf dessen Rückgrat baß
Als seinem Herrn zu Fuße nachzukeichen.

31.

So setzten beide nun nach dem gewünschten Port

Den ritterlichen Zug so gut sie konnten fort.
Der Sonnenwagen schwebt schon an des Himmels Grenzen,
Auf einmal sehen sie, von fern im weiten Tal,
Gekrönt mit Türmen ohne Zahl,
Der Städte Königin im Abendschimmer glänzen,
Und, durch ein Paradies von ewig frischem Grün,
Den breiten Strom des schnellen Tigers fliehn.

32.

Ein wundersam Gemisch von Schrecken und Entzücken,
Geheime Ahnungen, und fremde Schauer drücken
Des Ritters Herz, da ihm der Schauplatz auf sich tut,
Wo mehr sein Wort und angestammter Mut
Als Karls Gebot, ihn treibt ein Wagstück zu bestehen,
Wovon kaum möglich ist ein besser Ziel zu sehen
Als jähen Tod. Gewiß war immer die Gefahr,
Doch schien sie nie so groß als da sie nahe war.

33.

Er sieht mit ihren goldnen Zinnen,
Gleich einer Götterburg, in furchtbar stolzer Pracht
Der Emirn Burg, den Thron, der Asien zittern macht,
Und spricht zu sich: »Und Du, was gehst du zu beginnen?«
Er stutzt. Doch bald stärkt wieder seine Sinnen
Des Glaubens Mut, der ihn so weit gebracht,
Und eine Stimme scheint ihm leise zuzuwehen,
Er werde die er liebt in jenen Mauern sehen.

34.

»Auf«, ruft er, »Scherasmin, spann alle Segel auf!
Du siehst das Ziel von meinem langen Lauf;
Wir müssen Bagdad noch vor dunkler Nacht erreichen.«
Nun geht's im schärfsten Trott, daß Roß und Reiter keichen.
Der Knapp gießt seinem Tier mitleidig etwas Wein
Aus Oberons Becher auf die Zunge:
»Da«, spricht er, »trink, du guter treuer Junge,
Der Becher trocknet nicht für deines gleichen ein.«

35.

Er hatte Recht. Kaum saugt des Maultiers Zunge
So lechzend als ein ausgebrannter Stein
Den süßen Tau des Zaubergoldes ein,
So schießt mit allbelebendem Schwunge
Ein Feuerstrom durch Adern und Gebein;
Von neuer Kraft gespannt, erfrischt an Herz und Lunge,
Läuft's, einem Windspiel gleich, mit ihm davon,
Und eh der Tag erlischt sind sie in Babylon.

36.

Noch irrten sie in seinen ersten Gassen
Unkundig in der Dämmrung hin und her,
Als Fremde, die sich bloß vom Zufall leiten lassen:
Da kam des Wegs von ungefähr
An ihrem Stab ein Mütterchen gegangen,
Mit grauem Haar und längst verwelkten Wangen.
»He Mutter, seid so gut«, schreit Scherasmin sie an,
»Und weiset uns den Weg zu einem Han.[2]«

37.

Die Alte bleibt gestützt auf ihre Krücke stehen,
Und hebt ihr wankend Haupt, die Fremden anzusehen.
»Herr Fremdling«, spricht sie drauf, »von hier ist's ziemlich weit
Zum nächsten Han; doch, wenn ihr müde seid
Und wenig euch genügt, so kommt in meine Hütte;
Da steht euch Milch und Brot, und eine gute Schütte
Von frischem Stroh zu Dienst, und Gras für euer Vieh;
Ihr ruhet aus, und zieht dann weiter morgen früh.«

38.

Mit großem Dank für ihr gastfreundliches Erbieten
Folgt Hüon nach. Ihm däucht kein Lager schlecht,
Wo Freundlichkeit und Treu der offnen Türe hüten.
Die neue Baucis macht in Eil die Streu zurecht,
Wirft Quendel und Orangenblüten
Aus ihrem Gärtchen drauf, trägt fette Milch voll Schaum
Und saftige Pfirschen auf, und Feigen frisch vom Baum,

Beklagend, daß ihr jüngst die Mandeln nicht gerieten.

39.

Dem Fürsten dünkt, er hab in seiner Lebenszeit
Nie so vergnüglich Mahl gehalten.
Was der Bewirtung fehlt, ersetzt der guten Alten
Vertrauliche Geschwätzigkeit.
»Die Herren«, spricht sie, »kommen eben
Zu einem großen Fest.« – »Wie so?« – »Ihr wißt es nicht?
Es ist das einzge doch was man in Bagdad spricht:
Die Tochter unsers Herrn wird morgen ausgegeben.«

40.

»Des Sultans Tochter? Und an wen?«
»Der Bräutigam ist einer von den Neffen
Des Sultans, Fürst der Drusen, reich und schön,
Und auf dem Schachbrett soll ihn keiner übertreffen;
Mit Einem Wort, ein Prinz, den alle Welt
Der schönen Rezia vollkommen würdig hält.
Und doch – gesagt im engsten Vertrauen –
Sie ließe lieber sich mit einem Lindwurm trauen.«

41.

»Das nenn ich wunderlich«, versetzt der Paladin,
»Ihr werdet's uns so leicht nicht glauben machen.«
»Ich sag es noch einmal, eh die Prinzessin ihn
So nahe kommen läßt, umarmt sie einen Drachen,
Da bleibt's dabei! – Mir ist von langer Hand
Das Wie und Wann der Sache wohl bekannt.
Zwar hab ich reinen Mund gar hoch versprechen müssen
Doch, gebt mir eure Hand, so sollt ihr alles wissen.

42.

Es wundert euch vielleicht, wie eine Frau, wie ich,
Zu solchen Dingen kommt, die selbst dem Fürstenstamme
Verborgen sind und sonsten männiglich?
So wisset denn, ich bin die Mutter von der Amme
Der schönen Rezia, bei der sie alles gilt,

Wiewohl schon sechzehn volle Jahre
Verflossen sind, seit Fatme sie gestillt;
Nun merkt ihr leicht, woher ich manchmal was erfahre.

43.

Man weiß, daß schon seit Jahren der Kalif,
Auf seine Tochter stolz, nicht selten
An Festen, die er gab, sie mit zur Tafel rief,
Wo schöner Männer viel sich ihr vor Augen stellten.
Allein auch das weiß Stadt und Land,
Daß keiner je vor ihr besonders Gnade fand;
Sie schien sie weniger mit mädchenhaftem Grauen
Als mit Verachtung anzuschauen.

44.

Indessen ward geglaubt, sie könne Babekan
(So heißt der Prinz, den sich zum Tochtermann
Der Sultan auserwählt) vor allen andern leiden.
Nicht, daß beim Kommen oder Scheiden
Das Herz ihr höher schlug; ihn nicht mit Fleiß zu meiden
War wohl das Höchste, was er über sie gewann:
Allein, sie war doch sonst für niemand eingenommen;
Die Liebe, dachte man, wird nach der Hochzeit kommen

45.

Jedoch, seit einem Zwischenraum
Von wenig Wochen, hat sich alles umgekehret.
Seitdem kann Rezia den armen Prinzen kaum
Vor Augen sehn. Ihr ganzes Herz emporet
Sich, wenn sie nur von Hochzeit reden höret;
Und, was unglaublich ist, so hat ein bloßer Traum
Die Schuld daran.« – »Ein Traum?« ruft Hüon ganz in Feuer;
»Ein Traum?« ruft Scherasmin, »welch seltsam Abenteuer!«

46.

»Ihr träumte«, fährt die Alte fort,
Sie werd in Rehgestalt an einem wilden Ort
Von Babekan gejagt. Sie lief, von zwanzig Hunden

Verfolgt, in Todesangst herab von einem Berg;
Ihm zu entfliehen war die Hoffnung schon verschwunden!
Da kam ein wunderschöner Zwerg
In einem Phaëthon, den junge Löwen zogen,
In vollem Sprung entgegen ihr geflogen.

47.

Der Zwerg in seiner kleinen Hand
Hielt einen blühnden Lilienstengel,
Und ihm zur Seite saß ein fremder junger Fant[3],
In Ritterschmuck, schön wie ein barer[4] Engel;
Sein blaues Aug und langes gelbes Haar
Verriet, daß Asien nicht sein Geburtsland war;
Doch, wo er immer hergekommen,
Genug, ihr Herzchen ward beim ersten Blick genommen.

48.

Der Wagen hielt. Der Zwerg mit seinem Lilienstab
Berührte sie; stracks fiel die Rehhaut ab:
Die schöne Rezia, auf ihres Retters Bitten,
Stieg in den Wagen ein, und setzt' errötend mitten
Sich zwischen ihn und den, dem sich ihr Herz ergab,
Wiewohl noch Lieb und Scham in ihrem Busen stritten.
Der Wagen fuhr nun scharf den Berg hinan,
Und stieß vor einen Stein, und sie erwachte dran.

49.

Weg war ihr Traum, doch nicht aus ihrem Herzen
Der Jüngling mit dem langen gelben Haar.
Stets schwebt sein Bild, die Quelle süßer Schmerzen,
Bei Tag und Nacht ihr vor, und seit der Stunde war
Der Drusenfürst ihr unerträglich.
Sie konnt ihn ohne Zorn nicht hören und nicht sehn.
Man gab sich alle Müh die Ursach auszuspähn;
Umsonst, sie blieb geheim und stumm und unbeweglich

50.

Nur ihre Amm allein, von der ich, wie gesagt,

Die Mutter bin, wußt endlich Weg zu finden,
Das seltsame Geheimnis, das sie nagt,
Aus ihrer Brust heraus zu winden.
Allein ihr wißt, ob mit vernünftgen Gründen
Ein Schaden heilbar ist, der heimlich uns behagt,
Die arme Dame war sich selber gram, und wollte,
Daß Fatme dennoch stets dem Übel schmeicheln sollte.

51.

Indessen kam der Tag, vor dem so sehr ihr graut,
Stets näher. Babekan, um bei der spröden Braut
In beßre Achtung sich zu schwingen,
Ließ wenig unversucht; nur wollte nichts gelingen.
Sie war bekanntlich stets den Tapfern sehr geneigt,
Er hatte sich noch nie in diesem Licht gezeigt:
»Laß«, sprach er zu sich selbst, »uns eine Tat vollbringen,
Der Unempfindlichen Bewundrung abzuzwingen!«

52.

Nun setzte seit geraumer Zeit
Ein ungeheures Tier das ganze Land in Schrecken:
Es fiel bei hellem Tag in Dörfer und in Flecken,
Und würgte Vieh und Menschen ungescheut.
Man sagt, es habe Drachenflügel,
Und Klauen wie ein Greif und Stacheln wie ein Igel,
Sei größer als ein Elefant,
Und wenn es schnaube, fahr ein Sturm durchs ganze Land

53.

Seit Menschendenken war kein solches Tier erschienen
Auch stand ein großer Preis auf dessen Kopf gesetzt;
Allein weil jedermann den *seinen* höher schätzt,
Hat niemand Lust das Schußgeld zu verdienen.
Nur Babekan hielt's des Versuches wert,
Durch eine kühne Tat der Schönen Stolz zu dämpfen.
Er geht im Pomp zum Sultan, und begehrt
Vergünstigung, den Löwen zu bekämpfen.

54.

Und als ihm's der, wiewohl nicht gern, gewährt,
Bestieg er heute früh vor Tag sein bestes Pferd,
Und ritt hinaus. Was weiter vorgegangen Ist unbekannt.
Genug, er kam, zu gutem Glück,
Auf einem fremden Gaul, ganz leise, sonder Prangen
Und ohne eine Klau vom Ungeheur zurück.
Man sagt, er habe stracks, so bald er heim gekommen,
Sich hingelegt und Bezoar genommen.

55.

Bei allem dem sind nun mit unerhörter Pracht
Die Zubereitungen zum Hochzeitfest gemacht;
Unfehlbar wird es morgen vor sich gehen,
Und Rezia sich in der nächsten Nacht
In Babekans verhaßten Armen sehen. –
»Eh dies geschieht«, fuhr Hüon rasch heraus,
»Eh soll das große Rad der Schöpfung stille stehen!
Der Ritter und der Zwerg sind, glaubt mir, auch vom Schmaus.«

56.

Die Alte wundert sich des Wortes, und betrachtet
Genauer, was sie erst nicht sonderlich geachtet,
Des Fremden blaues Aug und langes gelbes Haar,
Und seinen Ritterschmuck, und daß er nur gebrochen
Arabisch sprach, und daß er schöner war
Als je ein Mann, der in die Augen ihr gestochen:
Das rasche Wort, das er gesprochen,
Und diese Ähnlichkeit! es däucht ihr sonderbar.

57.

Wo kam er her? warum? wer ist er? zwanzig Fragen
Zu diesem Zweck, die schon auf ihrer Zunge lagen,
Erstickte Hüons Ernst. Er tat als wäre Ruh
Ihm not, und legte sich auf seiner Streu zurechte.
Die Alte wünscht, daß ihm was Süßes träumen möchte,
Und trippelt weg, und schließt die Türe nach sich zu.
Allein wurmstichig war die Tür und hatte Spalten,

Und Vorwitz juckt das Ohr der guten Alten.

58.

Sie schleicht zurück, und drückt so fest sie kann
Ihr lauschend Ohr an eine Ritze,
Und horcht mit offnem Mund und hält den Atem an.
Die Fremden sprachen laut, und, wie es schien, mit Hitze;
Sie hörte jedes Wort; nur, leider! war kein Sinn
Für eine alte Frau von Babylon darin:
Doch kann sie dann und wann, zum Trost in diesem Leiden,
Den Namen Rezia ganz deutlich unterscheiden.

59.

»Wie wundervoll mein Schicksal sich entspinnt!
(Rief Hüon aus) Wie wahr hat Oberon gesprochen,
Schwach ist das Erdenvolk und für die Zukunft blind!
Karl denkt, er habe mir gewiß den Hals gebrochen;
Auf mein Verderben zielt sein Auftrag sichtlich ab,
Und blindlings tut er bloß den Willen des Geschickes:
Der schöne Zwerg reckt seinen Lilienstab,
Und leitet mich im Traum zur Quelle meines Glückes.«

60.

»Und daß (spricht Scherasmin) die Jungfrau, die im Traum
Das Herz euch nahm, gerade die Infante
Des Sultans ist, die Karl zu eurer Braut ernannte;
Daß alles so sich schickt, und daß auch Sie im Traum,
Wie ihr in sie, in Euch entbrannte,
So etwas glaubte man ja seinen Augen kaum!«
»Und doch«, spricht Hüon, »hat's die Alte nicht erfunden;
Den Knoten hat das Schicksal selbst gewunden.

61.

Nur wie er aufzulösen sei,
Da liegt die Schwierigkeit!« – »Mich sollte das nicht plagen«,
Erwidert Scherasmin, »Herr, darf ich ungescheut
Euch meine schlechte Meinung sagen?
Ich macht es kurz und schnitt ihn frisch entzwei.

Dem Junker linker Hand ließ ich den Luftpaß frei
Und dem Kalifen seine Zähne,
Und hielte mich an meine Dulcimene.

62.

Bedenkt's nur selbst, in ihrer Gegenwart
Die Zeremonie mit Kopfab anzufangen,
Hernach vier Backenzähn und eine Hand voll Bart
Dem alten Herren abverlangen,
Und vor der Nas ihm gar sein einzig Kind umfangen,
Bei Gott! das hat doch wahrlich keine Art!
Das Schicksal kann unmöglich wollen
Daß wir das Ziel uns selbst so grob verrücken sollen.

63.

Zum Glück, daß Oberon das Beste schon versah.[5]
Das Hauptwerk ist doch wohl, dem Hasen
Von Bräutigam das Fräulein wegzublasen;
Und dazu hilft die schöne Rezia
Gewiß uns selbst, so bald sie von der Alten
Berichtet ist, das gelbe Haar sei da.
Mir liegt indessen ob, zwei frische Klepper, nah
Beim Garten des Serails, zur Flucht bereit zu halten.«

64.

»Herr Scherasmin, (versetzt der Ritter) wie es scheint,
Entfiel euch, daß ich Karln mein Ehrenwort gegeben,
Dem, was er mir gebot, buchstäblich nachzuleben?
Da geht kein Jot davon, mein Freund!
Was draus entstehen kann, das mag daraus entstehen!
Mir ziemt es nicht so was voraus zu sehen.«
»Im Fall der Not (erwidert Scherasmin)
Muß doch zuletzt der Zwerg uns aus dem Wasser ziehn.«

65.

Allmählich schlummerte der Alte unter diesen
Gesprächen ein. Von Hüons Augen bleibt
Der süße Schlaf die Nacht hindurch verwiesen.

Gleich einem Kahn auf hohen Wogen, treibt
Sein ahnend Herz mit ungeduldgem Schwanken
Auf ungestüm sich wälzenden Gedanken:
So nah dem Port; so nah, und doch so weit!
Es ist ein Augenblick, und däucht ihm Ewigkeit.

Anmerkungen

1 *Gaden,* IV. 15. Ein uraltes Wort, dessen Gebrauch in Ober- und Niederdeutschland, und vornehmlich in der Schweiz, hier und da noch in verschiedenen aus einem gemeinsamen Begriff entspringenden Bedeutungen sich erhalten hat. In den Namen der gefürsteten Propstei Berchtoldsgaden und des Oberbayerischen Prämonstratenser-Stifts Steingaden ist *Gaden* eben das, was *hausen, heim, zell* in den Namen einer Menge von Klöstern in Österreich, Bayern und Schwaben. In der Bedeutung von *Laden, Kammer, Scheune, Stall* sagte man ehemals Würzgaden, Gadendiener, Speisegaden, und sagt noch itzt in der Schweiz Milchgaden, (Milchkeller) Käsegaden, Viehgaden, Heugaden. Für *Stockwerk* eines Hauses kommt es im Schwaben- und Sachsenspiegel u.b.a. und für *Zimmer* oder *Gemach* im Heldenbuche vor:

Da schloß die Küniginne
Drei Riegel vor das Gaden.

Eva war ein *Gaden* (Wohnsitz) *aller weiblichen Tugend,* sagte der zu seiner Zeit berühmte Prediger Joh. Matthesius noch im sechzehnten Jahrhundert. Man sollte dieses Wort (welches schon beim Ottfried und Willeram in der Form *Gadum* und *Gegadame* vorkommt) um so mehr zu erhalten suchen, da es ohne Zweifel eines von denen ist, die uns aus der ältesten Sprache, der gemeinschaftlichen Stamm-Mutter der Hebräischen, Phönizischen, Persischen und Celtischen, übrig geblieben sind. Denn es ist im Hebräischen gadar, einzäunen, im Punischen Gadir, Einzäunung, in Gades, dem alten Namen der Stadt Cadiz, und in dem Namen der Persischen Stadt Menosgada und der Burg Pasergada oder Persagadum, in der Gegend wo Cyrus den berühmten Sieg über den Astyages erhielt, unverkennbar. In unserm Gedichte scheint es hier, zumal im Munde Scherasmins, an seinem rechten Orte zu stehen, und eine kleine Ladenstube oder Kammer eines schlechten Häuschens in einer Winkelgasse zu bezeichnen.

2 *Han,* IV. 36. Eben das, was *Karavan–* oder *Kirwan-Serai;* große öffentliche Gebäude in den Muhamedanischen Ländern, wo Reisende, jedoch ohne Verpflegung, beherbergt werden.

3 *Fant,* IV. 47. »Ein fremder junger *Fant.*« – Dieses Wort wird hier für Jüngling gebraucht, und ist in so fern mit dem alten Worte *Knapp* (wovon *Schildknapp, Bergknapp*) gleichbedeutend. In Niedersachsen, wo es so viel als *Knecht* ist, wird

es *Fent* ausgesprochen; im Isländischen lautet es *Fant.* Das Italiänische *Fante* ist damit vielleicht einerlei Ursprungs. Auch die Bauern (Pions) im Schachspiele werden in einigen Gegenden *Fant* oder *Fänt* genannt.

4 *Bar,* »schön wie ein *barer* Engel«, IV. 47. Ein veraltetes Wort, welches ehemals unter andern die Bedeutung von *offenbar, augenscheinlich* (manifestus, luculentus) hatte, und, in so fern dieser Begriff damit verbunden wird, in die Sprache der Dichter, (in welcher die Beiwörter größten Teils als *Farben zu* betrachten sind) wenigstens in die Sprache des komischen, scherzhaften und launigen Stils, aufgenommen zu werden verdient. Man hat es deswegen einer Person in den Mund gelegt, der es anständig ist, sich in einer, wo nicht *niedrigen,* doch weniger edeln Sprechart auszudrücken, als der Held des Stücks, oder der Dichter, wenn er selbst erzählt.

5 *Versehen,* IV. 63. Etwas *versehen,* d.i. schicken, verfügen, kommt in dieser veralteten Form und Bedeutung öfters in Luthers Bibel vor.

Fünfter Gesang

1.

Auch dich, o Rezia, floh, auf deinen weichen Schwanen,
Der süße Schlaf Du sahst in Klippen dich
Verfangen, woraus dir einen Pfad zu bahnen
Unmöglich schien. Verhaßt und fürchterlich
Ist dir das festliche Rot am morgendämmernden Himmel,
Verhaßt der Tag, der dich an Hymens Altar winkt.
Lang wälzt sie seufzend sich um, bis endlich, vom innern Getümmel
Der Seele betäubt, ihr Haupt herab zum Busen sinkt.

2.

Sie schlummert ein, und, ihren Mut zu stützen,
Webt Oberon ein neues Traumgesicht
Vor ihre Stirn. Sie glaubt, bei Mondeslicht,
In einer Laube der Gärten des Harems zu sitzen,
In Phantasien der Liebe versenkt.
Ein süßes Weh, ein lieblich banges Sehnen
Hebt ihre Brust, ihr Auge schwimmt in Tränen,
Indem sie hoffnungslos an ihren Jüngling denkt.

3.

Die Unruh treibt sie auf. Sie läuft, mit hastigen Schritten
Und suchendem Blick, durch Busch und Blumengefild,
Eilt atemlos zu allen grünen Hütten,
Zu allen Grotten hin; ihr Auge, zärtlich wild
Und tränenvoll, scheint das geliebte Bild
Von allen Wesen zu erbitten:
Oft steht sie ängstlich still, und lauscht
Wenn nur ein Schatten wankt, nur eine Pappel rauscht.

4.

Zuletzt, indem sie sich nach einer Stelle wendet
Wo durch der Büsche Nacht ein heller Mondschein bricht,
Glaubt sie – O Wonne! wenn kein falsches Schattenlicht
Ihr gern betrognes Auge blendet –
Zu sehen was sie sucht. Sie sieht und wird gesehn;

Sein Feuerblick begegnet ihren Blicken.
Sie eilt ihm zu, und bleibt, in schauerndem Entzücken,
Wie zwischen Scham und Liebe, zweifelnd stehn.

5.

Mit offnen Armen fliegt er ihr entgegen.
Sie will entfliehn, und kann die Kniee nicht bewegen;
Mit Müh verbirgt sie noch sich hinter einen Baum,
Und in der süßen Angst zerplatzt der schöne Traum.
Wie gerne hätte sie zurück ihn rufen mögen!
Sie zürnt sich selbst und dem verhaßten Baum;
Vergebens suchet sie sich wieder einzuwiegen,
Ihm nachzusinnen bleibt ihr einziges Vergnügen.

6.

Die Sonne hatte bald den dritten Teil vollbracht
Von ihrem Lauf, und immer war's noch Nacht
Bei Rezia; so groß war ihr Ergetzen,
Den angenehmen Traum noch wachend fortzusetzen.
Doch da sie gar zu lang kein Lebenszeichen gibt,
Naht endlich Fatme sich dem goldnen Bette, schiebt
Den Vorhang weg, und findet mit Erstaunen
Die Dame wach, und in der besten aller Launen.

7.

»Ich hab ihn wieder gesehn, o Fatme, wünsche mir Glück«,
Ruft Rezia, »ich hab ihn wieder gesehen!«
»Das wäre!« spricht die Amm, und sucht mit schlauem Blick
Herum, als dächte sie den Vogel auszuspähen.
Das Fräulein lacht: »Ei, ei, wie ist dein Witz so dick!
Man dächte doch, das sollte sich verstehen!
Ich sah ihn freilich nur im Traum; allein
Er muß gewiß hier in der Nähe sein.

8.

Mir ahnt's, er ist nicht fern, und sprich mir nichts dagegen,
Wenn du mich liebst!« – »So schweig ich!« – »Und warum?
Was wäre denn am Ende so verwegen

An meiner Hoffnung? Sprich! wie sollt ich sie nicht hegen?«
Die Amme seufzt und bleibt noch immer stumm.
»Was übersteigt der *Liebe* Allvermögen?
Der Löwenbändiger, der mich beschützt, ist sie;
Und retten wird sie mich, begreif ich gleich nicht wie.

9.

Du schweigst? du seufzest? Ach! zu wohl nur, gute Amme,
Versteh ich was dein Schweigen mir verhehlt!
Du hoffest nichts für meine Flamme!
Ich selbst, ich hoffe nur weil beßrer Trost mir fehlt.
Die Stunde naht; schon klirren meine Ketten,
Und mein Verderben ist gewiß;
Ein Wunder nur, o Fatme, kann mich retten,
Ein Wunder nur! wo nicht – so kann es dies!«

10.

Bei diesem Worte zieht mit feurgem Blicke
Sie aus dem Busen einen Dolch hervor.
»Siehst du? Dies macht mir Mut! dies hebt mich so empor
Mit diesem hoff ich alles vom Geschicke!«
Die Amme schwankt an ihren Stuhl zurücke,
Wird leichenblaß, und zittert wie ein Rohr.
»Ach! ist dies alles, so erbarme
Sich Gott!« – ruft sie, und weint und ringt die Arme.

11.

Das Fräulein drückt die Hand ihr auf den Mund:
»Still«, spricht sie, »fasse dich!« und steckt in ihren Busen
Den Dolch zurück. »Du weißt, im weiten Erdenrund
Ist nichts mir so verhaßt als dieser Fürst der Drusen.
Eh Der mich haben soll, eh soll ein giftiger Molch
In meine Brust die scharfen Zähne schlagen!
Kommt mein Geliebter nicht, den Raub ihm abzujagen,
Was bleibt mir übrig als mein Dolch?«

12.

Kaum hatte sie die Worte ausgesprochen,

So hört man am Tapetentürchen pochen,
Das aus dem Schlafgemach in Fatmens Kammer fahrt.
Sie geht, und kommt nach einer kleinen Weile
So schnell zurück, daß sie vor lauter Eile
Und Freudentrunkenheit den Atem fast verliert.
»Nun sind wir aller Not entbunden! Triumph!
Prinzessin, Triumph! der Ritter ist gefunden!«

13.

Im Nachtgewand, das wie ein Nebel kaum
Den schönen Leib umwallt, fährt jene aus den Lacken
Und fällt entzückt der Amme um den Nacken:
» Gefunden? Wo? wo ist er? O mein Traum,
So logst du nicht?« – Die Amme, selbst vor Freuden
Ganz außer sich, hat kaum noch so viel Sinn,
Die wonnetaumelnde halb nackte Träumerin
In großer Eil ein wenig anzukleiden.

14.

Herein gerufen wird sodann
Die Alte, selbst ihr Märchen zu erzählen.
Die gute Mutter fängt beim Ei die Sache an,
Und läßt es nicht am kleinsten Umstand fehlen;
Kein Zug, kein Wort das ihrem Gast entrann,
Wird im Gemälde weggelassen.
»Er ist's, er ist's! wir haben unsern Mann«,
Ruft Fatme aus; »es kann nicht besser passen!«

15.

Die Alte wird von neuem ausgefragt,
Muß drei- und viermal wiederholen
Was er getan, gesagt und nicht gesagt;
Muß immer wieder ihn vom Haupt bis zu den Sohlen
Abschildern, Zug für Zug – wie gelb und lang sein Haar,
Wie groß und blau sein schönes Augenpaar;
Und immer ist noch etwas nachzuholen
Das in der Eil ihr ausgefallen war.

16.

Indes sich so um zwanzig Jahre jünger
Die Alte schwatzt, entspinnt der hohe Lockenbau
Der schönen Braut sich unter Fatmens Finger.
Mit Perlen, glänzender als Tau,
Wird schneckengleich ihr schwarzes Haar durchflochten,
Ohr, Hals und Gürtel schmückt so schimmerndes Gestein,
Daß ihren Glanz im Sonnenschein
Die Augen kaum ertragen mochten.

17.

Vollendet stellt nunmehr, von ihrer Nymphenschar
Zum Fest geschmückt und bräutlich angekleidet,
Gleich einer Sonne sich die Königstochter dar,
Und lieblich wie ein Reh, das unter Rosen weidet.
Kein Auge sah sie ungeblendet an,
Wiewohl sie jetzt nur Mädchenaugen sahn:
Nur sie allein schien nichts davon zu wissen,
Wie neben ihr die Sterne schwinden müssen.

18.

Das Feuer, das aus ihren Augen strahlt,
Die Ungeduld, das lauschende Verlangen
Das ihre Lippen schwellt und ihre zarten Wangen
Mit ungewohntem Purpur malt,
Setzt ihre Jungfraun in Erstaunen.
»Ist dies die widerspenstge Braut,
(Beginnen sie einander zuzuraunen)
Der gestern noch so sehr vor diesem Tag gegraut?«

19.

Indessen sammeln sich die Emirn und Wesire,
Geschmückt zum Fest, im stolzen Hochzeitsaal.
Gerüstet steht das königliche Mahl,
Und, bei Trompetenklang, tritt aus der goldnen Türe
Des heiligen Palasts, von Sklaven aller Art
Umflossen, der Kalif mit seinem grauen Bart.
Der Drusenfürst, noch etwas blaß von Wangen,

Kommt stattlich hinter ihm als Bräutigam gegangen.

20.

Und gegenüber tut die Tür von Elfenbein
Sich aus dem Harem auf, und, schöner als die Frauen
In Mahoms Paradies, tritt auch die Braut herein.
Ein Schleier zwar, gleich einem silbergrauen
Gewölke, wehrt dem Engelsangesicht
Den vollen Glanz allblendend zu enthüllen;
Und dennoch scheint ein überirdisch Licht
Bei ihrem Eintritt stracks den ganzen Saal zu füllen.

21.

Dem Drusen schwillt und sinket wechselsweis
Sein Herz, indem sein Aug an ihren Reizen hanget:
Er sucht im ihrigen was er zu sehn verlanget;
Allein, ein Blick, so kalt wie Alpeneis,
Ist alles was er sieht. Doch, dem Betörten schmeichelt
Die Eitelkeit, die Selbstbetrügerin,
Daß Rezia den spröden Blick nur heuchelt:
»O (denkt er) all der Schnee schmilzt über Nacht dahin!«

22.

Ob er zu viel gehofft soll kein Geheimnis bleiben.
Doch, ohne jetzt unnötig zu beschreiben,
Wie drauf, nachdem der Imam das Gebet
Gesprochen, man beim Schall der Pauken und der Zinken
Zur Tafel sich gesetzt, erst Seine Majestät,
Dann rechter Hand die Braut, der Bräutigam zur linken,
Und hundert Dinge, die von selber sich verstehn,
Ist's Zeit, auch wieder uns nach Hüon umzusehn.

23.

Der hatte, wie ihr euch erinnert, seine Nacht,
Von Ungeduld erhitzt, von Ahnungen umgaukelt,
Auf seiner Streue nicht viel sanfter zugebracht,
Als einer, den der Sturm in einem Mastkorb schaukelt.
Kaum aber hat dem Tag in seine goldne Bahn

Aurorens Rosenhand die Pforten aufgetan,
So senkt sich nebelgleich ein Dunst von Mohn- und Flieder
Und Lilienduft auf seine Augen nieder.

24.

Er schlummert ein, und schläft in einem Zug
Noch immer fort, da schon des Sonnenwagens Flug
Den Himmel halb geteilt. Sein Alter ging indessen
Um von der Burg die Lage auszuspähn,
Und zum Entführungswerk das Nötge vorzusehn;
Derweil, am kleinen Herd, zu ihrem Mittagsessen
Die gute Wirtin Anstalt macht,
Halb mürrisch, daß ihr Gast so lange nicht erwacht.

25.

Sie schleicht zuletzt, um wieder durch die Spalten
Zu gucken, an die Tür, und trifft (zu gutem Glück
Für ihren Vorwitz) just den ersten Augenblick,
Da Hüons Augen sich dem goldnen Tag entfalten.
Frisch, wie der junge Mai sich an den Reihen stellt
Wenn mit den Grazien die Nymphen Tänze halten,
Hebt sich mit halbem Leib empor der schöne Held,
Und ratet, was zuerst ihm in die Augen fällt?

26.

Ein Kaftan, wie ihn nur die höchsten *Emirn* tragen,
Wenn sich der Hof zu einem Feste schmückt,
Auf goldbeblümtem Grund mit Perlen reich gestickt,
Liegt schimmernd vor ihm da, um einen Stuhl geschlagen;
Ein Turban drauf, als wie aus Schnee gewebt,
Und, um ihn her, den Emir zu vollenden,
Ein diamantner Gurt, an dem ein Säbel schwebt,
So reich, daß Scheid und Griff ihm fast die Augen blenden.

27.

Zum ganzen Putz, von Fuß zu Haupt,
Den Stiefelchen aus übergüldtem Leder
Bis zu dem Demantknopf der hohen Straußenfeder

Am Turban, mangelt nichts. Der gute Ritter glaubt,
Ihm träume noch. Woher kann solcher Staat ihm kommen?
Die Alte steht erstaunt. »Das geht durch Zauberei«,
Ruft sie; »ich hätte doch sonst was davon vernommen!«
»Der Zwerg«, spricht Scherasmin, »ist ganz gewiß dabei!«

28.

Der Ritter glaubt es auch, und denkt:»Durch all die Heiden
Im Vorhof macht mir dies zum Hochzeitsaale Bahn.«
Und flugs ist Kaftan, Gurt, und alles umgetan;
Die Wirtin sputet sich, ihn recht heraus zu kleiden.
»Allein was fangen wir mit diesem Turban an?
Das schöne gelbe Haar seintwegen abzuschneiden?«
»Nicht um die Welt!« – »Doch still! es geht ja wohl hinein;
Er scheint ja recht mit Fleiß dazu gewölbt zu sein!«

29.

Herr Hüon stand nunmehr, bis auf die lilienglatte
Bartlose Wange, wie ein wahrer Sultan da,
Indem das Mütterchen ihn um und um besah
Und immer noch an ihm zu putzen hatte.
Drauf, als der treue Scherasmin
Ihm was ins Ohr geraunt, beginnt er fortzugehen,
Reicht einen Beutel Gold der Wirtin freundlich hin,
Und nun, »lebt wohl, auf Wiedersehen!«

30.

Nichts halb zu tun ist edler Geister Art.
Ein reich gezäumtes Roß steht vor der Tür der Alten,
Und neben ihm zwei Knaben, schön und zart,
In Silberstock, die ihm die goldnen Zügel halten.
Herr Hüon schwingt sich auf; die Knaben frisch voran,
Und führen ihn auf einem Seitenwege,
Am Strome hin, durch blühende Gehege,
Bis sie der hohen Burg sich gegenüber sahn.

31.

Schon ist er durch den ersten Hof gezogen,

Im zweiten steigt er ab, und geht zum dritten ein.
Er scheint ein Hochzeitgast vom ersten Rang zu sein,
Und überall, von diesem Schein betrogen,
Macht ihm die Wache Platz. Er schreitet frei und stolz
Daher, und nähert sich dem Tor von Ebenholz.
Zwölf Mohren, Riesen gleich, stehn mit gezücktem Eisen
Die Unberechtigten vom Eingang abzuweisen.

32.

Allein des Ritters Staat und königlicher Blick
Drückt, wie er sich der hohen Pforte zeiget,
Die Säbelspitzen schnell zurück,
Die fernher sich entgegen ihm geneiget.
Die Flügel rauschen auf. Hoch schlägt sein Heldenherz,
Indem sie hinter ihm sich wieder wehend schließen.
Drauf führt ein Säulengang, an welchen Gärten stießen,
Ihn noch zu einer Tür von übergüldtem Erz.

33.

Ein großer Vorsaal war's, mit Sklaven aller Farben
Kombabischen Geschlechts erfüllt,
Die ewig hier am Quell der Freude darben,
Und, da ein Mann, von Emirsglanz umhüllt,
In ihre hohlen Augen schwillt,
Mit Blicken, die in Knechtsgefühl erstarben,
Die Arme auf die Brust ins Kreuz gefaltet, stehn,
Und kaum so mutig sind ihm hintennach zu sehn.

34.

Schon tönen Cymbeln, Trommeln, Pfeifen,
Gesang und Saitenspiel vom Hochzeitsaale her;
Schon nickt des Sultans Haupt von Weindunst doppelt schwer,
Und freier schon beginnt die Freude auszuschweifen;
Der Braut allein teilt sich die Lust nicht mit
Die in des Bräutgams Augen glühet:
Als, eben da sie starr auf ihren Teller siehet,
Herr Hüon in den Saal mit edler Freiheit tritt.

35.

Er naht der Tafel sich, und alle Augenbrauen
Ziehn sich erstaunt empor, den Fremden anzuschauen.
Die schöne Rezia, die ihre Träume denkt,
Hält auf den Teller noch den ernsten Blick gesenkt;
Auch der Kalif, den Becher just zu leeren
Beschäftigt, läßt sich nichts in seinem Opfer stören:
Nur Babekan, den seines nahen Falls
Kein guter Geist verwarnt, dreht seinen langen Hals.

36.

Sogleich erkennt der Held den losen Mann von gestern,
Der sich vermaß der Christen Gott zu lästern:
Er ist's, der links am goldnen Stuhle sitzt
Und seinen Nacken selbst der Straf entgegen bieget.
Rasch, wie des Himmels Flamme, blitzt
Der reiche Säbel auf, der Kopf des Heiden flieget,
Und hoch aufbrausend überspritzt
Sein Blut den Tisch, und den, der ihm zur Seite lieget.

37.

Wie der Gorgone furchtbars Haupt
In Perseus Faust den wild empörten Scharen
Das Leben stracks durch seinen Anblick raubt;
Noch dampft die Königsburg, noch schwillt der Aufruhr, schnaubt
Die Mordlust ungezähmt im Busen der Barbaren;
Doch Perseus schüttelt kaum den Kopf mit Schlangenhaaren,
So starrt der Dolch in jeder blutgen Hand,
Und jeder Mörder steht zum Felsen hingebannt:

38.

So stockt auch hier, beim Anblick solcher kecken
Verräterischen Tat, des frohen Blutes Lauf
In jedem Gast. Sie fahren allzuhauf,[1]
Als sähn sie ein Gespenst, von ihren Sitzen auf,
Und greifen nach dem Schwert. Allein, gelähmt vom Schrecken,
Erschlafft im Ziehn der Arm, und jedes Schwert blieb stecken;
Ohnmächtgen Grimm im starren Blick,

Sank sprachlos der Kalif in seinen Stuhl zurück.

39.

Der Aufruhr, der den ganzen Saal empöret,
Schreckt Rezien aus ihrer Träumerei:
Sie schaut bestürzt sich um, was dessen Ursach sei;
Und, wie sie sich nach Hüons Seite kehret,
Wie wird ihm, da er sie erblickt!
»*Sie ist's, sie ist's*«, ruft er, und läßt entzückt
Den blutgen Stahl und seinen Turban fallen,
Und wird von ihr erkannt, wie seine Locken wallen.

40.

»*Er ist's*«, beginnt auch sie zu rufen, doch die Scham
Erstickt den Ton in ihrem Rosenmunde.
Wie schlug das Herz ihr erst, da er geflogen kam,
Im Angesicht der ganzen Tafelrunde
Sie liebeskühn in seine Arme nahm,
Und, da sie, glühend bald, bald blaß wie eine Büste,
Sich zwischen Lieb und jungferlichem Gram
In seinen Armen wand, sie auf die Lippen küßte!

41.

Schon hatt' er sie zum zweiten Mal geküßt;
Wo aber nun den Trauring her bekommen?
Zum Glücke, daß der Ring an seinem Finger ist,
Den er im Eisenturm dem Riesen abgenommen.
Zwar, wenig noch mit dessen Wert vertraut,
Schien ihm, dem Ansehn nach, der schlechtste kaum geringer;
Doch steckt er ihn aus Not itzt an des Fräuleins Finger,
Und spricht: »So eign' ich dich zu meiner lieben Braut!«

42.

Er küßt mit diesem Wort die sanft bezwungne Schöne
Zum dritten Mal auf ihren holden Mund.
»Ha!« schreit der Sultan auf, und knirscht und stampft den Grund
Vor Ungeduld, »ihr leidet daß der Hund
Von einem Franken so mich höhne?

Ergreift ihn! Zaudern ist Verrat!
Und, tropfenweis erpreßt, versöhne
Sein schwarzes Blut die ungeheure Tat!«

43.

Auf einmal blitzen hundert Klingen
In Hüons Aug, und kaum erhascht er noch,
Eh sie im Sturm auf ihn von allen Seiten dringen,
Sein hingeworfnes Schwert. Er schwingt es dräuend. Doch
Die schöne Rezia, von Lieb und Angst entgeistert,
Schlingt einen Arm um ihn, macht ihre Brust zum Schild
Der seinigen – der andre Arm bemeistert
Sich seines Schwerts. »Zurück, Verwegne«, schreit sie wild.

44.

»Zurück! es ist kein Weg zu diesem Busen
Als mitten durch den meinen!« ruft sie laut;
Und ihr, noch kaum so sanft wie Amors holde Braut,
Gibt die Verzweiflung itzt die Augen von Medusen.
»Vermeßne, haltet ein«, ruft sie den Emirn zu,
»Zurück! – O schone sein, mein Vater! und, o du,
Den zum Gemahl das Schicksal mir gegeben,
O spart mein Blut in euer beider Leben!«

45.

Umsonst! des Sultans Wut und Dräun
Nimmt überhand, die Heiden dringen ein.
Der Ritter läßt sein Schwert vergebens blitzen,
Noch hält ihm Rezia den Arm.
Ihr ängstlich Schrein Durchbohrt sein Herz.
Was bleibt ihm sie zu schützen
Noch übrig, als sein Horn von Elfenbein?
Er setzt es an den Mund, und zwingt mit sanftem Hauche
Den schönsten Ton aus seinem krummen Bauche.

46.

Auf einmal fällt der hoch gezückte Stahl
Aus jeder Faust; in raschem Taumel schlingen

104

Der Emirn Hände sich zu tänzerischen Ringen;
Ein lautes *Hussa* schallt Bacchantisch durch den Saal,
Und Jung und Alt, was Füße hat, muß springen;
Des Hornes Kraft läßt ihnen keine Wahl:
Nur Rezia, bestürzt dies Wunderwerk zu sehen,
Bestürzt und froh zugleich, bleibt neben Hüon stehen.

47.

Der ganze *Divan* dreht im Kreis
Sich schwindelnd um; die alten Bassen schnalzen
Den Takt dazu; und, wie auf glattem Eis,
Sieht man den Imam selbst mit einem Hämling[2] walzen.
Noch Stand noch Alter wird gespart;
Sogar der Sultan kann der Lust sich nicht erwehren,
Faßt seinen Großwesir beim Bart,
Und will den alten Mann noch einen Bockssprung lehren.

48.

Die nie erhörte Schwärmerei
Lockt bald aus jedem Vorgemache
Der Kämmerlinge Schar herbei,
Sodann das Frauenvolk, und endlich gar die Wache.
Sie all' ergreift die lustge Raserei:
Der Zaubertaumel setzt den ganzen Harem frei;
Die Gärtner selbst in ihren bunten Schürzen
Sieht man sich in den Reihn mit jungen Nymphen stürzen.

49.

Als eine, die kaum ihren Augen glaubt,
Steht Rezia, des Atems fast beraubt.
»Welch Wunder!« ruft sie aus; »und just in dem Momente,
Wo nichts als dies uns beide retten könnte!«
»Ein guter Genius ist mit uns, Königin«,
Versetzt der Held. Indem kommt durch die Haufen
Der Tanzenden sein treuer Scherasmin
Mit Fatmen gegen sie gelaufen.

50.

»Kommt«, keicht er, »lieber Herr! Wir haben keine Zeit
Dem Tanzen zuzusehn; die Pferde stehn bereit,
Die ganze Burg ist toll, die Türen alle offen
Und unbewacht; was säumen wir?
Auch hab ich unterwegs Frau Fatmen angetroffen,
Zur Flucht bepackt als wie ein lastbar Tier.«
» Sei ruhig«, spricht der Held, »noch ist's nicht Zeit zu gehen,
Erst muß das Schwerste noch geschehen.«

51.

Die schöne Rezia erblaßt bei diesem Wort;
Ihr ängstlich Auge scheint zu fragen und zu bitten:
»Warum verziehn? warum am steilen Bord
Des Untergangs verziehn? O laß mit Flügelschritten
Uns eilen, eh der Taumelgeist zerrinnt,
Der unsrer Feinde Sinne bindt!«
Doch Hüon, unbewegt, begnüget sich, mit Blicken
Voll Liebe ihre Hand fest an sein Herz zu drücken.

52.

Allmählich ließ nunmehr die Kraft des Hornes nach;
Die Köpfe schwindelten, die Beine wurden schwach,
Kein Faden war an allen Tänzern trocken,
Und, in der atemlosen Brust
Geschwellt, begann das dicke Blut zu stocken.
Zur Marter ward die unfreiwillge Lust.
Durchnäßt, als stieg' er gleich aus einer Badewanne,
Schwankt der Kalif auf seine Ottomane.

53.

Mit jedem Augenblick fällt, starr und ohne Sinn,
Da, wo rings um die Wand sich Polster schwellend heben,
Ein Tänzer nach dem andern hin.
Emirn und Sklaven stürzen zappelnd neben
Göttinnen des Serails, so wie's dem Zufall däucht,
Als ob ein Wirbelwind sie hingeschüttelt hätte,
So daß zugleich auf Einem Ruhebette
Der Stallknecht und die Favoritin keicht.

106

54.

Herr Hüon macht die Stille sich zu Nutze,
Die auf dem ganzen Saale ruht;
Läßt seine Königin, nah bei der Tür, im Schutze
Des treuen Scherasmin, dem er auf seiner Hut
Zu sein gebeut; gibt ihm auf alle Fälle
Das Horn von Elfenbein, und naht sodann der Stelle,
Wo der Kalif, vom Ball noch schwach und matt,
Auf einen Polsterthron sich hingeworfen hat.

55.

In dumpfer Stille liegt mit ausgespannten Flügeln
Leis atmend die Erwartung rings umher.
Die Tänzer all', von Schlaf und Taumel schwer,
Bestreben sich die Augen aufzuriegeln,
Den Fremden anzusehn, der sich, nach solcher Tat,
Mit unbewehrter Hand und bittenden Gebärden
Dem stutzenden Kalifen langsam naht.
Was, denkt man, wird aus diesem allen werden?

56.

Er läßt sich auf ein Knie vor dem Monarchen hin,
Und mit dem sanften Ton und kalten Blick des Helden
Beginnt er: »Kaiser Karl, von dem ich Dienstmann[3] bin,
Läßt seinen Gruß dem Herrn der Morgenländer melden,
Und bittet dich – verzeih! mir fällt's zu sagen hart!
Doch, meinem Herrn den Mund, so wie den Arm, zu lehnen,
Ist meine Pflicht – um vier von deinen Backenzähnen
Und eine Hand voll Haar aus deinem Silberbart.«

57.

Er spricht's und schweigt, und steht gelassen
Des Sultans Antwort abzupassen.
Allein, wo nehm ich Atem her, den Grimm
Des alten Herrn mit Worten euch zu schildern?
Wie seine Züge sich verwildern,
Wie seine Nase schnaubt? mit welchem Ungestüm
Er auf vom Throne springt? wie seine Augen klotzen,

Und wie vor Ungeduld ihm alle Adern strotzen?

58.

Er starrt umher, will fluchen, und die Wut
Bricht schäumend jedes Wort an seinen blauen Lippen.
»Auf, Sklaven! reißt das Herz ihm aus den Rippen!
Zerhackt ihn Glied für Glied! zapft sein verruchtes Blut
Mit Pfriemen ab! weg mit ihm in die Flammen!
Die Asche streut in alle Winde aus,
Und seinen Kaiser Karl, den möge Gott verdammen!
Was? Solchen Antrag? Mir? In meinem eignen Haus?

59.

Wer ist der Karl der gegen Mich sich brüstet?
Und warum kommt er nicht, wenn's ihn
So sehr nach meinem Bart und meinen Zähnen lüstet,
Und wagt's, sie selber auszuziehn?«
»Der Mensch muß unter seiner Mütze
Nicht richtig sein«, versetzt ein alter Khan,
»So etwas allenfalls begehrt man an der Spitze
Von dreimal hundert tausend Mann.«

60.

»Kalif von Bagdad«, spricht der Ritter
Mit edlem Stolz, »laß alles schweigen hier,
Und höre mich! Es liegt schon lange schwer auf mir,
Karls Auftrag und mein Wort. Des Schicksals Zwang ist bitter:
Doch seiner Oberherrlichkeit
Sich zu entziehn, wo ist die Macht auf Erden?
Was es zu tun, zu leiden uns gebeut,
Das muß getan, das muß gelitten werden.

61.

Hier steh ich, Herr, ein Sterblicher wie du,
Und steh allein, mein Wort, trotz allen deinen Wachen,
Mit meinem Leben gut zu machen:
Doch läßt die Ehre mir noch einen Antrag zu.
Entschließe dich von Mahomed zu weichen,

108

Erhöh das heilge Kreuz, das edle Christenzeichen,
In Babylon, und nimm den wahren Glauben an,
So hast du mehr, als Karl von dir begehrt, getan.

62.

Dann nehm ich's auf mich selbst, dich völlig los zu sprechen
Von jeder andern Forderung,
Und der soll *mir* zuvor den Nacken brechen,
Der mehr verlangt! So einzeln und so jung
Du hier mich siehst, was du bereits erfahren,
Verkündigt laut genug, daß einer mit mir ist
Der mehr vermag als alle deine Scharen.
Wähl itzt das beste Teil, wofern du weise bist!«

63.

Indes, an Kraft und Schönheit einem Boten
Des Himmels gleich, der jugendliche Held,
Uneingedenk der Lanzen, die ihm drohten,
So mannhaft spricht, so mutig dar sich stellt:
Beugt Rezia von fern, mit glühend roten
Entzückten Wangen, liebevoll
Den schönen Hals nach ihm, doch schaudernd, wie der Knoten
Von all' den Wundern sich zuletzt entwickeln soll.

64.

Herr Hüon hatte kaum das letzte Wort gesprochen,
So fängt der alte Schach wie ein Beseßner an
Zu schrein, zu stampfen und zu pochen,
Und sein Verstand tritt gänzlich aus der Bahn.
Die Heiden all' in tollem Eifer springen
Von ihren Sitzen auf mit Schnauben und mit Dräun,
Und Lanzen, Säbel, Dolche dringen
Auf Mahoms Feind von allen Seiten ein.

65.

Doch Hüon, eh sie ihn erreichen, reißt in Eile
Der Männer einem rasch die Stange[4] aus der Hand,
Schlägt um sich her damit als wie mit einer Keule,

Und zieht, stets fechtend, sich allmählich an die Wand.
Ein großer goldner Napf, vom Schenktisch weggenommen,
Dient ihm zugleich als Schild und als Gewehr;
Schon zappeln viel am Boden um ihn her,
Die seinem Grimm zu nah gekommen.

66.

Der gute Scherasmin, der an der Türe fern
Zum Schutz der Schönen steht, glaubt seinen ersten Herrn
Im Schlachtgedräng zu sehn, und überläßt voll Freude
Sich einen Augenblick der süßen Augenweide:
Doch bald zerstreut den angenehmen Wahn
Des Fräuleins Angstgeschrei; er sieht der Heiden Rasen,
Sieht seines Herrn Gefahr, setzt flugs das Hifthorn an
Und bläst, als läg ihm ob die Toten aufzublasen.

67.

Die ganze Burg erschallt davon und kracht;
Und stracks verschlingt den Tag die fürchterlichste Nacht,
Gespenster lassen sich wie schnelle Blitze sehen,
Und unter stetem Donner schwankt
Des Schlosses Felsengrund. Der Heiden Herz erkrankt;
Sie taumeln Trunknen gleich, Gehör, Gesicht vergehen,
Der schlaffen Hand entglitschen Schwert und Speer,
Und gruppenweis liegt alles starr umher.

68.

Der Sultan, übertäubt von so viel Wunderdingen,
Scheint mit dem Tod den letzten Kampf zu ringen;
Sein Arm ist nervenlos, sein Atem schwer,
Sein Puls schlägt matt, und endlich gar nicht mehr.
Auf einmal schweigt der Sturm; ein lieblich säuselnd Wehen
Erfüllt den Saal mit frischem Lilienduft,
Und, wie ein Engelsbild ob einer Totengruft,
Läßt Oberon sich atzt auf einem Wölkchen sehen.

69.

Ein lauter Schrei des Schreckens und der Lust

Entfährt der Perserin; ein unfreiwillig Grauen
Bekämpft in ihr das schüchterne Vertrauen.
Die Arme über ihre Brust Gefaltet, steht sie glühend neben
Dem Jüngling da, dem sie ihr Herz gegeben,
Und wagt, der süßen Schuld jungfräulich sich bewußt,
Zu ihrem Retter kaum die Augen zu erheben.

70.

»Gut, Hüon«, spricht der Geist, »du hast dein Ehrenwort
Gelöst, ich bin mit dir zufrieden.
Zum Ritterdank ist dir dies schöne Weib beschieden!
Doch, eh ihr euch entfernt von diesem Ort,
Bedenke Rezia, wozu sie sich entschließet,
Eh sie vielleicht mit unfruchtbarer Reu
Die rasche Wahl verführter Augen büßet!
Zu bleiben oder gehn läßt ihr das Schicksal frei.

71.

So vieler Herrlichkeit entsagen,
Verlassen Hof und Thron, dem sie geboren ward,
Um sich, auf ungewisse Fahrt,
Ins weite Meer der Welt mit einem Mann zu wagen;
Zu leben ihm allein, mit ihm den Unbestand
Des Erdenglücks, mit ihm des Schicksals Schläge tragen,
(Und ach! oft kommt der Schlag von einer lieben Hand!)
Da lohnt sich's wohl, vorher sein Herz genau zu fragen.

72.

Noch, Rezia, wenn dich die Wage[5] schreckt
Noch steht's bei dir den Wunsch der Liebe zu betrügen:
Sie schlummern nur, die hier als wie im Grabe liegen
Sie leben wieder auf, so bald mein Stab sie weckt.
Der Sultan wird dir gerne, was geschehen,
Verzeihn, trotz dem was er dabei verlor,
Und Rezia wird wieder wie zuvor
Von aller Welt sich angebetet sehen.«

73.

111

Hier schwieg der schöne Zwerg. Und, bleicher als der Tod,
Steht Hüon da, das Urteil zu empfangen,
Womit ihn Oberon, der Grausame! bedroht.
In Asche sinkt das Feuer seiner Wangen.
Zu edel oder stolz, vielleicht ein zweifelnd Herz
Mit Liebesworten zu bestechen,
Starrt er zur Erde hin mit tief verhaltnem Schmerz,
Und läßt nicht einen Blick zu seinem Vorteil sprechen.

74.

Doch Rezia, durchglüht von seinem ersten Kuß,
Braucht keines Zunders mehr die Flamme zu erhitzen.
Wie wenig däucht ihr noch was sie verlassen muß,
Um alles was sie liebt in Hüon zu besitzen!
Von Scham und Liebe rot bis an die Fingerspitzen,
Verbirgt sie ihr Gesicht und einen Tränenguß
In seinem Arm, indem, hoch schlagend von Entzücken,
Ihr Herz empor sich drängt, an seines sich zu drücken.

75.

Und Oberon bewegt den Lilienstab
Sanft gegen sie, als wollt er seinen Segen
Auf ihrer Herzen Bündnis legen,
Und eine Träne fällt aus seinem Aug herab
Auf beider Stirn. »So eil auf Liebesschwingen,«
Spricht er, »du holdes Paar! Mein Wagen steht bereit,
Bevor das nächste Licht der Schatten Heer zerstreut,
Euch sicher an den Strand von Askalon zu bringen.«

76.

Er sprach's, und eh des letzten Wortes
Laut Verklungen war, entschwand er ihren Augen.
Wie einem Traum entwacht, steht Hüons schöne Braut,
Den süßen Duft begierig aufzusaugen,
Der noch die Luft erfüllt. Drauf sinkt ein scheuer Blick
Auf ihren Vater hin, der wie in Todesschlummer
Zu starren scheint. Sie seufzt, und wehmutsvoller Kummer
Mischt Bitterkeit in ihres Herzens Glück.

77.

Sie hüllt sich ein. Herr Hüon, dem die Liebe
Die Sinne schärft, sieht nicht so bald
Ihr Herz beklemmt, ihr schönes Auge trübe,
So drückt er sie mit zärtlicher Gewalt,
Den rechten Arm um ihren Leib gewunden,
Zum Saal hinaus. – »Komm«, spricht er, »eh die Nacht
Uns überrascht, und jeder Arm erwacht,
Den, uns zu Lieb, der Geist mit Zauberschlaf gebunden.

78.

Komm, laß uns fliehn, eh uns den Weg zur Flucht
Ein neuer Feind vielleicht zu sperren sucht,
Und sei gewiß, sind wir nur erst geborgen,
Wird unser Schützer auch für diese Schläfer sorgen.«
Dies sprechend trägt er sie mit jugendlicher Kraft
Die Marmortrepp hinunter bis zum Wagen,
Den Oberon zu ihrer Flucht verschafft,
Und eine süßre Last hat nie ein Mann getragen.

79.

Die ganze Burg ist furchtbar still und leer
Wie eine Gruft, und Leichen ähnlich liegen
In tiefem Schlaf die Hüter hin und her;
Nichts hemmt der Liebe Flucht; der Wagen wird bestiegen
Doch traut das Fräulein sich dem Ritter nicht allein;
Mit Scherasmin steigt auch die Amme hastig ein.
Sie, die zum ersten Mal so viele Wunder siehet,
Die arme Frau weiß nicht wie ihr geschiehet.

80.

Wie wird ihr da sie rückwärts schaut
Und sieht, an Pferde Statt, vier Schwanen vor dem Wagen,
Regiert von einem Kind! – Wie schaudert ihr die Haut,
Da sie empor gelupft und durch die Luft getragen
Sich fühlt, und kaum zu atmen sich getraut,
Und nicht begreifen kann, wie, ohne umzuschlagen,
So schwer bepackt, der Wagen sich erhebt,

Und, steter als ein Kahn, auf leichten Wolken schwebt!

81.

Als endlich gar die Nacht sie überfiel,
Was Wunder, daß die Furcht zuletzt die Scham besiegte,
Und Fatme so gedrang an Scherasmin sich schmiegte,
Als wie zum Schlaf an ihren lieben Pfühl!
Vermutlich daß der Mann dazu sich willig fügte;
In solchen Fällen mischt das Herz sich gern ins Spiel:
Jedoch gereicht zum Ruhm des wackern Alten,
Daß er wie reines Gold dies Feuer ausgehalten.

82.

Ganz anders war das junge Paar gestimmt,
Das Amor atzt mit seiner Mutter Schwanen
Davon zu fahren schien. Ob auf gewohnten Bahnen
Den Lauf ihr Zauberfuhrwerk nimmt,
Ob durch die Luft, ob's rollet oder schwimmt,
Ob langsam oder schnell, mit Pferden oder Schwanen,
Sanft oder hart, mit oder ohne Fahr,
Sie werden nichts von allem dem gewahr.

83.

Ein neuer Wonnetraum, ein seliges Entzücken
Ins Paradies, dünkt sie ihr gegenwärtger Stand;
Sie können nichts, als stumm, mit nimmer satten Blicken,
Sich anschaun, eins des andern warme Hand
Ans volle Herz in süßer Inbrunst drücken,
Und, während Himmel und Erd aus ihren Augen schwand,
Und sie allein noch übrig waren, fragen:
»Ist's, oder träumt uns noch, Sind wir in Einem Wagen,«

84.

»So war's kein Traum als ich im Traum dich sah?«
(Rief jedes aus) »So war es Rezia?«
»War's Hüon? und ein Gott hat dich mich finden lassen?«
»Du mein?« – »ich dein?« – »Wer durft es hoffen, wer?
So wundervoll vereint, uns nimmer nimmermehr

Zu trennen? Kann das Herz so viele Wonne fassen?«
Und dann von neuem stets einander angeblickt,
Von neuem Hand um Hand an Mund und Herz gedrückt!

85.

Vergebens hüllt die Nacht mit dunstbeladnen Flügeln
Den Luftkreis ein; dies hemmt der Liebe Sehkraft nicht:
Aus ihren Augen strahlt ein überirdisch Licht,
Worin die Seelen selbst sich in einander spiegeln.
Nacht ist nicht Nacht für sie; Elysium
Und Himmelreich ist alles um und um;
Ihr Sonnenschein ergießet sich von innen,
Und jeder Augenblick entfaltet neue Sinnen.

86.

Allmählich wiegt die Wonnetrunkenheit
Das volle Herz in zauberischen Schlummer;
Die Augen sinken zu, die Sinne werden stummer,
Die Seele dünkt vom Leibe sich befreit,
In Ein Gefühl beschränkt, so fest von ihm umschlungen!
So inniglich von ihm durchatmet und durchdrungen!
Beschränkt in Eins, in diesem Einen bloß
Sich fühlend – Aber, o dies Eins, wie grenzenlos!

Anmerkungen

1 *Allzuhauf,* V. 38. Nach der Analogie von allzugleich, allzumal, u.a. aus *All* und *zu Hauf* (welches letztere in den Redensarten *zu Haufe bringen, treiben, kommen,* noch nicht völlig aus der Übung gekommen ist) in Form eines Nebenwortes zusammen gesetzt. Da der Dichter sich keiner Stelle im *Heldenbuch, Theuerdank,* und dergleichen erinnert, auf die er sich zu Rechtfertigung dieses ungewöhnlichen Wortes berufen könnte, so muß er es darauf ankommen lassen, ob es als ein neu gewagtes geduldet oder verworfen werden wird.

2 *Hämling,* V. 47. Ungefähr eben diese Art von Sklaven Kombabischen Geschlechts, V. 33 welche in der 48ten Stanze höflicher Kämmerlinge heißen. Das Wort Hämling ist nach Wachtern sehr alt, und scheint nicht von Hammel, sondern von dem alten Wort hämeln, stümmeln, verschneiden, abgeleitet zu sein. In dem Sinne, worin es hier gebraucht wird, kommt es in einer von Adelung unter dem Worte Hammel angeführten alten Übersetzung des Terenzischen Eunuchus vor, die im Jahre 1486 zu Augsburg gedruckt wurde. In einer hundert Jahre spätern Übersetzung eben dieser Komödie, durch M. Josua Loner, Pfarrherrn und Superintendenten zu Arnstadt, wird Eunuchus durch Frauenhut gegeben. »Wenn man (sagt der Obersetzer) *das* deutsch wollt geben gut, Möcht man's nennen den *Frauenhut.« (Hut* wird hier, wie man sieht, in einer veralteten Bedeutung für *Hüter* genommen.) Der Erfinder dieses komischen Wortes ist aber nicht besagter Loner, sondern D. Luther, wie aus folgender von Wachtern angezognen Stelle aus seiner berüchtigten Schrift *Wider Hans-Worst,* Wittenberg 1541, zu ersehen ist: »Er were besser ein *Frauenhut,* der nichts thun sollte, denn wie ein Eunuchus, d.i. ein *Frauenhut,* stehen in einer Narrenkappe mit einem Fliegenwedel,[A1] und der Frauen hüten, und des davon sie Frauen heißen, (wie es die groben Deutschen nennen.)«

3 *Dienstmann, V.* 56 in der weitesten Bedeutung, ein Lehensmann oder Vasall.

4 *Stange, für Speer* oder *Lanze,* V. 65 kommt in dieser Bedeutung noch in Luthers Bibelübersetzung vor, Matth. 26, 47.

5 *Wage,* V. 72. VII. 22 für das, was man bei einer Entschließung wagt. *Wage* ist in dieser Bedeutung ein zwar veraltetes, aber wenn es am rechten Orte steht, jedem verständliches, und kaum entbehrliches Altdeutsches Wort. Auch *Wagestück,*

welches in einigen Provinzen noch gehört wird, für eine gefahrvolle Unterneh-
mung, verlangt mit gleichem Recht wieder in Umlauf zu kommen.

A1 Eine Anspielung auf den Pseudo-Frauenhut *Chärea* im *Terenz,* dem eine
Magd, in der Meinung, daß er der Verschnittene sei, welchen ihre Dame zum
Geschenk erhalten hatte, die junge Pamphila zu hüten gab, mit dem Auftrag, ihr,
während sie nach dem Bade der Ruhe pflegte, Luft zuzufächeln.

Sechster Gesang

1.

Kaum fing Aurora an die Schatten zu verjagen,
Und schloß dem Tag mit ihrer Rosenhand
Die Pforten auf, so hielt der Schwanenwagen,
Nicht weit vom seebespülten Strand
Von Askalon, im Schirm von hohen Palmenbäumen,
Auf einmal still. Ein sanfter Stoß
Weckt unser doppelt Paar, dies aus des Schlummers Schoß,
Und jenes aus der Liebe wachen Träumen.

2.

In süßem Schrecken bebt die Sultanstochter auf,
Indem zum ersten Mal, vom Morgen angestrahlet,
Das Weltmeer grenzenlos sich in ihr Auge malet.
Voll Wunders schweift in ungehemmtem Lauf
Der ausgedehnte Blick auf diesen Wasserhöhen;
Die Unermeßlichkeit scheint vor ihr aufgetan:
Doch, mitten in der Lust kommt sie ein Schaudern an,
Im Unermeßlichen sich selbst so klein zu sehen.

3.

Ein grauer Flor umnebelt ihren Blick.
»Wo bin ich?« ruft sie. Doch, Herr Hüon, der am Wagen
Mit offnen Armen steht ins Grüne sie zu tragen,
Bringt den verschwebten Geist schnell zu sich selbst zurück.
»Sei«, spricht er, »ohne Furcht, mein Leben,
(Indem er seinen Mund von Lieb und Sehnsucht warm
Auf ihren Busen drückt, den stille Seufzer heben)
Sei ohne Furcht, du bist in *meinem* Arm.«

4.

Mit Wonne fühlt sie sich itzt wieder ganz umgeben
Von ihrer Liebe, ganz in seinen Arm versenkt.
Und junger Efeu kann am Stamm nicht brünstger kleben
Als sie um seinen Leib die runden Arme schränkt.
So eilt er mit der süßen Beute

Den Palmen zu; setzt dann auf weiches Moos
Sie in den Schatten hin, sich selbst an ihre Seite,
Und tauschte seinen Platz um keines Sultans Los.

5.

Bald findet auch mit Fatme sich bei ihnen
Sein Alter ein, entschlossen, er und sie,
Bis auf den letzten Hauch dem lieben Paar zu dienen.
Kaum hatte Scherasmin im Grünen
Bei seinem Herrn, und Fatme nah am Knie
Der jungen Dame Platz genommen,
Schnell, wie ein Blitz der Phantasie,
Kam durch die Luft der schöne Zwerg geschwommen.

6.

Aus seinen Augen brach durch sanft bewölkten Gram
Der Freundschaft mildes Licht, und als er näher kam,
Sahn sie ein Kästchen, dicht besetzt mit Edelsteinen,
In seinem linken Arm wie eine Sonne scheinen.
»Freund Hüon«, sprach der Geist, »nimm dies aus meiner Hand,
Wiewohl dich Karl dazu ausdrücklich nicht verpflichtet:
Wenn du ihn wiedersiehst, so dien es ihm zum Pfand,
Daß du, was er begehrt, buchstäblich ausgerichtet!«

7.

Ihr merkt, (wiewohl in Rezias Gegenwart
Nicht schicklich war es laut zu offenbaren)
Daß des Kalifen Zähn und Bart,
In Baumwoll eingepackt, in diesem Kästchen waren.
Es hatte, während daß der Sultan noch erstarrt
In seinem Lehnstuhl lag, von Oberons unsichtbaren
Trabanten einer sich behend ans Werk gemacht,
Und alles, ohne Scher und Pelikan, vollbracht.

8.

»Eilt nun«, so fuhr er fort, »bevor euch nachzujagen
Der Sultan Zeit gewinnt! Dort auf der Reede liegt
Ein Schiff, das ohne Harm in sechs bis sieben Tagen

Mit euch bis nach Lepanto fliegt;
Dort findet ihr, so bald ihr angekommen,
Ein andres schon bereit, das nach Salern euch bringt;
Und dann, so schnell als Lieb und Sehnsucht euch beschwingt,
Geraden Wegs den Lauf nach Rom genommen!

9.

Und tief, o Hüon, sei's in deinen Sinn geprägt:
So lange bis der fromme Papst Sylvester
Auf eurer Herzen Bund des Himmels Weihung legt,
Betrachtet euch als Bruder und als Schwester.
Daß der verbotnen süßen Frucht
Euch ja nicht vor der Zeit gelüste!
Denn wisset, daß im Nu, da ihr davon versucht,
Sich Oberon von euch auf ewig trennen müßte.«

10.

Er sagt's, und seufzt, und stiller Kummer schwillt
In seinem Aug; er heißet sie ihm nahen,
Und küßt sie auf die Stirn; und als sie aufwärts sahen
Zerfloß er wie ein Wolkenbild
Aus ihrem Blick. Der goldne Tag verhüllt
Sein Antlitz; traurig rauscht's, wie Seufzer, durch die Palmen
Und Land und Meer scheint, dumpf und tief erstillt,
In trübem Duft gestaltlos zu verqualmen.

11.

Ein seltsam Weh, ein stilles Bangen drückt
Das holde Paar; sie sehn mit blassen Wangen
Einander an; im offnen Mund erstickt
Was jedes sprechen will; sie wollen sich umfangen,
Und ein geheimes Graun hält ihren Arm. Allein
In einem Pulsschlag stürzt der dumpfe Nebel nieder,
Lacht alles wie zuvor in goldnem Sonnenschein,
Und Mut und Freude kehrt in ihre Herzen wieder.

12.

Sie eilen nach dem Schiff, und finden's, hoch erfreut,

Zur Reise schon versehn und zierlich eingerichtet
Durch ihres Schützers Gütigkeit.
Ein frischer Landwind weht, der Anker wird gelichtet,
Das Seevolk jauchzt. Die Barke, vogelschnell,
Durchschneidet schon mit ausgespannten Flügeln
Die blaue Flut; die Luft ist rein und hell,
Und glatt das Meer um sich darin zu spiegeln.

13.

Sanft wiegend schwimmt, gleich einem stolzen Schwan,
Das Schiff dahin, zum Wunder aller Söhne
Des Ozeans, auf kaum gefurchter Bahn.
»So eine Fahrt hat noch kein Mensch getan«,
Rief jeder aus. Der Ritter und die Schöne
Stehn, Arm in Arm geschlungen, Stunden lang
Auf dem Verdeck, und schaun; und jede neue Szene
Ist Opium für ihren Liebesdrang.

14.

Und wenn sie in die unabsehbarn Flächen
Hinaus sehn, wo in Luft der Wellen Blau zerrinnt,
Fängt Hüon an von seinem Land zu sprechen,
Wie schön es ist, wie froh darin die Leute sind,
Und wie von Ost zum West die Sonne
Doch auf nichts Holders scheinen kann
Als auf die Ufer der Garonne;
Und alles dies beschwört sein alter Lehensmann.

15.

Dem hüpft das Herz, so oft er seinem lieben
Gascogne Hymnen singen kann!
Die schöne Rezia, wiewohl ihr dann und wann
Viel Worte unverständlich blieben,
Horcht unverwandt; denn das, wovon ihr nichts entgeht,
Was mit unsäglichem Behagen,
So neu ihr's ist, ihr Herz unendlich leicht versteht,
Ist – was ihr Hüons Augen sagen.

16.

Ein sanfter Druck der warmen Hand,
Ein Seufzer, der das volle Herz entladet,
Ein leiser Kuß, der Rosenwang entwandt,
Und, o ein Blick, in Amors Tau gebadet,
Was überzeugt, gewinnt und rührt wie dies?
Was geht so schnell, trotz dem behendsten Pfeile,
Von Herz zu Herz, trifft so gewiß
Den Zweck, und macht so wenig lange Weile?

17.

In Seelgesprächen dieser Art
Verlor das Wortgespräch sich stets bei unsern beiden.
Oft schlichen sie, um Zeugen zu vermeiden,
In ihr Gemach, und standen da gepaart
Am offnen Fenster, oder saßen
Auf ihrem Sofa. Doch, auch dann nicht ganz allein;
Die Amme wenigstens muß stets zugegen sein;
Denn Hüon selber bat ihn nie allein zu lassen.

18.

Noch immer widerhallt der schreckenvolle Ton
Des strengen »laßt euch nicht gelüsten«
In seinem Ohr; »denn wißt«, sprach Oberon,
»Daß wir uns sonst auf ewig trennen müßten.«
Wie meinte das der Geist? Es war ein tiefer Sinn
In seinem Blick, der immer ernster, immer
Bewölkter ward; ach! Tränen schwammen drin,
Und sein Gesicht verlor den sonst gewohnten Schimmer.

19.

Dies schwellt mit Ahnungen des guten Ritters Herz.
Er traut sich selbst nicht mehr; der Liebe leichtster Scherz
Erweckt die Furcht, ob Oberon ihn verdamme.
Indessen frißt die eingeschloßne Flamme
Sich immer tiefer ein. Die Luft, worin er lebt,
Ist Zauberluft, weil Rezia sie teilet;
Ihr Atem weht darin, ihr holder Schatten schwebt

Um jeden Gegenstand, auf dem sein Auge weilet.

20.

Und, o Sie selbst glänzt ihn im Morgenlicht,
Im Abendrot, im sanften Schattentage
Des Mondes an. In welcher schönen Lage,
In welcher Stellung reizt ihr Nymphenwuchs ihn nicht?
Der Schleier, der vor allen fremden Augen
Sie dicht umhüllt, fällt im Gemach zurück,
Erlaubt sogar dem furchtsam kühnen Blick
Sich, Bienen gleich, in Hals und Busen einzusaugen.

21.

Er fühlt die süße Gefahr. »O, soll es möglich sein,
Du Schönste«, ruft er oft, »bis Rom es auszuhalten,
So wickle dich in sieben Schleier ein!
Verstecke jeden Reiz in tausend kleine Falten;
Laß über dieses Arms lebendges Elfenbein
Die weiten Ärmel bis zur Fingerspitze fallen,
Und ach! Freund Oberon, vor allen
Verwandle bis dahin mein Herz in kalten Stein!«

22.

Es war, wiewohl ihm oft die Kräfte schier versagen,
Des Ritters ganzer Ernst, den Sieg davon zu tragen
In diesem Kampf. Es däucht' ihn groß und schön
Das schwerste Abenteur der Tugend anzugehn,[1]
Schon groß und schön, es nur zu wagen,
Und zehnfach schön und groß, es rühmlich zu bestehn.
Allein, die Möglichkeit so einen Feind zu dämpfen,
Der immer stärker wird, je mehr wir mit ihm kämpfen?

23.

Nichts ist, was diesem Feind so bald gewonnen gibt,
Als bei der Schönen, die man liebt,
Sich dem Gefühl stillschweigend überlassen.
Zum Glück erinnert sich Herr Hüon seiner Pflicht,
Nach ritterlichem Brauch, sich mit dem Unterricht

124

Der Sultanstochter zu befassen.
Denn ach! das arme Kind lag noch im Heidentum,
Und glaubt' an Mahomed, unwissend zwar warum.

24.

Der Ritter, sie von dieser Pest zu heilen,
Eilt was er kann, (die Liebe hieß ihn eilen)
Sein Bißchen Christentum der Holden mitzuteilen.
An Eifer gab er keinem Märtrer nach;
Er war an Glauben stark, wiewohl an Kenntnis schwach,
Und die Theologie war keineswegs sein Fach;
Sein Pater und sein Credo, ohne Glossen,
In diesen Kreis war all sein Wissen eingeschlossen.

25.

Doch was vielleicht an Licht und Gründlichkeit
Der Lehre fehlt, ersetzt des Lehrers Feuer:
Herr Hüon, standsgemäß ein Feind von Wörterstreit,
Handhabt das Werk gleich einem Abenteuer,
Und was er glaubt, beschwört er hoch und teuer,
Erbötig, dessen Richtigkeit
Dem ganzen Heidentum mit seinem blanken Eisen
Zu Wasser und zu Land handgreiflich zu erweisen.

26.

Groß ist in des Geliebten Mund
Der Wahrheit Kraft; das Herz, voraus mit ihm in Bund,
Horcht ihm mit Lust und lehrbegiergem Schweigen.
Was ist so leicht zu überzeugen
Als Liebe? Ein Blick, ein Kuß ist ihr ein Glaubensgrund.
Die Schöne, ohne sich in Fragen zu versteigen,
Glaubt ihrem Hüon nach, und macht in kurzer Zeit
Ihr Kreuz an Stirn und Brust mit vieler Fertigkeit.

27.

Das heilge Bad der Christen zu empfangen
Stand nun (wie unser Held in seiner Einfalt meint)
Ihr weiter nichts im Weg. Ihr ist's, um vor Verlangen

Zu brennen, schon genug, daß er darnach zu bangen[2]
Und jedes Augenblicks Verzug zu hassen scheint.
Ein Jünger Sankt Basils, ein großer Heidenfeind,
Der sich im Schiffe fand, wird leicht gewonnen, ihnen
Für die Gebühr hierin mit seinem Amt zu dienen.

28.

Die schöne Rezia, die nun Amanda hieß
Seitdem sie in den Christenorden
Getreten war, gewann nicht nur das Paradies,
Sie schien dadurch sogar noch eins so schön geworden.
Allein von Hüon wich zur Stunde sichtbarlich
Sein guter Geist. Es war, im Taumel des Entzückens,
Des Herzens und des Händedrückens
Kein End. Umsonst zerwinkt der treue Alte sich;

29.

Vergebens stellt sich Fatme gegenüber:
Der gute Paladin in seinem Seelenfieber
Vergißt des Zwergs, der Warnung, der Gefahr.
Der Alte hätte sich zu Tode winken können,
Die Wonn, in die er ganz versunken war,
Sie, deren Kuß nun Engel selbst ihm gönnen,
Zu drücken an sein Herz, Amanda sie zu nennen,
Umnebelt seinen Blick, berauscht ihn ganz und gar.

30.

Auch Rezia, seitdem sie von Amanden
Den Namen eingetauscht, glaubt freier von den Banden
Des Zwangs zu sein, ist nicht mehr Rezia, vergißt
Nun desto leichter Königswürde,
Hof, Vaterland, und kurz, was nicht Amanda ist.
Die Rückerinnerung, die sonst wie eine Bürde
Zuweilen noch an ihrem Nacken hing,
Fiel mit dem Namen ab, den sie im Tausch empfing.

31.

Sie ist nun ganz für Hüon neu geboren,

126

Gab alles, was sie war, für ihn,
Gab einen Thron um Liebe hin,
Und fühlt' in seinem Arm, sie habe nichts verloren.
Sie gab sich weg, und ist Amande, nun
Für Liebe nur, *durch* Liebe nur zu leben,
Hat in der Welt nichts andres mehr zu tun,
Nichts andres zu empfangen noch zu geben.

32.

Der wackre Scherasmin, der das verliebte Paar
In solcher Stimmung sieht, erschrickt vor ihren Blicken.
Er wird darin ich weiß nicht was gewahr,
Das lüstern ist verbotne Frucht zu pflücken.
Ein Zeuge drückte sie, das sah er offenbar.
Sie küßten sich, so bald er nur den Rücken
Ein wenig kehrt, so rasch, so durstiglich,[3]
Und wurden rot, so bald sein Auge sie bestrich.

33.

Im Spiegel seiner eignen Jugend
Sieht er nur allzu gut was beide nicht mehr sahn;
Sieht, einer Motte gleich, die unerfahrne Tugend
Sich ahnungslos der schönen Flamme nahn.
Wie lieblich zieht der Glanz, die sanfte Wärme an!
Durch ihre Unschuld selbst betrogen
Umtaumelt sie das Licht in immer kleinern Bogen,
Und plötzlich ach! verbrennt sie ihre Flügel dran.

34.

In dieser Not läßt der getreue Alte
(Mit Fatmen ingeheim zu diesem Zweck vereint)
Nichts unversucht, was ihm ein Mittel scheint,
Daß wenigstens bis Rom des Ritters Weisheit halte;
Ihm fällt bald dies bald jenes ein,
Sie zu beschäftigen, zu stören, zu zerstreun;
Zuletzt schlägt er, da alle Mittel fehlen,
Zur Abendkürzung vor, ein Märchen zu erzählen.

35.

Ein Märchen nennt' er es, wiewohl es freilich mehr
Als Märchen war. Ihm hatt' es ein Kalender
Zu Basra einst erzählt, als er die Morgenländer
Nach seines Herren Tod durchirrte, lang vorher,
Eh in die Kluft des Libans aus den Wogen
Der stürmevollen Welt er sich zurückgezogen:
Und da es itzt in ihm gar lebhaft sich erneut,
Glaubt er, es sei vielleicht ein Wort zu rechter Zeit.

36.

Und so beginnt er denn: »Vor etwa hundert Jahren
Lebt' an den Ufern des Tessin
Ein Edelmann, an Weisheit ziemlich grün,
Wiewohl sehr grau an Bart und Haaren;
Von Podagra und Gicht, der späten bittern Frucht
Zu viel genoßner Lust, fast täglich heimgesucht;
Ein Hofmann übrigens, galant und wohl erfahren,
Und in der Kriegeskunst der Minne wohl versucht.

37.

Dem war, nachdem er lang sein sündliches Vergnügen
Daran gehabt, im Hagestolzenstand
Auf Amors freier Bürsch Berg auf Berg ab im Land
Herum zu ziehn, und, wo er Eingang fand,
Bei seines Nächsten Weib zu liegen;
Ihm, sag ich, war zuletzt der Einfall aufgestiegen,
Den steifen Hals, noch an des Lebens Rand,
Ins sanfte Joch der heilgen Eh zu schmiegen.

38.

Mit viel Geschmack und wohl verkühltem Blut
Sucht er ein Kind sich aus, wie er's zu Tisch und Bette,
Zu Scherz und Ernst, gerade nötig hätte,
Zumal zur Sicherheit; ein Mädchen, fromm und gut,
Unschuldig, sittsam, unerfahren,
Keusch wie der Mond und frei von aller eiteln Lust,
Jung überdies, pechschwarz von Aug und Haaren,

128

Von Farbe rosenhaft, und rund von Arm und Brust.

39.

Von allen drei und dreißig Stücken,
Womit ein schönes Weib, sagt man, versehen ist,
Hätt er kein einzigs gern an seiner Braut vermißt,
Am wenigsten das Aug, in dessen Feuerblicken
Ein feuchtes Wölkchen schwimmt, die kleine weiche Hand,
Die Lippen, die dem Kuß entgegen schwellen,
Das runde Knie, der Hüften schöne Wellen,
Und unter sanftem Druck den süßen Widerstand.

40.

Der gute alte Herr, beim Kauf so schöner Ware,
Vergaß nur Eins – die fünf und sechzig Jahre,
Die seinen Kopf bereits mit Schnee bestreun.
Zwar macht' er, aus geheimer Vorempfindung,
Ausdrücklich zum Beding der ehlichen Verbindung,
Sie sollte reizvoll, warm, und alles das, allein
Für ihn, und kalt wie Eis für jeden andern bleiben:
Allein, wer wird für *Sie* die Klausel unterschreiben?

41.

Rosette tat's. Rosette war ein Kind,
War auf dem Land, dem Veilchen gleich, im Schatten
Verborgen aufgeblüht, war froh und leicht gesinnt,
Und sah in ihrem künftigen Herrn und Gatten
Nichts als den Mann der sie zur großen Dame macht,
Ihr reiche Kleider gab und tausend schöne Sachen,
Die Kindern, wie sie war, bei Tage Kurzweil machen;
An andres hatte noch ihr Herzchen nie gedacht.

42.

Die Hochzeit ward demnach mit großer Pracht vollzogen.
Der edle Bräutgam, zwar ein wenig steif und schwer,
Stapft[4] an Rosettens Hand gar ehrenfest einher,
Und wähnt sein Taufschein hab um zwanzig ihn belogen.
Was Augen hat läuft scharenweis herbei

Den prächtgen Kirchgang anzustaunen;
Ein stattlich Paar! hört man zu beiden Seiten raunen;
Sie gleichen sich – wie *Januar* und *Mai*.

43.

Rosettens Unschuld war (wie in dergleichen Fällen
Gewöhnlich ist) des alten Gangolfs Stolz:
Er schien am zweiten Tag vor hohem Mut zu schwellen,
Und schritt einher gerader als ein Bolz.
Es war der letzte Trieb von einem dürren Holz!
Die Übel, die sich gern zu grauer Liebe gesellen,
Begannen bald bei ihm sich reichlich einzustellen;
Je wärmer Röschen ward, je mehr ihr Alter schmolz.

44.

Indes verdoppelt er auf andre Art die Proben
Von seiner Zärtlichkeit, beschenkt sie täglich schier
Mit neuem Modekram, mit Spitzen, schönen Roben,
Juwelen, kurz, mit allem was er ihr
An Augen ansehn kann. Es koste was es wolle,
Was ihr Vergnügen macht, das ist für ihn Genuß;
Er fordert nichts dafür als höchstens einen Kuß;
Mit Einem Wort, er spielt die – Alten-Mannes-Rolle.

45.

Rosette, jugendlich vergnügt mit ihrem Los,
Spart auch dagegen nichts den Alten zu vergnügen
Nach seiner Art; setzt sich auf seinen Schoß
So viel er will, und läßt auf seinem Knie sich wiegen,
Läßt aus Gefälligkeit ihn tändeln wie er kann,
Pflegt seiner, liebevoll, in seinem Unvermögen;
Und, wandelt ihn (wie oft) die Schlafsucht an,
Darf er sein schweres Haupt auf ihren Busen legen.

46.

So lebten sie in Eintracht manches Jahr
Zusammen, keusch und treu wie fromme Turteltauben,
So treu ergeben Sie, und Er so voller Glauben,

Daß jedermann dadurch erbauet war.
Der gute Mann vergaß bei ihren Scherzen
Sein Podagra und seine Rückenschmerzen,
Und seinetwegen bloß beklagt' in ihrem Herzen
Die junge Frau sein zehntes Stufenjahr.

47.

Allein, es kam; und ach! zu ihrem großen Leide,
Ein Übel kam mit ihm auf Gangolfs graues Haupt,
Das seiner liebsten Augenweide
Den armen Greis auf lebenslang beraubt.
Nie wird er wieder sich an ihren Blicken sonnen,
Nie wieder sehn dies reizende Oval,
Wovon zu Engeln und Madonnen
So mancher Maler gern die sanften Züge stahl!

48.

Wer sollt ihm nun die lange Zeit vertreiben,
Dem armen blinden Mann, hätt er Rosetten nicht?
Was würd aus ihm, wär's ihr nicht süße Pflicht,
Untrennbar Tag und Nacht an ihn geklebt zu bleiben,
Ihm immer Arm und Augenlicht
Zu leihn, für ihn zu lesen und zu schreiben,
Zu fragen was ihm fehlt, und, quälet ihn die Gicht,
Mit leichter warmer Hand ihm Knie und Fuß zu reiben?

49.

Rosette, immer sanft, gefällig, mitleidsvoll,
Entrichtet ohne Zwang und Murren
Der Ehstandspflicht auch *diesen* schweren Zoll;
Aufmerksam stets, (wiewohl bei seinem Knurren
Ihr heimlich oft die Gall ein wenig schwoll)
Daß ja ihr Alter nichts zu klagen haben soll.
Zum Unglück fing er itzt, trotz ihrem guten Willen,
In seinem Sorgestuhl die schlimmste aller Grillen.

50.

Der ärgste Feind, der je sich aus der Hölle schlich

Die Sterblichen zu necken und zu quälen,
Fuhr in den armen Mann, und plagt' ihn jämmerlich.
Alt, schwach und blind, wie konnt er sich verhehlen,
Rosette sei, so sehr sie einem Engel glich,
Doch nur ein Weib? Konnt's an Versuchern fehlen?
Die Welt ist rings umher von offnen Augen voll,
Und ach! das Auge blind, das sie beleuchten soll!

51.

So jung, so schön, so ganz aus lauter Liebeszunder
Gewebt, wer kann sie sehn und nicht vor Sehnsucht glühn?
Wo sah man je so frische Wangen blühn?
Je Augen funkelnder und Lilienarme runder?
Zwar ist sie tugendhaft; sie wird ja freilich fliehn:
Doch, wenn sie auf der Flucht nun glitschte? wär es Wunder?
Der Grund, worauf sie flieht, ist hell geschliffner Stahl,
Und ach! die Einmal fällt, die fällt für allemal.

52.

Selbst ihre Tugenden, ihr sanftgefällig Wesen,
Ihr leichter Sinn, stets froh und guter Ding,
Was sonst an ihr das liebste ihm gewesen,
Die holde Scham sogar, womit sie ihn umfing,
Und was ihm sonst von ihren tausend Reizen,
Entschleiert und verschönt, sein Seelenspiegel weist,
Das alles hilft itzt nur dem Argwohn, der ihn beißt,
Sich in sein wundes Herz noch tiefer einzubeizen.

53.

Der Sklaverei, worin das gute junge Weib
Seit dieser Zeit verlechzt, ist keine zu vergleichen.
Stets angeschnallt an seinen siechen Leib,
Darf sie ihm Tag und Nacht nicht von der Seite weichen.
Mißtrauisch aufgeschreckt von jedem leisen Wort,
Trägt er die Augen nun an seinen Finger-Enden,
Und Nachts liegt eine stets von seinen knotgen Händen
Bald da, bald dort auf ihr, aus Furcht sie schleich ihm fort.

54.

So sanft Rosette war, so fiel doch solch Betragen
Ihr schwer aufs Herz. Er nennt es *Liebe* zwar:
Allein sie sah zu wohl nur, was es war,
Und fing, anstatt sich fruchtlos zu beklagen,
Zu überlegen an. So neben einem Mann
Von siebenzig, mit Gicht und Stein beladen,
Durchs Leben, wie durch einen Sumpf, zu waden,
Und noch gequält dazu, däucht ihr ein harter Bann.

55.

Gar vieles, was sie sonst geduldig übersehen,
Scheint in dem Licht, worin sie jetzt es sehen muß,
Höchst widerlich und gar nicht auszustehen.
Sein Zärtlichtun ist jetzt ihr herzlichster Verdruß,
Sein Scherz unleidlich plump, und ekelhaft sein Kuß;
Wagt er noch mehr, so möchte man vergehen!
Und sie, o grausam! sie ist jung und schön für ihn,
Und was ihm unnütz ist, muß sie sich selbst entziehn!

56.

Und was entschädigt sie? Der Stadt gesellige Freuden,
Tanz, Schauspiel, alles das ist ihr verbotne Frucht!
Von niemand wird ihr altes Schloß besucht;
Als gingen Geister drin, scheint jeder es zu meiden.
Ein großer Garten, hoch mit einer Maur umfaßt,
Ist alles was sie hat – im Kreis sich zu bewegen;
Zum Träumen kann sie da an einen Baum sich legen,
Und dann sogar ist ihr der blinde Mann zur Last.

57.

Ein junger Edelknecht, in Gangolfs Schloß erzogen
Und über seinen Stall gesetzt,
Wird itzt zum ersten Mal betrachtenswert geschätzt.
Er hatte zwar schon lange sich verwogen,
Mit schmachtender Begier die Dame anzusehn,
Und oft gesucht ihr's mündlich zu gestehn,
Doch, da sie stets dem Anlaß ausgebogen,

Auch wieder ehrfurchtsvoll zurücke sich gezogen.

58.

Jetzt aber, da Verdruß und Gram
Und lange Weil bei Tag, und noch langweilgers Wachen
Bei Nacht, Zerstreuungen ihr zum Bedürfnis machen,
Kein Wunder, daß sie jetzt die Sache anders nahm.
Es däucht ihr hart, in ihren schönsten Tagen
So gänzlich allen, Trost des Lebens zu entsagen;
Und Walter, dessen Blick nun wieder Mut bekam,
War unermüdet, sich zum Tröster anzutragen.

59.

Sein Eifer wächst je mehr er Raum gewinnt.
Er fleht; sie weigert sich: doch unvermerkt entspinnt
Sich ein Verständnis zwischen ihnen,
Wovon die Augen bloß die Unterhändler sind;
Denn Gangolf war nicht an den Ohren blind,
Und öfters kann ein Ohr für hundert Augen dienen.
Der Alte spitzt die seinen gleich und lauscht
Wenn von Rosettens Kleid nur eine Falte rauscht.

60.

Ein solcher Zwang verkürzt die Komplimente
Des Widerstands, und in sehr kurzer Zeit
Sind Walter und die Dame schon so weit
Daß nur die Frage ist, wie man sich nähern könnte?
Von ihrem Drachen, den sein Husten Tag und Nacht
Nicht ruhen läßt, gebannt und bewacht,
Was wird die junge Frau ersinnen,
Um etwas Raum und Zeit für Walter zu gewinnen?

61.

Not schärft den Witz. Indem sie hin und her
Auf Wege denkt, erwählt, verwirft, im besten
Viel Schwierigkeiten sieht, fällt ihr von ungefähr
Ein Birnbaum ein mit stufengleichen Ästen,
Der, an der Rasenbank im Garten, wo sich rund

Um einen Marmorbrunnen Hecken
Von Myrten ziehn, hoch überhangend stund,
Den Schattensitz vor Sonnenglut zu decken.

62.

Zu diesem anmutsvollen Ort,
Den laue Lüftchen stets umfliegen,
Pflegt oft, zur Sommerszeit, wenn alles lechzt und dorrt,
Mit seinem Weibchen sich der Alte zu verfügen,
Um an des Brunnens kühlem Bord
Ein Stündchen oder zwei auf ihrem Schoß zu liegen –
Zum Garten hat jedoch den Schlüssel er allein,
Und außer ihm und ihr kam keine Seel hinein.

63.

Was nun zu tun, den Schlüssel zu bekommen,
Den stets im Unterkleid der Alte bei sich führt?
Der wird beim Schlafengehn ganz sachte weggenommen,
Und, während daß der Mann sein Ave psalmodiert,
In Wachs gedrückt, sodann am nächsten Morgen
Der Abdruck unvermerkt in Walters Hand gespielt,
Und ein Postskript dazu, das ihm den Baum empfiehlt;
Das übrige wird Walter schon besorgen.

64.

Nun, was geschah? Es war ein schöner warmer Tag
Zu End Augusts, als unsern blinden Alten
Die Sonne lockt, wie er zuweilen pflag,
Die Mittagsruh im Myrtenrund zu halten.
›Komm, meine Taube‹, spricht zu seinem andern
Ich Der graue Tauber, ›komm, mein Röschen, führe mich
Zu jenem stillen Grund, wo, seit er uns verbunden,
Der Gott der Eh so oft uns Arm in Arm gefunden.‹

65.

Rosette winkt, und Walter schleicht voran;
Die Gartentür wird leise aufgetan
Und wieder zugemacht; dann geht es an ein Fliegen

135

Dem Brunnen zu; der Birnbaum wird erstiegen,
Und, wo der breitste Ast sich sanft gebogen krümmt,
Des Weibchens Thron im dichtsten Laub bestimmt.
Der Alte kommt indes, mit ungewissen Tritten,
An seines Röschens Arm allmählich angeschritten.

66.

Weil nun der Mund beinah das einzge blieb,
Das noch, in viel und mancherlei Gebrechen,
Ihm Dienste tat, so war, von seiner Lieb
Und von dem Paradies des Ehstands ihr zu sprechen,
Gewöhnlich das, womit er ihr die Zeit vertrieb.
Er rnischte dann, vielleicht sie zu bestechen,
Von ihren Reizungen viel Poesie hinein,
Und meistens kam ein Stück von Predigt hinter drein.

67.

Aus diesem Ton war's unterwegs gegangen,
Und, da sie glücklich nun beim Brunnen angelangt,
(Wo, wie ihr wißt, der schöne Birnbaum prangt)
Da hatte Gangolf auch, nachdem er ihr die Wangen
Gestreichelt, und (wiewohl vom Husten stark geplagt)
Viel Zärtliches und Süßes vorgesagt,
Die Predigt eben angefangen,
Die ihr im Angesicht des Birnbaums schlecht behagt.

68.

›Ist‹, sprach er – da er so, die Stirn an ihrer Brust,
Im Schatten bei ihr saß, und an dem runden, weichen
Atlaßnen Arm sanft auf und ab zu streichen
Nicht müde ward – ›ist wohl der Unschuld unsrer Lust,
Der Ruh, dem süßen Trost, dem alle Freuden weichen,
Dem Glück geliebt zu sein, geliebt und sich bewußt
Man sei es würdig – kurz, dem was du fühlen mußt
Wenn du mich liebst, ein Glück auf Erden zu vergleichen?

69.

O sprich, mein Röschen‹, – hier begann

Der alte Herr noch zärtlicher zu streicheln –
›Doch rede frei und ohne alles Heucheln,
(Denn einer höret uns, den niemand täuschen kann)
Darf sich auch wohl dein armer blinder Mann,
Der dich so zärtlich liebt, darf sich dein Gangolf schmeicheln,
Daß du ihn wieder liebst? daß er dein Alles ist,
Dein ganzes Herz erfüllt, wie du sein Alles bist?

70.

Zwar freilich, wollten wir die alten Sagen schätzen,
Wär einem Mann nichts minder zu verzeihn,
Als an ein Weib sein ganzes Herz zu setzen,
Zu baun auf ihre Treu, zu trauen ihrem Schein.
Längst lehrten uns, aus Tonnen und von Thronen,
Der Narr Diogenes, die weisen Salomonen,
Es sei des Weibes Herz kein zuverlässig Gut,
Und ihrer List nichts gleich als ihre Wankelmut.

71.

Nichts von den weltlichen Geschichten
Zu sagen, sehn wir nicht sogar *das heilge Buch*
Den Ruhm der Weibertreu von Anbeginn vernichten?
Kam auf die Menschheit nicht durchs erste Weib der Fluch?
Von seinen Töchtern ward der fromme Lot betrogen;
Die Kinder Gottes selbst, schon vor der großen Flut,
Verbrannten sich, von Weibern angezogen,
Die Fittiche an ihrer strafbarn Glut.

72.

Die Delilan, die Jaeln, Jesabellen
Und Bathseban, und wie ihr Name heißt,
Ist unvonnöten dir im Reihen aufzustellen,
Wiewohl die Schrift sie nicht der Treue halben preist:
Doch diese Judith, die den tapfern, frommen, alten
Feldmarschall Holofern erst in die Arme schlingt,
Erst liebetrunken macht, und dann ums Leben bringt,
Wer kann dabei der Tränen sich enthalten?

73.

Wär aber auch der Weiber größte Zahl
An Lastern noch so reich, an Tugend noch so kahl,
Dir, meine Einzge, Auserwählte,
Dir, meines Alters Trost und meiner Augen Licht,
Dir trau ich's zu, du bliebst getreu an deiner Pflicht,
Und fehltest nicht, wenn auch die beste fehlte.
Dein Gangolf, der so rein, so treu dich liebt,
Wird, o gewiß! von dir so grausam nie betrübt?‹

74.

›Wozu‹, versetzt mit schuldbewußten Wangen
Die junge Frau, und zieht den Schwanenarm,
Womit sie um den Gürtel ihn umfangen,
Mißmutig weg – ›wozu‹, versetzt sie rasch und warm,
›All diese Litanei? Womit in meinem Leben
Hab ich dazu Gelegenheit gegeben?
Wie? soll ich glauben, daß dein Herz an meiner Treu
Nur einen Augenblick zu zweifeln fähig sei?

75.

Unglückliche! ist dies für alle meine Liebe
Zuletzt der Lohn? Wem gab ich ganz mich hin,
Der Unschuld ersten Kuß, der Jugend erste Triebe,
Wer hatte sie? – Und ach! daß ich zu zärtlich bin,
Ist mein Verbrechen nun! Ein Herz ist ihm verdächtig
Das keinen andern kennt, für ihn nur stärker schlug!
Hoffärtger, hast du nicht an *diesem* Sieg genug,
Auch quälen mußt du mich? O grausam! niederträchtig!‹

76.

Hier hielt sie ein, als ob der übermäßige Schmerz
Die Stimm in ihrer Brust erstickte;
Und schluchzend fiel der Greis ihr um den Hals und drückte
Das treue Weib reumütig an sein Herz.
›O weine nicht, mein Liebchen, o verzeihe
Was Liebe nur gefehlt! Ich wollte nicht Verdruß
Dir machen; o verzeih, und gib mir einen Kuß!

Bei Gott! ich zweifle nicht an meines Röschens Treue!‹

77.

›So seid ihr!‹ sprach Rosett, indem sie seinem Kuß
Sanft sträubend sich entzog, ›so seid ihr Männer alle!
Erst lockt ihr uns so schmeichelnd in die Falle,
Und habt ihr uns, macht ruhiger Genuß
Statt frischem Blut bei euch nur böse Galle.
Weh dann der armen Frau, die euch befriedgen muß!
Das Flämmchen selbst, das ihr so eifrig angeblasen,
Gibt euch zum Argwohn Stoff, und macht euch heimlich Rasen.‹

78.

Der gute Mann, den sehr zur ungelegnen Zeit
Sein Hüftweh überfällt, weiß seinem armen Leibe
Sonst keinen Rat, als dem getreuen Weibe
Beteurungen zu tun von seiner Zärtlichkeit,
Und daß der Schatten nur von Argwohn himmelweit
Von seinem Herzen sei und bleibe.
Somit bestätigt denn der neue Friedensschluß
Von beiden Teilen sich mit einem süßen Kuß.

79.

Das wackre Ehpaar sank, aus Leerheit oder Fülle
Des Herzens, wie ihr wollt, in eine tiefe Stille.
Rosette seufzt. Der Alte fragt, ›warum,‹
›Nichts‹, sagt sie wieder seufzend, und bleibt stumm.
Er dringt in sie. ›Sei unbesorgt, mein Lieber,
Es ist ein Lüstern nur, und geht vielleicht vorüber.‹ –
›Ein Lüstern? – Ich versteh! – Wie glücklich machtest du
Mein Alter noch!‹ – Sie schweigt und seufzt noch eins dazu.

80.

›Da hätten wir die Frucht von deinem kalten Baden‹,
Fuhr Gangolf fröhlich fort. ›Sag an! es könnte dir,
Wenn du's verhieltst, und dem Verborgnen schaden!‹
›O!‹ spricht sie, ›sähest du den schönen Birnbaum hier,
So frisch von Laub, so strotzend voll beladen

Mit reifer goldner Frucht! die Äste brechen schier!
Ich sagte nichts, aus Furcht du möchtest zürnen,
Allein – ich gäb ein Aug um eine dieser Birnen!‹

81.

›Ich kenn ihn wohl, den Baum; er trägt im ganzen Land
Die beste Frucht‹, versetzt der gute Blinde,
›Doch, sprich, wie machen wir's? Kein Mensch ist bei der Hand,
Es ist ein Erntetag, das ganze Hofgesinde
Im Feld zerstreut – der Baum ist hoch, und ich
Bin schwach und blind – O wäre nur der Bengel
Der Walter hier!‹ – ›Mir fällt was ein, mein Engel,
Wir brauchen niemand sonst‹, spricht sie, ›als dich und mich.

82.

Wärst du so gut, und wolltest mit dem Rücken
Nur einen Augenblick fest an den Stamm dich drücken,
So wär's ein leichtes mir, hier von des Rasens Saum
Dir auf die Schulter mich zu schwingen;
Von da ist's vollends auf den Baum
Zum ersten Ast zwei kleine Spangen kaum;
Ich bin im Klettern und im Springen
Von Kindheit an geübt – gewiß, es wird gelingen.‹

83.

›Von Herzen gern‹, versetzt der blinde Mann;
›Und doch, mein Kind, wenn du zu Schaden kämest?
Es bräch ein Ast? was könnt ich Armer dann
Zu deinem Beistand tun? – Wie, wenn du dich bequemest
Zu warten?‹ – ›Sagt ich nicht, daß ich nicht warten kann?
Ich sehe wohl, daß du des kleinen Diensts dich schämest;
Um alles wollt ich dir nicht gern beschwerlich sein!
Und doch, wer sieht uns hier? Wir sind ja ganz allein!‹

84.

Was war zu tun? Es konnte leicht das Leben
Von einem Erben gar bei dieser Lüsternheit
Gefährdet sein; kurz, halb mit Zärtlichkeit

Halb mit Gewalt, muß Gangolf sich ergeben.
Er stemmt sich an, hilft selbst dem Weibchen auf,
Und vom geduldgen Kopf des guten alten Narren
Schwingt sich Rosette frisch zum lüftgen Sitz hinauf,
Wo ihrer, unterm Laub, verstohlne Freuden harren.

85.

Nun saß von ohngefähr, da alles dies geschah,
Auf einer Blumenbank, dem guten blinden Alten
Vorüber, Oberon, um mit Titania,
Der Feenkönigin, hier Mittagsruh zu halten:
Indes die zephyrgleiche Schar
Der Elfen, ihr Gefolg, zerstreut im ganzen Garten
Und meist versteckt in Blumenbüschen war,
Um schlummernd dort den Mondschein zu erwarten.

86.

Unsichtbar saßen sie, und hörten alles an,
Was zwischen Mann und Frau sich eben zugetragen.
Zum Unglück, daß sie auch die Birnbaumsszene sahn!
Dem Elfenkönig gab dies großes Mißbehagen.
›Da‹, sprach er zu Titanien, ›sieht man nun
Wie wahr es ist, was alle Kenner sagen!
Was ist so arg, das nicht, um sich genug zu tun,
Ein Weib die Stirne hat zu wagen?

87.

Ja wohl, Freund Salomon, bekennt dein weiser Mund
Ein einzler Biedermann wird immer noch gesehen;
Doch wandre einer mir ums weite Erdenrund
Nach einem frommen Weib, er wird vergebens gehen!
Siehst du, Titania, im Birnbaum dort versteckt
Das ungetreue Weib des blinden Mannes spotten?
Sie glaubt sich in der Nacht, die seine Augen deckt,
So sicher als in Plutons tiefsten Grotten.

88.

Allein, bei meinem Thron, bei diesem Lilienstab,

Und bei der furchtbarn Macht, die mir das Reich der Elfen
Mit diesem Zepter übergab,
Nichts soll ihr ihre List, nichts seine Blindheit helfen!
Nein, ungestraft in Oberons Angesicht
Sich ihres Hochverrats erfreuen soll sie nicht!
Ich will den Star von Gangolfs Augen schleifen,
Und auf der frischen Tat soll sie sein Blick ergreifen!‹

89.

›So willst du das?‹ versetzt mit raschem Sinn
Und Wangen voller Glut die Feenkönigin;
›So soll mein Schwur dem deinen sich vermählen!
So schwör auch ich, so wahr ich Königin
Des Elfenreichs und deine Gattin bin,
Es soll ihr nicht an einer Ausflucht fehlen!
Ist Gangolf etwa ohne Schuld?
Ist Freiheit euer Los, und unsers nur Geduld?‹

90.

Doch, ohne sich an ihren Zorn zu kehren,
Macht Oberon, was er geschworen, wahr.
Berührt von seinem Lilienstabe, klären
Sich Gangolfs Augen auf, verschwunden ist der Star.
Erstaunt, entzückt beginnt er aufzuschauen,
Sieht hin, und schüttelt sich als führ ein Wespenschwarm
Ihm in die Augen, sieht, o Himmel! soll er trauen?
Sein treues Röschen, ach! in eines Mannes Arm!

91.

Es kann nicht sein! er hat nicht recht gesehen;
Ihn blendete das lang entwohnte Licht;
Unmöglich kann sich so das beste Weib vergehen!
Er schaut noch einmal hin – Das nämliche Gesicht
Durchbohrt sein Herz. ›Ha‹, schreit er, wie besessen,
›Verräterin, Sirene, Höllngezücht,
Du scheuest dich vor meinen Augen nicht
Der Ehr und Treu so schändlich zu vergessen?‹

92.

Rosette, wie vom Donner aufgeschreckt,
Fährt ängstlich auf, indem mit einem Zauberschleier
Ein unsichtbarer Arm den blassen Buhler deckt.
›Was für ein seltsam Abenteuer
Stellt‹, denkt sie, ›just in diesem Nu, so sehr
Zur Unzeit, das Gesicht des alten Unholds her?‹
Doch, nach dem Wort der Königin der Elfen,
Fehlt ihr's an Witze nicht, sich aus der Not zu helfen.

93.

›Was hast du, lieber Mann?‹ ruft sie herab vom Baum,
›Was tobst du so?‹ – ›Du fragst noch, Unverschämte?‹
›Ich Arme! wie? du gibst dem Argwohn Raum?
So lohnst du mir, daß mich dein Notstand grämte,
Daß ich, da nichts mehr half, durch *schwarzer Kunst* Gewalt
Mit einem Geist in Mannsgestalt
Um dein Gesicht zu ringen mich bequemte,
Und, dir zu Lieb, im Kampf den rechten Arm mir lähmte?

94.

Was Dank verdient, machst du sogar zu Schuld,
Und schämst dich nicht mir solch ein Lied zu singen?‹
›Ha‹, schrie er, ›hier verlör Sankt Hiob die Geduld!
Was ich gesehen nennst du *ringen*?
So möge mir dies neu geschenkte Licht
Des Himmels Wunderhand bewahren,
Und du, treuloses Weib, mögst du zur Hölle fahren,
Wie mir ein ehrlich Wort zu deiner Tat gebricht!‹

95.

›Wie?‹ ruft sie aus, ›so kann mein Gangolf sprechen?
Weh mir! ach! zu gewiß muß etwas, was es sei,
An meinem Zauberwerk gebrechen;
Dein Aug ist offenbar noch nicht von Wolken frei!
Wie könntst du sonst mit solchen harten Reden
Dein treues Weib zu morden dich entblöden?
Dein Sehen kann kein wahres Sehen sein;

Es ist das Flimmern nur von ungewissem Schein.‹

96.

›O daß es möglich wär mich selbst zu hintergehen!‹
Spricht Gangolf; ›wohl dem Mann den nur ein Argwohn plagt!
Ich Unglückselger hab's gesehen!
Gesehen was ich sah!‹ – ›Dem Himmel sei's geklagt!
Ward je ein Weib unglücklicher geboren?
(Schreit die Verräterin mit einem Tränenguß)
O daß ich diesen Schmerz noch überleben muß!
Mein armer Mann hat den Verstand verloren!‹

97.

Und welcher Mann von zärtlichem Gemüt
Verlör ihn nicht, trotz allen seinen Sinnen,
Der Tränengüsse aus so schönen Augen rinnen
Und eine solche Brust von Seufzern schwellen sieht?
Der Alte kann nicht länger widerstehen:
›Gib dich zufrieden, Kind, ich war zu rasch, zu warm;
Verzeih, und komm herab in deines Gangolfs Arm,
Es ist nun sonnenklar, ich hatte falsch gesehen!‹

98.

›Da hörst du's nun!‹ spricht zu Titania
Der Elfenfürst, ›was er mit Augen sah
Schwemmt eine Träne weg! Dein Werk ist's; triumphiere!
Doch hör auch nun den heiligsten der Schwüre!
Ich glaubte mich geliebt, und fand mein Glück darin.
Es war ein Traum – Dank dir, daß ich entzaubert bin!
Hoff nicht ein Tränchen werd auch mich umnebeln können,
Von nun an müssen wir uns trennen!

99.

Nie werden wir, in Wasser noch in Luft,
Noch wo im Blütenhain die Zweige Balsam regnen,
Noch wo der hagre Greif in ewig finstrer Gruft
Bei Zauberschätzen wacht, einander mehr begegnen.
Mich drückt die Luft in der du atmest! Fleuch!

Und wehe dem verrätrischen Geschlechte
Von dem du bist, und weh dem feigen Liebesknechte
Der eure Ketten schleppt! ich haß euch alle gleich!

100.

Und wo ein Mann in eines Weibes Stricken,
Als wie ein taumelnder lusttrunkner Auerhahn,
Sich fangen läßt, und liegt und girrt sie an,
Und saugt das falsche Gift aus ihren üppgen Blicken,
Wähnt, *Liebe* sei's was ihr im Schlangenbusen flammt,
Und horcht betört der lächelnden Sirene,
Traut ihren Schwüren, glaubt der hinterlistgen Träne,
Der sei zu jeder Not, zu jeder Qual verdammt!

101.

Und bei dem furchtbarn Namen sei's geschworen
Der Geistern selbst unnennbar bleiben muß,
Nichts wende diesen Fluch und meinen festen Schluß:
Bis ein getreues Paar, vom Schicksal selbst erkoren,
Durch keusche Lieb in Eins zusammen fließt,
Und, probefest in Leiden wie in Freuden,
Die Herzen ungetrennt, auch wenn die Leiber scheiden,
Der Ungetreuen Schuld durch seine Unschuld büßt.

102.

Und wenn dies edle Paar schuldloser reiner Seelen
Um Liebe alles gab, und unter jedem Hieb
Des strengesten Geschicks, auch wenn bis an die Kehlen
Das Wasser steigt, *getreu der ersten Liebe blieb,*
Entschlossen, eh den Tod in Flammen zu erwählen,
Als ungetreu zu sein selbst einem Thron zu Lieb:
Titania, ist dies, ist alles dies geschehen,
Dann werden wir uns wiedersehen!‹

103.

So sprach der Geist und schwand aus ihrem Blick.
Vergebens lockte sie mit liebevoller Stimme,
Nachfliehend, ihn in ihren Arm zurück!

145

Nichts kann des raschen Worts, das er in seinem Grimme
Gesprochen, hätt er gleich es selber nun beweint,
Nichts kann ihn seines Schwurs entbinden,
Bevor, nach dem Beding, der ganz unmöglich scheint,
Zwei Liebende, wie er's verlangt, sich finden.

104.

Seit dieser Zeit hat bis zu unsern Tagen
Sich Oberon in eigener Gestalt
Nie mehr gezeigt, und (wie die Leute sagen)
Bald einen Berg, bald einen dicken Wald,
Bald ein verlaßnes Tal zu seinem Aufenthalt
Gewählt, wo Liebende zu stören und zu plagen
All sein Vergnügen ist: und daß er nur für euch
Das Gegenteil getan, ist einem Wunder gleich.«

105.

Hier endigte der Alte mit Erzählen;
Und Hüon nimmt Amanden bei der Hand:
»Wenn«, spricht er, »nur ein Paar getreu verliebter Seelen
Zu Oberons und Titaniens Ruhe fehlen,
So schwebt des Schicksals Werk an der Vollendung Rand.
War er's nicht selbst, der uns so wunderbar verband,
Er, sonst der Liebe Feind, hat uns in Schutz genommen:
Die Proben – O die laßt je ehr je lieber kommen!«

106.

Amande legt an Antworts-Statt
Des Jünglings Hand ans Herz mit seelenvollen Blicken.
Ihr, die so viel für ihn getan, gegeben hat,
Was blieb ihr noch mit Worten auszudrücken?
Und eine Szene von Entzücken
Erfolgt daraus, wobei der gute Scherasmin
Des schönen Märchens Frucht, trotz allem seinem Nicken,
Auf einmal zu verlieren schien.

107.

Zwar noch verbarg der Unschuld keuscher Schleier

Den Liebenden die wachsende Gefahr,
Und ihre Zärtlichkeit ergoß sich desto freier,
Je reiner ihre Quelle war.
Nie war ein junges Paar in Liebessachen neuer;
Doch eben darum hing ihr Los an einem Haar.
Ihr ganzes Glück auf ewig zu zerstören,
Braucht's einen Augenblick, worin sie sich verlören!

Anmerkungen

1 *Angehen,* VI. 22. So viel als *unternehmen, beginnen;* eine sehr alte Bedeutung dieses Wortes, deren Gebrauch durch Hagedorns Beispiel (in der Fabel vom Löwen, der mit seinem Bilde im Brunnen fechten will) hinlänglich gerechtfertigt ist:
Und fordert ihn heraus den Zweikampf anzugehen.
Poetische Werke, II. 8. 239. nach der Hamb. Ausgabe von 1769.

2 *Bangen,* nach etwas bangen, VI. 27, statt, mit bänglicher Ungeduld nach etwas verlangen, ein neu gewagtes Wort, welches sich selbst durch die Welt helfen mag, wenn es kann. Ob es nicht in alten Zeiten schon üblich gewesen, davon finden wir zwar keine Spur; aber wie wenig sind auch die noch vorhandenen Überbleibsel aus den Zeiten der Minnesänger teils gekannt, teils benutzt!

3 *Durstiglich,* VI. 32 nach einer veralteten Oberdeutschen Form von Nebenwörtern, welche in *inniglich, ewiglich, wonniglich* u.a. wenigstens in der Dichtersprache sich noch erhalten hat. Luther gebraucht das Wort *dürstiglich* in seiner Übersetzung der Bibel mehrmals, um den höchsten Grad einer leidenschaftlichen Begierde auszudrücken; als I Mos. 34, 25 die Brüder der Dina gingen in die Stadt Sichems *dürstiglich* und erwürgten alles was männlich war, und – Sprichw. Salom. 14,5. »ein falscher Zeuge redet *dürstiglich* Lügen«. In diesem Sinne wird es hier gebraucht.

4 *Stapfen, einher stapfen,* VI. 42 ein veraltetes aber malerisches Wort, für stark und fest auftreten.

Siebenter Gesang

1.

Inzwischen ward, nach sieben heitern Tagen,
Das liebenswürdge Heldenpaar,
Dem jedes Element durch Oberon günstig war,
Ans Ufer von Lepanto hingetragen.
Hier lagen, wie Herr Hüon gleich vernimmt,
Zwei leicht geflügelte Pinassen segelfertig,
Die eine nach Marsiliens Port bestimmt,
Die andre Reisender nach Napoli gewärtig.

2.

Der junge Herr, des Alten Wachsamkeit
Und Mentorblicks ein wenig überdrüssig,
Ist über diesen Dienst des Zufalls sehr erfreut
Und ungesäumt ihn zu benutzen schlüssig.
»Freund«, spricht er, »Jahr und Tag geht noch vielleicht dahin
Eh mir's gelegen ist mich in Paris zu zeigen:
Du weißt daß ich vorerst nach Rom versprochen bin,
Und dieser Pflicht muß jede andre schweigen.

3.

Indessen liegt mir ob, den Kaiser sehn zu lassen,
Daß ich mein Wort erfüllt. Du bist mein Lehensmann,
Vollbringe du für mich, was ich nicht selber kann;
Besteige flugs die eine der Pinassen,
Die nach Marseille steurt; dann eile sonder Rast
Nach Hof, und übergib, den Kaiser zu versöhnen,
Dies Kästchen mit des Sultans Bart und Zähnen,
Und sag ihm an, was du gesehen hast:

4.

Und daß, so bald ich erst des heilgen Vaters Segen
Zu Rom geholt, mich nichts verhindern soll,
Die Sultanstochter auch zu Füßen ihm zu legen.
Fahr wohl, mein alter Freund! der Wind bläst stark und voll,
Die Anker werden schon gelichtet,

Glück auf die Reis, und, hast du mein Geschäft verrichtet,
So komm und suche mich zu Rom im Lateran;
Wer weiß, wir langen dort vielleicht zusammen an.«

5.

Der treue Alte sieht dem Prinzen in die Augen,
Wiegt seinen grauen Kopf, und nähme gar zu gern
Die Freiheit, seinen jungen Herrn
Mit etwas scharfem Salz für diese List zu laugen.
Doch hält er sich. Das Kästchen, meint er zwar,
Hätt ohne Übelstand noch immer warten mögen,
Bis Hüon selbst im Stande war
Dem Kaiser in Person die Rechnung abzulegen.

6.

Indessen da sein Fürst und Freund darauf beharrt,
Was kann er tun als sich zum Abschied anzuschicken?
Er küßt Amandens Hand, umarmt mit nassen Blicken
Den werten Fürstensohn, den seine Gegenwart
Noch kaum erfreute, nun begann zu drücken,
Und Tränen tröpfeln ihm in seinen grauen Bart.
»Herr«, ruft er, »bester Herr, Gott laß euch's wohl ergehen,
Und mögen wir uns bald und fröhlich wiedersehen!«

7.

Dem Ritter schlug sein Herz, da zwischen seinem Freund
Und ihm die offne See stets weiter sich verbreitet.
»Was tat ich! ach! wozu hat Raschheit mich verleitet!
Wo hat mit seinem Herrn ein Mann es je gemeint
Wie dieser Mann? Wie hielt er in Gefahren
So treulich bei mir aus! O daß ich es zu spät
Bedacht! Wer hilft mir nun wenn mir der Rat entgeht?
Und wer in Zukunft wird mich vor mir selbst bewahren?«

8.

So ruft er heimlich aus, und schwört sich selber nun
Und schwört es Oberon, (von dem er, ungesehen,
Um seine Stirn das leise geistge Wehen

Zu fühlen glaubt) sein Äußerstes zu tun
Im Kampf der Lieb und Pflicht mit Ehre zu bestehen.
Sorgfältig hält er nun sich von Amanden fern,
Und bringt die Nächte zu, starr nach dem Angelstern,
Die Tage, schwermutsvoll ins Meer hinaus zu sehen.

9.

Die Schöne, die den Mann, dem sie ihr Herz geschenkt,
So ganz verwandelt sieht, ist desto mehr verlegen,
Da sie davon sich keine Ursach denkt.
Doch mehr, aus Zärtlichkeit, von ihrem Unvermögen
Ihn aufzuheitern als an ihrem Stolz gekränkt,
Setzt sie ihm Sanftmut bloß und viel Geduld entgegen.
Das Übel nimmt indes mit jeder Stunde zu,
Und raubet ihm und ihr bei Tag und Nacht die Ruh.

10.

Einst um die Zeit, da schon am sternevollen Himmel
In Thetis Schoß der funkelnde Arktur
Sich senkt' – es schwieg am Bord das lärmende Getümmel,
Und kaum bewegte sich, wie eine Weizenflur
Auf der sich Zephyr wiegt, der Ozean; die Leute
Im Schiffe, allzumal des tiefsten Schlummers Beute,
Verdünsteten den Wein, der in den Adern rann,
Und selbst am Ruder nickt der sichre Steuermann;

11.

Auch Fatme war zu ihres Fräuleins Füßen
Entschlummert: nur von Deinem Augenlid,
O Hüon, nur von Deinem Busen flieht,
O Rezia, der Schlaf! – Die armen Seelen büßen
Der Liebe süßes Gift. Wie wühlt sein heißer Brand
In ihrem Blut! und ach! nur eine dünne Wand
Trennt sie; sie glauben fast einander zu berühren,
Und nicht ein Seufzer kann sich ungehört verlieren.

12.

Der Ritter, dem der lang verhaltne Drang

Zur Marter wird, dem jede bittre Zähre,
Die seine Grausamkeit Amandens Aug entzwang,
Auf seinem Herzen brennt, er seufzt so laut, so bang,
Als ob's sein letzter Atem wäre.
Sie, die mit Lieb und Scham schon eine Stunde rang,
Kann endlich länger nicht die Lindrung sich versagen,
Zu forschen was ihn quält, und Trost ihm anzutragen.

13.

Im weißen Schlafgewand, dem schönsten Engel gleich,
Tritt sie in sein Gemach, mit zärtlichem Erbarmen
Im keuschen Blick, mit furchtsam offnen Armen.
Ihm ist, als öffne sich vor ihm das Himmelreich.
Sein Antlitz, kurz zuvor so welk, so totenbleich,
Wird feuerrot; sein Puls, der kaum so träge
Und mutlos schlich, verdoppelt seine Schläge,
Und hüpfet wie ein Fisch im spiegelhellen Teich.

14.

Allein gleich wieder wirft ihn Oberons Wort danieder;
Und da er schon, durch ihre Güte dreist,
An seine Brust sie ziehen will, entreißt
Er schnell sich ihrem Kuß, sich ihrem Busen wieder;
Will fliehn, bleibt wieder stehn, kommt rasch auf sie zurück
In ihre Arme sich zu stürzen,
Und plötzlich starrt er weg, mit wildem rollendem Blick,
Als wünscht' er seine Qual auf einmal abzukürzen.

15.

Sie sinkt aufs Lager hin, hoch schlägt ihr volles Herz
Durchs weichende Gewand, und stromweis stürzt der Schmerz
Aus ihren schmachtenden vor Liebe schweren Augen.
Er sieht's, und länger hält die Menschheit es nicht aus:
Halb sinnlos nimmt er sie (werd auch das Ärgste draus!)
In seinen Arm, die glühnden Lippen saugen
Mit heißem Durst den Tau der Liebe auf,
Und ganz entfesselt strömt das Herz in vollem Lauf

16.

Auch Rezia, von Lieb und Wonne hingerissen,
Vergißt zu widerstehn, und überläßt, entzückt,
Und wechselsweis ans Herz ihn drückend und gedrückt,
Sich ahnungslos den lang entbehrten Küssen.
Mit vollen Zügen schlürft sein nimmer satter Mund
Ein herzberauschendes wollüstiges Vergessen
Aus ihren Lippen ein; die Sehnsucht wird vermessen,
Und ach! an Hymens Statt krönt Amor ihren Bund.

17.

Stracks schwärzt der Himmel sich, es löschen alle Sterne;
Die Glücklichen! sie werdens nicht gewahr.
Mit sturmbeladnem Flügel braust von ferne
Der fessellosen Winde rohe Schar;
Sie hören's nicht. Umhüllt von finsterm Grimme
Rauscht Oberon vorbei an ihrem Angesicht;
Sie hören's nicht. Schon rollt des Donners drohnde Stimme
Zum dritten Mal, und ach! sie hören's nicht!

18.

Inzwischen bricht mit fürchterlichem Sausen
Ein unerhörter Sturm von allen Seiten los;
Des Erdballs Achse kracht, der Wolken schwarzer Schoß
Gießt Feuerströme aus, das Meer beginnt zu brausen,
Die Wogen türmen sich wie Berge schäumend auf,
Die Pinke schwankt und treibt in ungewissem Lauf,
Der Bootsmann schreit umsonst in sturmbetäubte Ohren,
Laut heult's durchs ganze Schiff: »Weh uns! wir sind verloren!«

19.

Der ungezähmten Winde Wut,
Der ganze Horizont in einen Höllenrachen
Verwandelt, lauter Glut, des Schiffes stetes Krachen,
Das wechselsweis bald von der tiefsten Flut
Verschlungen scheint, bald, himmelan getrieben,
Auf Wogenspitzen schwebt, die unter ihm zerstieben:
Dies alles, stark genug, die Toten aufzuschrecken,

Mußt endlich unser Paar aus seinem Taumel wecken.

20.

Amanda fährt entseelt aus des Geliebten Armen;
»Gott!« ruft sie aus, »was haben wir getan!«
Der Schuldbewußte fleht den Schutzgeist um Erbarmen,
Um Hülfe, wenigstens nur für Amanden, an: Vergebens!
Oberon ist nun der Unschuld Rächer,
Ist unerbittlich nun in seinem Strafgericht;
Verschwunden sind das Hifthorn und der Becher,
Die Pfänder seiner Huld; er hört, und rettet nicht.

21.

Der Hauptmann ruft indes das ganze Volk zusammen,
Und spricht: »Ihr seht die allgemeine Not;
Mit jedem Pulsschlag wird von Wasser, Wind und Flammen
Dem guten Schiff der Untergang gedroht.
Nie sah ich solchen Sturm! Der Himmel scheint zum Tod
Vielleicht um Eines Schuld, uns alle zu verdammen;
Um Eines Frevlers Schuld, zum Untergang verflucht,
Den unter uns der Blitz des Rächers sucht.

22.

So laßt uns denn durchs Los den Himmel fragen
Was für ein Opfer er verlangt!
Ist einer unter euch dem vor der Wage bangt?
Wo jeder sterben muß hat keiner was zu wagen!«
Er sprach's, und jedermann stimmt in den Vorschlag ein.
Der Priester bringt den Kelch; man wirft die Lose drein;
Rings um ihn her liegt alles auf den Knieen;
Er murmelt ein Gebet, und heißt nun jeden ziehen.

23.

Geheimer Ahnung voll, doch mit entschloßnem Mut,
Naht Hüon sich, den zärtlichsten der Blicke
Auf Rezia gesenkt, die, bang und ohne Blut,
Gleich einem Gipsbild steht. Er zieht, und – o Geschicke!
O Oberon! – er zieht mit frostger bebender Hand

Das Todeslos. Verstummend schaut die Menge
Auf ihn; er liest, erblaßt, und ohne Widerstand
Ergibt er sich in seines Schicksals Strenge.

24.

»Dein Werk ist dies«, ruft er zu Oberon empor;
»Ich fühl, obwohl ich dich nicht sehe,
Erzürnter Geist, ich fühle deine Nähe!
Weh mir! du warntest mich, du sagtest mir's zuvor,
Gerecht ist dein Gericht! Ich bitte nicht um Gnade,
Als für Amanden nur! Ach! Sie ist ohne Schuld!
Vergib ihr! Mich allein belade
Mit deinem ganzen Zorn, ich trag ihn mit Geduld!

25.

Ihr, die mein Tod erhält, schenkt eine fromme Zähre
Dem Jüngling, den der Sterne Mißgunst trifft!
Nicht schuldlos sterb ich zwar, doch lebt ich stets mit Ehre;
Ein Augenblick, wo ich, berauscht von süßem Gift,
Des Worts vergaß, das ich zu rasch geschworen,
Der Warnung, die zu spät in meinen bangen Ohren
Itzt widerhallt – das allgemeine Los
Der Menschheit, schwach zu sein – ist mein Verbrechen bloß!

26.

Schwer büß ich's nun, doch klaglos! denn, gereuen
Des liebenswürdigen Verbrechens soll mich's nicht!
Ist *Lieben* Schuld, so mag der Himmel mir verzeihen!
Mein sterbend Herz erkennt nun keine andre Pflicht.
Was kann ich sonst als Liebe dir erstatten,
O du, die mir aus Liebe alles gab?
Nein! diese heilge Glut erstickt kein Wellengrab!
Unsterblich lebt sie fort in deines Hüons Schatten.«

27.

Hier wird das Herz ihm groß; er hält die blasse Hand
Vors Aug, und schweigt. Und wer im Kreise stand,
Verstummt; kein Herz so roh, das nicht bei seinem Falle

Auf einen Augenblick von Mitleid überwalle.
Es war ein Blitz, der im Entstehn verschwand.
Sein Tod ist Sicherheit, ist Leben für sie alle;
Und da der Himmel selbst zum Opfer ihn ersehn,
»Wer dürfte«, sagen sie, »dem Himmel widerstehn?«

28.

Der Sturm, der, seit dem ersten Augenblicke
Da Hüon sich das Todesurteil sprach,
Besänftigt schien, kam itzt mit neuem Grimm zurücke.
Zersplittert ward der Mast, das Steuer brach.
»Laßt«, schreit das ganze Schiff, »laßt den Verbrecher sterben!«
Der Hauptmann nähert sich dem Ritter: »Junger Mann«,
Spricht er, »du siehst daß dich Verzug nicht retten kann,
Stirb, weil es sein muß, frei, und rett uns vom Verderben!«

29.

Und mit entschloßnem Schritt naht sich der Paladin
Dem Bord des Schiffs. Auf einmal stürzt die Schöne,
Die eine Weile her lebloser Marmor schien,
Gleich einer Rasenden durch alles Volk auf ihn:
Es weht im Sturm ihr Haar wie eines Löwen Mähne;
Mit hoch geschwellter Brust und Augen ohne Träne
Schlingt sie den starken Arm in liebevoller Wut
Um Hüon her, und reißt ihn mit sich in die Flut.

30.

Verzweifelnd will, ihr nach, die treue Fatme springen.
Man hält sie mit Gewalt. Sie sieht die holden Zwei,
So fest umarmt, wie Reben sich umschlingen,
Schnell fortgewälzt nur schwach noch mit den Wogen ringen;
Und da sie nichts mehr sieht, erfüllt ihr Angstgeschrei
Das ganze Schiff. Wer kann ihr wiederbringen
Was sie verliert? Mit ihrer Königin
Ist alles was sie liebt und hofft auf ewig hin.

31.

Indessen hatte kaum die aufgebrachten Wogen

Des Ritters Haupt berührt, so legt, o Wunder! sich
Des Ungewitters Grimm; der Donner schweigt; entflogen
Ist der Orkane Schar; das Meer, so fürchterlich
Kaum aufgebirgt, sinkt wieder bis zur Glätte
Des hellsten Teichs, wallt wie ein Lilienbette:
Das Schiff setzt seinen Weg mit Rudern munter fort,
Und, nur zwei Tage noch, so ruht's im sichern Port.

32.

Wie aber wird es dir, du holdes Paar, ergehen,
Das, ohne Hoffnung, nun im offnen Meere treibt?
Erschöpft ist ihre Kraft; Besinnen, Hören, Sehen
Verschwunden – das Gefühl von ihrer Liebe bleibt.
So fest umarmt, als wären sie zusammen
Gewachsen, keines mehr sich seiner selbst bewußt,
Doch immer noch im andern atmend, schwammen
Sie, Mund auf Mund, dahin, und Brust an Brust.

33.

Und kannst du, Oberon, sie unbeklagt erbleichen,
Du, einst ihr Freund, ihr Schutz, kannst sie verderben sehn?
Du siehst sie, weinst um sie, – und läßt dich nicht erweichen?
Er wendet sich und flieht – es ist um sie geschehn!
Doch, sorget nicht! Der *Ring* läßt sie nicht untergehn,
Sie werden unverletzt den nahen Strand erreichen;
Sie schützt der magische geheimnisvolle Ring,
Den Rezia aus Hüons Hand empfing.

34.

Wer diesen Ring besitzt, das allgewaltige Siegel
Des großen Salomon, dem löscht kein Element
Das Lebenslicht; er geht durch Flammen ungebrennt;
Schließt ihn ein Kerker ein, so springen Schloß und Riegel
So bald er sie berührt; und will er von Trident
Im Nu zu Memphis sein, so leiht der Ring ihm Flügel:
Nichts ist was der, der diesen Talisman
Am Finger hat, durch ihn nicht wirken kann.

35.

Er kann den Mond von seiner Stelle rücken;
Auf offnem Markt, im hellsten Sonnenschein,
Hüllt ihn, so bald er will, auch selbst vor Geisterblicken,
Ein unsichtbarer Nebel ein.
Soll jemand vor ihm stehn, er darf den Ring nur drücken,
Es sei, den er erscheinen heißt,
Ein Mensch, ein Tier, ein Schatten oder Geist,
So steht er da, und muß sich seinem Winke bücken.

36.

In Erd und Luft, in Wasser und in Feuer,
Sind ihm die Geister untertan;
Sein Anblick schreckt und zähmt die wildsten Ungeheuer,
Und selbst der Antichrist muß zitternd ihm sich nahn.
Auch kann durch keine Macht im Himmel noch auf Erden
Dem, der ihn nicht geraubt, der Ring entrissen werden:
Die Allgewalt, die in ihm ist, beschützt
Sich selbst und jede Hand, die ihn *mit Recht* besitzt.

37.

Dies ist der Ring der dich, Amanda, rettet,
Dich, und den Mann, der, durch der Liebe Band
Und deiner Arme Kraft an deine Brust gekettet,
Unwissend wie, an eines Eilands Strand
Dich und sich selbst, O Wunder! wiederfand.
Zwar hat euch hier der Zufall hart gebettet;
Die ganze Insel scheint vulkanischer Ruin,
Und nirgends ruht das Aug auf Laub und frischem Grün.

38.

Doch, dies ist's nicht, was in den taumelnden Minuten
Der ersten Trunkenheit die Wonnevollen rührt.
So unverhofft, so wunderbar den Fluten
Entronnen, unversehrt an trocknes Land geführt,
Gerettet, frei, allein, sich Arm in Arm zu finden,
Dies übermäßig große Glück
Macht alles um sie her aus ihren Augen schwinden:

Doch ruft ihr Zustand bald sie zum Gefühl zurück.

39.

Durchnäßt bis auf die Haut, wie konnten sie vermeiden
Sich ungesäumt am Strande zu entkleiden?
Hoch stand die Sonn und einsam war der Strand
Allein, indes ihr triefendes Gewand
An Felsen hängt, wohin dem Sonnenstrahl entfliehen
Der deine Lilienhaut, Amanda, dörrt und sticht?
Der Sand brennt ihren Fuß, die schroffen Steine glühen
Und ach! kein Baum, kein Busch, der ihr ein Obdach flicht!

40.

Zuletzt entdeckt des Jünglings bangen Augen
Sich eine Felsenkluft. Er faßt Amanden auf
Und fliegt mit ihr dahin, trägt eilends Schilf zu Hauf
Und altes Moos (der Not muß alles taugen)
Zur Lagerstatt, und wirft dann neben ihr sich hin.
Sie sehn sich seufzend an, und saugen
Eins aus des andern Augen Trost, für jede Not
Die gegenwärtig drückt und in der Zukunft droht.

41.

O Liebe, süßes Labsal aller Leiden
Der Sterblichen, du wonnevoller Rausch
Vermählter Seelen! welche Freuden
Sind deinen gleich? – Wie schrecklich war der Tausch,
Wie rasch der Übergang im Schicksal dieser beiden!
Einst Günstlinge des Glücks, von einem Fürstenthron
Geschleudert, bringen sie das Leben kaum davon,
Das nackte Leben kaum, und sind noch zu beneiden!

42.

Der schimmerreichste Saal, mit Königspracht geschmückt,
Hat nicht den Reiz von dieser wilden Grotte
Für Rezia – und Er, an ihre Brust gedrückt,
Fühlt sich unsterblich, wird zum Gotte
In ihrem Arm. Das halb verfaulte Moos,

159

Worauf sie ruhn, däucht sie das reichste Bette,
Und duftet lieblicher, als wenn Schasmin und Ros
Und Lilienduft es eingebalsamt hätte.

43.

O daß er enden muß, so gern das Herz ihn nährt,
Der süße Wahn! Zwar unbemerkt sind ihnen
Zwei Stunden schon entschlüpft: doch, die Natur begehrt
Nun andre Kost. Wer wird sie hier bedienen?
Unwirtbar, unbewohnt ist dieser dürre Strand,
Nichts das den Hunger täuscht wird um und um gefunden;
Und ach! ergrimmt zog Oberon die Hand
Von ihnen ab – der Becher ist verschwunden!

44.

Mit unermüdetem Fuß besteigt der junge Mann
Die Klippen rings umher, und schaut so weit er kann:
Ein schreckliches Gemisch von Felsen und von Klüften
Begegnet seinem Blick, wohin er tränend blinkt.
Da lockt kein saftig Grün aus blumenvollen Triften,
Da ist kein Baum, der ihm mit goldnen Früchten winkt!
Kaum daß noch Heidekraut und dünne Brombeerhecken
Und Disteln hier und da den kahlen Grund verstecken.

45.

»So soll ich«, ruft er aus, und beißt vor wilder Pein
Sich in die Lippen, »ach! so soll ich denn mit leeren
Trostlosen Händen wiederkehren,
Zu ihr, für die mein Leben noch allein
Erhaltenswürdig war? Ich, ihre einzige Stütze,
Ich, der mit jedem Herzensschlag
Ihr angehört, bin nur um einen einzigen Tag
Ihr Leben noch zu fristen ihr nicht nütze!

46.

Verschmachten soll ich dich vor meinen Augen sehn,
Du Wunder der Natur, so liebevoll, so schön!
Verschmachten! Dich, die bloß um meinetwillen

160

So elend ist! für mich so viel verließ!
Dir, der dein Stern das schönste Los verhieß,
Eh dich des Himmels Zorn in meine Arme stieß,
Dir bleibt (hier fing er an vor Wut und Angst zu brüllen)
Bleibt nicht so viel – den Hunger nur zu stillen!«

47.

Laut schrie er auf in unnennbarem Schmerz;
Dann sank er hin, und lag in fürchterlicher Stille.
Doch endlich fällt ein Strahl von Glauben in sein Herz
Er rafft sich aus des Trübsinns schwarzer Hülle,
Spricht Mut sich ein, und fängt mit neuem Eifer an
Zu suchen. Lang umsonst! Schon schmilzt im Ozean
Der Sonnenrand zu Gold – auf einmal, o Entzücken!
Entdeckt die schönste Frucht sich seinen giergen Blicken.

48.

Halb unter Laub versteckt, halb glühend angestrahlt,
Sah er an breit belaubten Ranken,
Melonen gleich, sie auf die Erde wanken,
Einladend von Geruch, und wunderschön bemalt.
Wie hält er reichlich sich für alle Müh bezahlt!
Er eilt hinzu, und bricht sie; glänzend danken
Zum Himmel seine Augen auf,
Und Freudetrunkenheit beflügelt seinen Lauf.

49.

Amanden, die drei tödlich lange Stunden
An diesem öden Strand, wo alles Furcht erweckt,
Wo jeder Laut bedroht und selbst die Stille schreckt,
Sich ohne den, der nun ihr Alles ist, befunden,
Ihr war ein Teil der langen Zeit verschwunden,
Zum Lager, wie es hier die Not der Liebe deckt,
Mit ungewohntem Arm vom Ufer ganze Lagen
Von Meergras, Schilf und Moos der Höhle zuzutragen.

50.

Matt wie sie war, erschöpfte diese Müh

Noch ihre letzte Kraft; es brachen ihr die Knie;
Sie sinkt am Ufer hin, und lechzt mit dürrem Gaumen.
Vom Hunger angenagt, von heißem Durst gequält,
An diesem wilden Ort, wo ihr's an allem fehlt,
Wie angstvoll ist ihr Los! Wo mag ihr Hüon saumen?
Wenn ihn ein Unfall traf, vielleicht ein reißend Tier?
Es nur zu denken, raubt den Rest von Leben ihr!

51.

Die schrecklichsten der Möglichkeiten
Malt ihr die Phantasie mit warmen Farben vor.
Umsonst bemüht sie sich mit ihrer Furcht zu streiten,
Ein Wellenschlag erschreckt ihr unglückahnend Ohr.
Zuletzt, so schwach sie ist, keicht sie mit Müh empor
Auf eines Felsen Stirn, und schaut nach allen Seiten,
Und mit dem letzten Sonnenblick
Entdeckt sie ihn – Er ist's! er kommt zurück!

52.

Auch Er sieht sie die Arme nach ihm breiten,
Und zeigt ihr schon von fern die schöne goldne Frucht.
Von keiner schönern ward, in jenen Kindheitszeiten
Der Welt, das erste Weib im Paradies versucht.
Er hält, wie im Triumph, sie in den letzten Strahlen
Der Sonn empor, die ihre glatte Haut
Mit flammengleichem Rot bemalen,
Indes Amanda kaum den frohen Augen traut.

53.

»So läßt sich unsrer Not der Himmel doch erbarmen!«
Ruft sie, und eine große Träne blinkt
In ihrem Aug; und eh die Träne sinkt
Ist Hüon schon in ihren offnen Armen.
Ihr schwacher Ton, und daß sie halb entseelt
An seinen Busen schwankt, heißt ihren Retter eilen.
Sie lagern sich; und, weil ein ander Werkzeug fehlt,
Braucht er sein Schwert die schöne Frucht zu teilen.

54.

Hier zittert mir der Griffel aus der Hand!
Kannst du, zu strenger Geist, in solchem Jammerstand
Noch spotten ihrer Not, noch ihre Hoffnung trügen?
Faul, durch und durch, und gallenbitter war
Die schöne Frucht! – Und bleich, wie in den letzten Zügen
Ein Sterbender erbleicht, sieht das getäuschte Paar
Sich trostlos an, die starren Augen offen,
Als hätt aus heitrer Luft ein Donner sie getroffen.

55.

Ein Strom von bittern Tränen stürzt mit Wut
Aus Hüons Aug: von jenen furchtbarn Tränen,
Die aus dem halb gestockten Blut
Verzweiflung preßt, mit Augen voller Glut,
Und gichtrisch zuckendem Mund und grimmvoll klappernden Zähnen.
Amanda, sanft und still, doch mit gebrochnem Mut,
Die Augen ausgelöscht, die Wangen welk, zu Scherben
Die Lippen ausgedörrt – »Laß«, spricht sie, »laß mich sterben!«

56.

Auch Sterben ist an deinem Herzen süß;
Und Dank dem Rächer, der in seinem Grimme,
So streng er ist, doch diesen Trost mir ließ!
Sie sagt's mit schwacher halb erstickter Stimme,
Und sinkt an seine Brust. So sinkt im Sturm zerknickt
Der Lilie welkend Haupt. Von Lieb und Angst verrückt
Springt Hüon auf, und schließt die teure Seele
In seinen Arm, und trägt sie nach der Höhle.

57.

»Ach! Einen Tropfen Wassers nur,
Gerechter Gott!« schreit er, halb ungeduldig,
Halb flehend, auf – »Ich, ich allein, bin schuldig!
Mich treff allein dein Zorn! mir werde die Natur
Ringsum zum Grab, zum offnen Höllenrachen!
Nur schone Sie! O leit auf einer Quelle Spur
Den dunkeln Fuß! Ein wenig Wassers nur,

Ihr Leben wieder anzufachen!«

58.

Er geht aufs neu zu suchen aus, und schwört,
Sich eher selbst, von Durst und Hunger aufgezehrt,
In diesen Felsen zu begraben,
Eh er mit leerer Hand zur Höhle wiederkehrt.
»Er«, ruft er weinend, »der die jungen Raben
Die zu ihm schrein erbarmend hört,
Er kann sein schönstes Werk nicht hassen,
Er wird gewiß, gewiß, dich nicht verschmachten lassen!«

59.

Kaum sprach er's aus, so kommt's ihm vor
Als hör er wie das Rieseln einer Quelle
Nicht fern von ihm. Er lauscht mit scharfem Ohr;
Es rieselt fort – Entzückt dankt er empor,
Und sucht umher; und, bei der schwachen Helle
Der Dämmerung, entdeckt er bald die Stelle.
In eine Muschel faßt er auf den süßen Tau,
Und eilt zurück, und labt die fast verlechzte Frau.

60.

Gemächlicher des Labsals zu genießen,
Trägt er sie selbst zur nahen Quelle hin.
Es war nur Wasser – doch, dem halb erstorbnen Sinn
Scheint Lebensgeist den Gaum hinab zu fließen,
Däucht jeder Zug herzstärkender als Wein
Und süß wie Milch und sanft wie Öl zu sein;
Es hat die Kraft zu speisen und zu tränken,
Und alles Leiden in Vergessenheit zu senken.

61.

Erquickt, gestärkt, und neuen Glaubens voll
Erstatten sie dem, der zum zweiten Male
Sie nun dem Tod entriß, des Dankes frohen Zoll;
Umarmen sich, und, nach der letzten Schale,
Strickt unvermerkt, am Quell auf kühlem Moos.

Der süße Tröster alles Kummers
Das Band der müden Glieder los,
Und lieblich ruhn sie aus im weichen Arm des Schlummers.

62.

Kaum spielt die Morgendämmerung
Um Hüons Stirn, so steht er auf, und eilet
Auf neues Forschen aus; wagt manchen kühnen Sprung
Wo den zerrißnen Fels ein jäher Absturz teilet;
Spürt jeden Winkel durch, stets sorgsam daß er ja
Den Rückweg zu Amanden nicht verliere,
Und kummervoll, da er für Menschen und für Tiere
Das Eiland überall ganz unbewohnbar sah.

63.

Ihn führt zuletzt südostwärts von der Höhle
Ein krummer Pfad in eine kleine Bucht;
Und im Gebüsch, das eine Felsenkehle
Umkränzt, entdeckt sich ihm, beschwert mit reifer Frucht,
Ein Dattelbaum. So leicht, wie, auf der Flucht
Zum Himmel, eine arme Seele
Die aus des Fegfeurs Pein und strenger Glut entrann,
Klimmt er den Baum hinauf als stieg' er himmelan;

64.

Und bricht der süßen Frucht so viel in seine Taschen
Sich fassen ließ, springt dann herab und fliegt,
Als gält's ein Reh in vollem Lauf zu haschen,
Das holde Weib, das stets in seinem Sinne liegt,
So wie sie munter wird, damit zu überraschen.
Noch lag sie, als er kam, schön in sich selbst geschmiegt,
In sanftem Schlaf; ihr glühn wie Rosen ihre Wangen,
Und kaum hält ihr Gewand den Busen halb gefangen.

65.

Entzückt in süßes Schaun, den reinsten Liebsgenuß,
Steht Hüon da, als wie der Genius
Der schönen Schläferin; betrachtet,

Auf sie herab gebückt, mit liebevollem Geiz
Das engelgleiche Bild, den immer neuen Reiz;
Dies ist, die, ihm zu Lieb, ein Glück für nichts geachtet,
Dem, wer's erreichen mag, sonst alles, unbedingt,
Was teur und heilig ist zum frohen Opfer bringt!

66.

»Um einen Thron hat Liebe dich betrogen!
Und, ach! wofür? – Du, auf dem weichen Schoß
Der Asiatschen Pracht wollüstig auferzogen,
Liegst nun auf hartem Fels, der weite Himmelsbogen
Dein Baldachin, dein Bett ein wenig Moos;
Vor Wittrung unbeschützt und jedem Zufall bloß,
Noch glücklich, hier, wo Disteln kaum bekleiben,
Mit etwas wilder Frucht den Hunger zu betäuben!

67.

Und Ich – der, in des Schicksals strenger Acht,
Mit meinem Unglück, was mir nähert, anzustecken
Verurteilt bin – anstatt vor Unfall dich zu decken,
Ich habe dich in diese Not gebracht!
So lohn ich dir was du für mich gegeben,
Für mich gewagt? Ich Unglückselger, nun
Dein Alles in der Welt, was kann ich für dich tun,
Dem selbst nichts übrig blieb als dieses nackte Leben?«

68.

Dies quälende Gefühl wird unfreiwillig laut,
Und weckt aus ihrem Schlaf die anmutsvolle Braut.
Das erste was sie sieht, ist Hüon, der, mit Blicken
In denen Freud und Liebestrunkenheit
Den tiefern Gram nur halb erdrücken,
In ihren Schoß des Palmbaums Früchte streut.
Die magre Kost und eine Muschelschale
Voll Wassers macht die Not zu einem Göttermahle.

69.

Zum Göttermahl! Denn ruhet nicht ihr Haupt

An Hüons Brust? Hat *Er* sie nicht gebrochen,
Die süße Frucht' nicht *Er* des Schlummers sich beraubt,
Und ihr zu Lieb so manche Kluft durchkrochen,
So rechnet ihm die Liebe alles an,
Und schätzt nur das gering, was sie für ihn getan.
Die Wolken zu zerstreun, die seine Stirn umdunkeln,
Läßt sie ihr schönes Aug ihm lauter Freude funkeln.

70.

Er fühlt den Überschwang von Lieb und Edelmut
In ihrem zärtlichen Betragen;
Und mit beträntem Aug und Wangen ganz in Glut
Sinkt er an ihren Arm. »O sollt ich nicht verzagen«,
Ruft er, »mich selbst nicht hassen, nicht
Verwünschen jeden Stern, der auf die Nacht geschimmert
Die mir das Leben gab, verwünschen jenes Licht
Als ich im Mutterarm zum ersten Mal gewimmert?

71.

Dich, bestes Weib, durch mich, durch mein Vergehn,
Von jedem Glück herab gestürzt zu sehn,
Von jedem Glück, das dir zu Bagdad lachte,
Von jedem Glück, das ich dich hoffen machte
In meinem väterlichen Land!
Erniedrigt – dich! – zu diesem dürftigen Stand!
Und noch zu sehn, wie du dies alles ohne Klagen
Erträgst – Es ist zu viel! *Ich* kann es nicht ertragen!«

72.

Ihn sieht mit einem Blick, worin der Himmel sich
Ihm öffnet, voll von dem, was kaum ihr Busen fasset,
Amanda an: »Laß«, spricht sie, »Hüon, mich
Aus dem geliebten Mund was *meine* Seele hasset
Nie wieder hören! Klage dich
Nicht selber an, nicht den, der was uns drücket
Uns nur zur Prüfung, nicht zur Strafe zugeschicket;
Er prüft nur die er liebt, und liebet väterlich.

73.

Was uns seit jenem Traum, der Wiege unsrer Liebe,
Begegnet ist, ist's nicht Beweis hiervon?
Nenn, wie du willst, den Stifter unsrer Triebe,
Vorsehung, Schicksal, Oberon,
Genug, ein Wunder hat dich *mir,* mich *dir* gegeben!
Ein Wunder unser Bund, ein Wunder unser Leben!
Wer führt' aus Bagdad unversehrt Uns aus?
Wer hat der Flut, die uns verschlang, gewehrt?

74.

Und als wir, sterbend schon, so unverhofft den Wogen
Entrannen, sprich, wer anders als die Macht
Die uns beschützt, hat uns bisher bedacht?
Aus ihrer Brust hab ich's gesogen,
Das Wasser, das in dieser bangen Nacht
Mein kaum noch glimmend Licht von neuem angefacht!
Gewiß auch dieses Mal, das unser Leben fristet,
Hat eine heimliche wohltätge Hand gerüstet!

75.

Wofür, wenn unser Untergehn
Beschlossen ist, wofür wär alles dies geschehn?
Mir sagt's mein Herz, ich glaub's, und fühle was ich glaube,
Die Hand, die uns durch dieses Dunkel führt,
Läßt uns dem Elend nicht zum Raube.
Und wenn die Hoffnung auch den Ankergrund verliert,
So laß uns fest an diesem Glauben halten;
Ein einzger Augenblick kann alles umgestalten!

76.

Doch, laß das Ärgste sein! Sie ziehe ganz sich ab,
Die Wunderhand, die uns bisher umgab;
Laß sein, daß Jahr um Jahr sich ohne Hülf erneue,
Und deine liebende getreue
Amande finde hier auf diesem Strand ihr Grab;
Fern sei es, daß mich je, was ich getan, gereue!
Und läge noch die freie Wahl vor mir,

Mit frohem Mut ins Elend folgt ich dir!

77.

Mir kostet's nichts von allem mich zu scheiden
Was ich besaß; mein Herz und deine Lieb ersetzt
Mir alles; und, so tief das Glück herab mich setzt, Bleibst
Du mir nur, so werd ich keine neiden
Die sich durch Gold und Purpur glücklich schätzt.
Nur, daß Du leidest, ist *Amandens* wahres Leiden!
Ein trüber Blick, ein Ach, das dir entfährt,
Ist was mir tausendfach die eigne Not erschwert.

78.

Sprich nicht von dem was ich für dich gegeben,
Für dich getan! Ich tat was mir mein Herz gebot,
Tat's für mich selbst, der zehenfacher Tod
Nicht bittrer ist als ohne dich zu leben.
Was unser Schicksal ist, hilft deine Liebe *mir,*
Hilft meine Liebe *dir* ertragen;
So schwer es sei, so unerträglich – hier
Ist meine Hand! – ich will's mit Freuden tragen.

79.

Mit jedem Auf- und Niedergehn
Der Sonne soll mein Fleiß sich mit dem deinen gatten;
Mein Arm ist stark; er soll, dir beizustehn
In jeder Arbeit, nie ermatten!
Die Liebe, die ihn regt, wird seine Kraft erhöhn,
Wird den geringsten Dienst mit Munterkeit erstatten.
So lang ich dir zum Trost, zum Glück genugsam bin,
Tauscht ich mein schönes Los mit keiner Königin.«

80.

So sprach das beste Weib, und drückt mit keuschen Lippen
Das Siegel ihres Worts auf den geliebten Mund;
Und mit dem Kuß verwandeln sich die Klippen
Um Hüon her; der rauhe Felsengrund
Steht wieder zum Elysium umgebildet,

Verweht ist jede Spur der nackten Dürftigkeit;
Das Ufer scheint mit Perlen überstreut,
Ein Marmorsaal die Gruft, der Felsen übergüldet.

81.

Von neuem Mut fühlt er sein Herz geschwellt.
Ein Weib wie dies ist mehr als eine Welt.
Mit hoher himmelatmender Wonne
Drückt er dies volle Herz an ihre offne Brust,
Ruft Erd und Meer, und dich, allsehende Sonne,
Zu Zeugen seines Schwurs: »Ich schwör's auf diese Brust,
Den heiligen Altar der Unschuld und der Treue,
Vertilgt mich«, ruft er aus, »wenn ich mein Herz entweihe!

82.

Wenn je dies Herz, worin dein Name brennt,
Der Tugend untreu wird, und deinen Wert verkennt,
Dich je, so lang dies Prüfungsfeuer währet,
Durch Kleinmut quält, durch Zagheit sich entehret,
Je lässig wird, geliebtes Weib, für dich
Das Äußerste zu leiden und zu wagen:
Dann, Sonne, waffne dich mit Blitzen gegen mich,
Und möge Meer und Land die Zuflucht mir versagen!«

83.

Er sprach's, und ihn belohnt mit einem neuen Kuß
Das engelgleiche Weib. Sie freun sich ihrer Liebe,
Und stärken wechselsweis einander im Entschluß,
So hart des Schicksals Herr auch ihre Tugend übe,
Mit festem Mut und eiserner Geduld
Auf beßre Tage sich zu sparen,
Und blindlings zu vertraun der allgewaltigen Huld,
Von der sie schon so oft den stillen Schutz erfahren.

84.

Von beiden wurde noch desselben Tags die Bucht,
Die ihren Palmbaum trug, mit großem Fleiß durchsucht,
Und fünf bis sechs von gleicher Art gefunden,

Die hier und da voll goldner Trauben stunden.
Das frohe Paar, hierin den Kindern gleich,
Dünkt mit dem kleinen Schatz sich unermeßlich reich;
Bei süßem Scherz und fröhlichem Durchwandern
Des Palmentals verfliegt ein Abend nach dem andern.

85.

Allein der Vorrat schwand; ein Jahr, ein Jahr mit Blei
An Füßen, braucht's ihn wieder zu ersetzen,
Und, ach! mit jedem Tag wird ihr Bedürfnis neu.
Arm kann die Liebe sich bei Wenig glücklich schätzen,
Bedarf nichts außer sich, als was Natur bedarf
Den Lebensfaden fortzuspinnen;
Doch, fehlt auch dies, dann nagt der Mangel doppelt scharf,
Und die allmächtigste Bezaubrung muß zerrinnen.

86.

Mit Wurzeln, die allein der Hunger eßbar macht,
Sind sie oft manchen Tag genötigt sich zu nähren.
Oft, wenn, vom Suchen matt, der junge Mann bei Nacht
Zur Höhle wiederkehrt, ist eine Hand voll Beeren,
Ein Mewen-Ei, geraubt im steilen Nest,
Ein halb verzehrter Fisch, vom giergen Wasserraben
Erbeutet, alles, was das Glück ihn finden läßt,
Sie, die sein Elend teilt, im Drang der Not zu laben.

87.

Doch dieser Mangel ist's nicht einzig der sie kränkt.
Es fehlt bei Tag und Nacht an tausend kleinen Dingen,
An deren Wert man im Besitz nicht denkt,
Wiewohl wir, ohne sie, mit tausend Nöten ringen.
Und dann, so leicht bekleidet wie sie sind,
Wo sollen sie vor Regen, Sturm und Wind,
Vor jedem Ungemach des Wetters sicher bleiben
Und wie des Winters Frost fünf Monden von sich treiben;

88.

Schon ist der Bäume Schmuck der spätern Jahrszeit Raub,

Schon klappert zwischen dürrem Laub
Der rauhe Wind, und graue Nebel hüllen
Der Sonne kraftberaubtes Licht,
Vermischen Luft und Meer, und ungestümer brüllen
Die Wellen am Gestad, das kaum ihr Wüten bricht;
Oft, wenn sie grimmbeschäumt den harten Fesseln zürnen,
Spritzt der zerstäubte Strom bis an der Felsen Stirnen.

89.

Die Not treibt unser Paar aus ihrer stillen Bucht
Nun höher ins Gebirg. Doch, wo sie hin sich wenden,
Umringet sie von allen Enden
Des dürren Hungers Bild, und sperret ihre Flucht.
Ein Umstand kommt dazu, der sie mit süßen Schmerzen
Und banger Lust in diesem Jammerstand
Bald ängstigt, bald entzückt – Amanda trägt das Pfand
Von Hüons Liebe schon drei Monden unterm Herzen.

90.

Oft, wenn sie vor ihm steht, drückt sie des Gatten
Hand Stillschweigend an die Brust, und lächelnd hält sie Tränen
Zurück im ernsten Aug. Ein neues zartres Band
Webt zwischen ihnen sich. Sie fühlt ein stilles Sehnen
Voll neuer Ahnungen den Mutterbusen dehnen;
Was Innigers als was sie je empfand,
Ein dunkles Vorgefühl der mütterlichen Triebe,
Durchglüht, durchschaudert sie, und heiligt ihre Liebe.

91.

Dies süße Liebespfand ist ihr ein Pfand zugleich,
Sie werde nicht von Dem verlassen werden,
Der was er schafft in seinem großen Reich
Als Vater liebt. Gern trägt sie die Beschwerden
Des ungewohnten Stands, verbirgt behutsam sie
Vor Hüons Blick, und zeigt ihm ihren Kummer nie,
Läßt lauter Hoffnung ihn im heitern Auge schauen,
Und nährt in seiner Brust das schmachtende Vertrauen.

92.

Zwar er vergaß des hohen Schwures nicht,
Den er dem Himmel und Amanden zugeschworen:
Doch desto tiefer liegt das drückende Gewicht;
Denn Sorgen ist nun doppelt seine Pflicht.
Bedarf es mehr sein Herz mit Dolchen zu durchbohren,
Als dieses rührende Gesicht?
Zeigt die gehoffte Hülf in kurzer Zeit sich nicht,
So ist sein Weib, sein Kind, zugleich mit ihm verloren.

93.

Schon viele Wochen lang verstrich
Kein Tag, an dem er nicht wohl zwanzigmal den Rücken
Der Felsengruft bestieg, ins Meer hinaus zu blicken,
Sein letzter Trost! Allein, vergebens stumpft' er sich
Die Augen ab, im Schoß der grenzenlosen Höhen
Mit angestrengtem Blick ein Fahrzeug zu erspähen;
Die Sonne kam, die Sonne wich,
Leer war das Meer, kein Fahrzeug ließ sich sehen.

94.

Itzt blieb ein einzigs noch. Es schien unmöglich zwar,
Doch, was ist dem der um sein Alles kämpfet
Unmöglich? Würde jedes Haar
Auf seinem Kopf ein Tod, sein Mut blieb ungedämpfet.
Von diesem Fels, worauf ihn Oberon verbannt,
War eine Seite noch ihm gänzlich unbekannt;
Ein fürchterlich Gemisch von Klippen und Ruinen
Beschützte sie, die unersteiglich schienen.

95.

Itzt, da die Not ihm an die Seele dringt,
Itzt scheinen sie ihm leicht erstiegne Hügel;
Und wären's Alpen auch, so hat die Liebe Flügel.
Vielleicht, daß ihm das Wagestück gelingt,
Daß sein hartnäckger Mut durch alle diese wilde
Verschanzung der Natur sich einen Weg erzwingt,
Der ihn in fruchtbare Gefilde,

Vielleicht zu freundlichen mitleidgen Wesen bringt.

96.

Amanden eine Last von Sorgen zu ersparen
Verbirgt er ihr das Ärgste der Gefahren,
In die er sich, zu ihrer beider Heil, Begeben will.
Sie selbst trägt ihren Teil Von Leiden still.
Sie sprachen nichts beim Scheiden,
Als, lebe wohl! so voll gepreßt war beiden
Das Herz; doch zeigt sein Aug ihr eine Zuversicht,
Die wie ein Sonnenstrahl durch ihren Kummer bricht.

97.

Da steht er nun am Fuß der aufgebirgten Zacken!
Sie liegen vor ihm da wie Trümmern einer Welt:
Ein Chaos ausgebrannter Schlacken,
In die ein Feuerberg zuletzt zusammen fällt,
Mit Felsen untermischt, die, tausendfach gebrochen,
In wilder ungeheurer Pracht,
Bald tief bis ins Gebiet der alten finstern Nacht
Herunter dräun, bald in die Wolken pochen.

98.

Hier bahnet nur Verzweiflung einen Weg!
Oft muß er Felsen an sich mit den Händen winden,
Oft, zwischen schwindlig tiefen Schlünden,
Macht er, den Gemsen gleich, die Klippen sich zum Steg
Bald auf dem schmalsten Pfad verrammeln Felsenstücke
Ihm Weg und Licht, er muß, so müd er ist, zurücke,
Bald wehrt allein ein Strauch, den mit zerrißner Hand
Er fallend noch ergreift, den Sturz von einer Wand.

99.

Wenn seine Kraft ihn schier verlassen will,
Ruft die entflohnen Lebensgeister
Amandens Bild zurück. Schwer atmend steht er still,
Und denkt an *Sie,* und fühlt sich neuer Kräfte Meister.
Es bleibt nicht unbelohnt, dies echte Heldenherz!

Allmählich ebnet sich der Pfad vor seinen Tritten,
Und gegen das, was er bereits erstritten,
Ist, was zu kämpfen ihm noch übrig ist, nur Scherz.

Achter Gesang

1.

Erstiegen war nunmehr der erste von den Gipfeln,
Und vor ihm liegt, gleich einem Felsensaal,
Hoch überwölbt von alten Tannenwipfeln,
In stiller Dämmerung ein kleines schmales Tal.
Ein Schauder überfällt den matten Erschöpften
Wanderer, indem sein wankender Schritt
Dies düstre Heiligtum der Einsamkeit betritt;
Ihm ist, er tret ins stille Reich der Schatten.

2.

Bald leitet ihn ein sanft gekrümmter Pfad,
Der sich allmählich senkt, zu einer schmalen Brücke.
Tief unter ihr rollt über Felsenstücke
Ein weiß beschäumter Strom, gleich einem Wasserrad.
Herr Hüon schreitet unverdrossen
Den Berg hinan, auf den die Brücke führt,
Und sieht sich unvermerkt in Höhen eingeschlossen,
Wo bald die Möglichkeit des Auswegs sich verliert.

3.

Der Pfad auf dem er hergekommen
Wird, wie durch Zauberei, aus seinem Aug entrückt!
Lang irrt er suchend um, von stummer Angst beklommen,
Bis durchs Gesträuch, das aus den Spalten nickt,
Sich eine Öffnung zeigt, die (wie er bald befindet)
Der Anfang ist von einem schmalen Gang
Der durch den Felsen sich um eine Spindel windet,
Fast senkrecht, mehr als hundert Stufen lang.

4.

Kaum hat er atemlos den letzten Tritt erstiegen,
So stellt ein Paradies sich seinen Augen dar;
Und vor ihm steht ein Mann von edeln ernsten Zügen,
Mit langem weißem Bart und silberweißem Haar.
Ein breiter Gürtel schließt des braunen Rockes Falten,

Und an dem Gürtel hängt ein langer Rosenkranz.
Bei diesem Ansehn war's, an solchem Orte, ganz
Natürlich, ihn sogleich für was er war zu halten.

5.

Doch Hüon – schwach vor Hunger, und erstarrt
Vor Müdigkeit, und nun, in diesen wilden Höhen,
Wo er so lang umsonst auf Menschenanblick harrt,
Und von der Felsen Stirn, die ringsum vor ihm stehen,
Uralte Tannen nur auf ihn herunter wehen,
Auf einmal überrascht von einem weißen Bart –
Glaubt wirklich ein Gesicht zu sehen,
Und sinkt zur Erde hin vor seiner Gegenwart.

6.

Der Eremit, kaum weniger betroffen
Als Hüon selbst, bebt einen Schritt zurück;
Doch spricht er, schnell gefaßt: »Hast du, wie mich dein Blick
Und Ansehn glauben heißt, Erlösung noch zu hoffen
Aus deiner Pein, so sprich, was kann ich für dich tun,
Gequälter Geist, wie kann ich für dich büßen,
Um jenen Port dir aufzuschließen
Wo, unberührt von Qual, die Frommen ewig ruhn?«

7.

So bleich und abgezehrt, mit Not und Gram umfangen
Als Hüon schien, war der Verstoß, in den
Der alte Vater fiel, nur allzu leicht begangen.
Allein, wie beide sich recht in die Augen sehn,
Und als der Greis aus Hüons Mund vernommen
Was ihn hierher gebracht, wiewohl sein Anblick schon
Ihm alles sagt, umarmt er ihn wie einen Sohn,
Und heißt recht herzlich ihn in seiner Klaus willkommen;

8.

Und führt ihn ungesäumt zu einem frischen Quell,
Der, rein wie Luft und wie Kristallen hell,
Ganz nah an seinem Dach aus einem Felsen quillet;

Und während Hüon ruht und seinen Durst hier stillet,
Eilt er und pflückt in seinem kleinen Garten
In einen reinlichen Korb die schönsten Früchte ab,
Die, für den Fleiß sie selbst zu bauen und zu warten,
Nicht kärglich ihm ein milder Himmel gab;

9.

Und hört nicht auf ihm sein Erstaunen zu bezeigen,
Wie einem, der sich nicht zwei Flügel angeschraubt,
Es möglich war die Felsen zu ersteigen,
Wo, dreißig Jahre schon, er sich so einsam glaubt
Als wie in seinem Grab. »Es ist ein wahres Zeichen
Daß euch ein guter Engel schützt;
Allein, setzt er hinzu, das nötigste ist itzt
Dem jungen Weibe die Hand des Trosts zu reichen.

10.

Ein sichrer Pfad, wiewohl so gut versteckt,
Daß ohne mich ihn niemand leicht entdeckt,
Soll in der Hälfte Zeit, die du herauf zu dringen
Gebrauchtest, dich zu ihr, zurück euch beide bringen.
Was meine Hütte, was mein kleines Paradies
Zu eurer Notdurft hat, ist herzlich euch erboten.
Glaubt, auch auf Heidekraut schmeckt Ruh der Unschuld süß,
Und reiner fließt das Blut bei Kohl und magern Schoten.«

11.

Herr Hüon dankt dem gütigen alten Mann,
Der seinen Stab ergreift ihm selbst den Weg zu zeigen;
Und, daß der Rückweg ihn nicht irre machen kann,
Bezeichnet er den Pfad mit frischen Tannenzweigen.
Noch eh ins Abendmeer die goldne Sonne sinkt,
Hat den erseufzten Berg Amanda schon erstiegen,
Wo sie mit durstigen weit ausgeholten Zügen
Den milden Strom des reinsten Himmels trinkt.

12.

In eine andre Welt, ins Zauberland der Feen,

Glaubt sie versetzt zu sein; ihr ist als habe sie
Den Himmel nie so blau, so grün die Erde nie,
Die Bäume nie so frisch belaubt gesehen:
Denn hier, in hoher Felsen Schatz
Die sich im Kreis um diesen Lustort ziehen,
Beut noch der Herbst dem Wind von Norden Trutz,
Und Feigen reifen noch, und Pomeranzen blühen.

13.

Mit ehrfurchtbebender Brust, wie vor dem Genius
Des heilgen Orts, fällt vor dem eisgraun Alten
Amanda hin, und ehrt die dürre Hand voll Falten,
Die er ihr freundlich reicht, mit einem frommen Kuß.
In unfreiwilligem Erguß
Muß ihn ihr Herz für einen Vater halten:
Die Furcht ist schon beim zweiten Blick verbannt;
Ihr ist, sie hätten sich ihr Leben lang gekannt.

14.

In seinem Ansehn war die angeborne Würde,
Die, unverhüllbar, auch durch eine Kutte scheint;
Sein offner Blick war aller Wesen Freund,
Und schien gewohnt, wiewohl der Jahre Bürde
Den Nacken sanft gekrümmt, stets himmelwärts zu schaun;
Der innre Friede ruht auf seinen Augenbraun,
Und wie ein Fels, zu dem sich Wolken nie erheben,
Scheint überm Erdentand die reine Stirn zu schweben.

15.

Den Rost der Welt, der Leidenschaften Spur,
Hat längst der Fluß der Zeit von ihr hinweg gewaschen.
Fiel eine Kron ihm zu, und es bedürfte nur
Sie mit der Hand im Fallen aufzuhaschen,
Er streckte nicht die Hand. Verschlossen der Begier,
Von keiner Furcht, von keinem Schmerz betroffen,
Ist nur dem Wahren noch die heitre Seele offen,
Nur offen der Natur, und rein gestimmt zu ihr.

16.

Alfonso nannt er sich, bevor er aus den Wogen
Der Welt geborgen ward, und Leon war das Land
Das ihn gebar. Zum Fürstendienst erzogen,
Lief er mit Tausenden, vom Schein wie sie betrogen,
Dem Blendwerk nach, das immer vor der Hand
Ihm schwebte, immer im Ergreifen ihm entschwand,
Dem schimmernden Gespenst, das ewig Opfer heischet,
Und, gleich dem *Stein der Narrn,* die Hoffnung ewig täuschet.

17.

Und als er dergestalt des Lebens beste Zeit
Im Rausch des Selbstbetrugs an Könige verpfändet,
Und Gut und Blut, mit feurger Willigkeit
Und unerkannter Treu, in ihrem Dienst verschwendet,
Sah er ganz unverhofft, im schönsten Morgenrot
Der Gunst, durch schnellen Fall sich frei von seinen Ketten;
Noch glücklich, aus der Schiffsbruchsnot
Das Leben wenigstens auf einem Brett zu retten.

18.

In diesem Sturm, der alles ihm geraubt,
Blieb ihm ein Schatz, wodurch (ganz gegen Hofes Sitte)
Alfonso sich vollkommen schadlos glaubt,
Ein liebend Weib, ein Freund, und eine Hütte.
Laß, Himmel, diese mir! war nun die einzge Bitte,
Die sein befriedigt Herz zu wagen sich erlaubt.
Zehn Jahre lang ward ihm, was er sich bat, gegeben;
Allein, sein Schicksal war, auch dies zu überleben.

19.

Drei Söhn, im vollen Trieb der ersten Jugendkraft,
Der eignen Jugend Bild, die Hoffnung grauer Jahre,
Sie wurden durch die Pest ihm plötzlich weggerafft.
Bald legt auch Schmerz und Gram die Mutter auf die Bahre.
Er lebt, und niemand ist der mit dem Armen weint,
Denn ach! verlassen hat ihn auch sein letzter Freund!
Er steht allein. Die Welt die ihn umgiebet

Ist Grab – von allem Grab, was er, was ihn geliebet.

20.

Er steht, ein einsamer vom Sturm entlaubter Baum,
Die Quellen sind versiegt, wo seine Freuden quollen.
Wie hätt ihm itzt die Hütte, wo er kaum
Noch glücklich war, nicht schrecklich werden sollen?
Was ist ihm nun die Welt? Ein weiter leerer Raum,
Fortunens Spielraum, frei ihr Rad herum zu rollen!
Was soll er länger da? Ihm brach sein letzter Stab,
Er hat nichts mehr zu suchen – als ein Grab.

21.

Alfonso floh in dieses unwirtbare
Verlaßne Eiland, floh mit fast zerstörtem Sinn
In dies Gebirg, und fand mehr als er suchte drin,
Erst Ruh, und, mit dem stillen Fluß der Jahre,
Zuletzt Zufriedenheit. Ein alter Diener, der
Ihn nicht verlassen wollt, die einzge treue Seele
Die ihm sein Unglück ließ, begleitet' ihn hierher,
Und ihre Wohnung war nun eine Felsenhöhle.

22.

Allmählich hob sein Herz sich aus der trüben Flut
Des Grams empor; die Nüchternheit, die Stille,
Die reine freie Luft, durchläuterten sein Blut,
Entwölkten seinen Sinn, belebten seinen Mut.
Er spürte nun, daß, aus der ewgen Fülle
Des Lebens, Balsam, auch für seine Wunden, quille.
Oft brachte die Magie von einem Sonnenblick
Auf einmal aus der Gruft der Schwermut ihn zurück.

23.

Und als er endlich dies Elysium gefunden,
Das, rings umher mit Wald und Felsen eingeschanzt,
Ein milder Genius, recht wie für ihn, gepflanzt,
Fühlt' er auf einmal sich von allem Gram entbunden,
Aus einer ängstlichen traumvollen Fiebernacht

182

Als wie zur Dämmerung des ewgen Tags erwacht.
»Hier«, rief er seinem Freund, vom unverhofften Schauen
Des schönen Orts entzückt, »hier laß uns Hütten bauen!«

24.

Die Hütte ward erbaut, und, mit Verlauf der Zeit,
Zur Notdurft erst versehn, dann zur Gemächlichkeit,
Wie sie dem Alter eines Weisen
Geziemt, der minder stets begehret als bedarf.
Denn, daß Alfons, als er den ersten Plan entwarf
Von seiner Flucht, sich mit Gerät und Eisen,
Und allem was zur Hülle nötig war,
Versehen habe, stellt von selbst sich jedem dar.

25.

Und so verlebt' er nun in Arbeit und Genuß
Des Lebens späten Herbst, beschäftigt seinen Garten,
Den Quell von seinem Überfluß,
Mit einer Müh, die ihm zu Wollust wird, zu warten.
Vergessen von der Welt, – und nur, als an ein Spiel
Der Kindheit, sich erinnernd aller Plage
Die ihm ihr Dienst gebracht, – beseligt seine Tage
Gesundheit, Unschuld, Ruh, und reines Selbstgefühl.

26.

Nach achtzehn Jahren starb sein redlicher Gefährte.
Er blieb allein. Doch desto fester kehrte
Sein stiller Geist nun ganz nach jener Welt sich hin,
Der, was er einst geliebt, itzt alles angehörte,
Der auch er selbst schon mehr als dieser angehörte.
Oft in der stillen Nacht, wenn vor dem äußern Sinn
Wie in ihr erstes Nichts die Körper sich verlieren,
Fühlt' er an seiner Wang ein geistiges Berühren.

27.

Dann hört' auch wohl sein halb entschlummert Ohr,
Mit schauerlicher Lust, tief aus dem Hain hervor,
Wie Engelsstimmen sanft zu ihm herüber hallen.

Ihm wird als fühl er dann die dünne Scheidwand fallen,
Die ihn noch kaum von seinen Lieben trennt;
Sein Innres schließt sich auf, die heilge Flamme brennt
Aus seiner Brust empor; sein Geist, im reinen Lichte
Der unsichtbaren Welt, sieht himmlische Gesichte.

28.

Sie dauern fort, auch wenn die Augen sanft betäubt
Entschlummert sind. Wenn dann die Morgensonne
Den Schauplatz der Natur ihm wieder aufschließt, bleibt
Die vorige Stimmung noch. Ein Glanz von Himmelswonne
Verkläret Fels und Hain, durchschimmert und erfüllt
Sie durch und durch; und überall, in allen
Geschöpfen, sieht er dann des *Unerschaffnen Bild,*
Als wie in Tropfen Taus das Bild der Sonne, wallen.

29.

So fließt zuletzt unmerklich Erd und Himmel
In seinem Geist in Eins. Sein *Innerstes* erwacht.
In dieser tiefen Ferne vom Getümmel
Der Leidenschaft, in dieser heilgen Nacht
Die ihn umschließt, erwacht der reinste aller Sinne –
Doch – wer versiegelt mir mit unsichtbarer Hand
Den kühnen Mund, daß nichts Unnennbars ihm entrinne?
Verstummend bleib ich stehn an dieses Abgrunds Rand.

30.

So war der fromme Greis, vor dem mit Kindestrieben
Amanda niederfiel. Auch Er, so lang entwöhnt
Zu sehn, wornach das Herz sich doch im stillen sehnt,
Ein menschlich Angesicht – erlabt nun an dem lieben,
Herzrührenden, nicht mehr gehofften Anblick sich,
Und drückt die sanfte Hand der Tochter väterlich,
Umarmt den neuen Sohn zum zweiten Mal, und blicket
Sprachlosen Dank zu dem, der sie ihm zugeschicket;

31.

Und führt sie ungesäumt nach seiner Ruhestatt,

Zu seinem Quell, in seine Gartenlauben,
Bedeckt mit goldnem Obst und großen Purpurtrauben,
Und setzt sie in Besitz von allem was er hat.
»Natur«, spricht er, »bedarf weit minder als wir glauben;
Wem nicht an wenig gnügt, den macht kein Reichtum satt:
Ihr werdet hier, so lang die Prüfungstage währen,
Nichts Wünschenswürdiges entbehren.«

32.

Er sagte dies, weil ihm der erste Blick gezeigt
Was er nicht fragen will und Hüon ihm verschweigt.
Denn beide, hatte gleich das Elend ihre Blüte
Halb abgestreift, verrieten durch Gestalt
Und Sinnesart, wo nicht ein königlich Geblüte,
Doch sicher einen Wert, dem selbst die Allgewalt
Des Glücks nichts rauben kann vom reinen Vollgehalt
Der innern angebornen Güte.

33.

Schon dreimal wechselte der Tag sein herbstlich Licht,
Seit diese Freistatt sie in ihrem Schoße heget,
Und beide können noch sich des Gedankens nicht
Entschlagen, daß der Greis, der sie so freundlich pfleget,
Kein wahrer Greis, daß er ein Schutzgeist ist,
Vielleicht ihr Oberon selbst, der ihres Fehls vergißt,
Und, da sie schwer genug (däucht sie) dafür gebüßet,
Bald wieder glücklich sie zu machen sich entschließet.

34.

Nun schwindet zwar allmählich dieser Wahn,
Und ach! mit ihm stirbt auch, nicht ohne Schmerzen,
Die Hoffnung die er nährt; doch schmiegen ihre Herzen
Sich an ein Menschenherz nur desto stärker an.
Es war so sanft das Herz des guten Alten,
So zart sein Mitgefühl, sein innrer Sinn so rein,
Unmöglich konnten sie sechs Tage um ihn sein
Und länger sich vor ihm verborgen halten.

35.

Der junge Mann, im Drang der Dankbarkeit
Und des Vertrauns, (zumal da ihn zu fragen
Sein Wirt noch immer säumt) eröffnet ungescheut
Ihm seinen Namen, Stand, und was, seit jener Zeit,
Da er zu Montlery des Kaisers Sohn erschlagen,
Bis diesen Tag mit ihm sich zugetragen;
Durch welchen Auftrag Karl den Tod ihm zugedacht,
Und wie er glücklich ihn mit Oberons Schutz vollbracht;

36.

Und wie in einem Traum die Liebe sich entsponnen,
Die ihn beim ersten Blick mit Rezia vereint;
Wie er mit ihr aus Babylon entronnen,
Und das Verbot, das sein erhabner Freund
Ihm auferlegt, und wie, so bald er dessen
In einem Augenblick von Liebesdrang vergessen,
Die ganze Natur sich gegen sie empört
Und ihres Schützers Huld in Rache sich verkehrt.

37.

»Wohl«, spricht der edle Greis, »wohl dem, den sein Geschick
So liebreich, und zugleich so streng, als dich, erziehet,
Den kleinsten Fehltritt ihm nicht straflos übersiehet,
Wohl ihm! denn ganz gewiß, das reinste Erdenglück Erwartet ihn.
Auf Herzen wie die euern Zürnt Oberon nicht ewig. Glaube mir,
Mein Sohn, sein Auge schwebt unsichtbar über dir;
Verdiene seine Huld, so wird sie sich erneuern!«

38.

»Und wie verdien ich sie? mit welchem Opfer still
Ich seinen Zorn?« fragt Hüon rasch den Alten;
»Ich bin bereit, es sei so schwer es will!
Was kann ich tun?« – »Freiwillig dich enthalten«,
Antwortet ihm Alfons; »was du gesündigt hast
Wird *dadurch* nur gebüßt.« – Der junge Mann erblaßt.
»Ich fühl es«, spricht der Greis mit sanft errötender Wange;
»Allein, ich weiß von wem ich es verlange!«

39.

Ein edles Selbstgefühl ergreift den jungen Mann:
»Hier hast du meine Hand!« Mehr ward kein Wort gesprochen.
Und wohl ihm, der, nach mehr als hundert Wochen,
Sich selbst das Zeugnis geben kann,
Er habe sein Gelübde nicht gebrochen!
Es war der schönste Sieg den Hüon je gewann.
Doch hat er oft die Furcht vorm Alten zu erröten.
Oft Rezias standhaftern Ernst vonnöten.

40.

»Nichts unterhält so gut (versichert ihn der Greis)
Die Sinne mit der Pflicht im Frieden,
Als fleißig sie durch Arbeit zu ermüden;
Nichts bringt sie leichter aus dem Gleis
Als müßge Träumerei.« Um *der* zuvor zu kommen.
Wird ungesäumt, so bald der Tag erwacht,
Die scharfe Axt zur Hand genommen,
Und Holz im Hain gefällt bis in die dunkle Nacht.

41.

Noch eine Hütte für Amanden aufzurichten,
Und Dach und Wände wohl mit Leim und Moos zu dichten,
Dann zum Kamin, der immer lodern muß,
Und für den Herd, den nötigen Überfluß
Von fettem Kien und klein gespaltnen Fichten
Hoch an den Wänden aufzuschichten,
Dies und viel andres gibt dem Prinzen viel zu tun:
Allein es hilft ihm Nachts auch desto besser ruhn.

42.

Zwar Anfangs will es ihm nicht gleich nach Wunsch gelingen,
Die Holzaxt statt des Ritterschwerts zu schwingen;
Die ungewohnte Hand greift alles schwerer an,
Und in der halben Zeit hätt es ein Knecht getan.
Doch täglich nimmt er zu, denn Übung macht den Meister;
Und fühlt er dann und wann sich dem Erliegen nah,
So wehet der Gedank, es ist für Rezia,

Sein Feuer wieder an, und stärkt die matten Geister.

43.

Indessen Hüon sich im Wald ermüdet, pflegt
Der edle Greis, der mit noch festem Tritte
Die schwere Last von achtzig Jahren trägt,
Der Ruhe nicht; nur daß er von der Hütte
Sich selten weit entfernt. Kein heitrer Tag entflieht,
Der nicht in seinem lieben Garten
Ihn dies und das zu tun beschäftigt sieht.
Amandens Sorge ist des kleinen Herds zu warten.

44.

Da sähe man (wiewohl, wenn Engel nicht
Mit stillem Blick ihr Ebenbild umweben,
Wer sieht sie hier?) mit heiterm Angesicht,
Auf dem die Sorgen nur wie leichte Wölkchen schweben,
Die Königstochter gern sich jeder niedern Pflicht
Der kleinen Wirtschaft untergeben:
Auch was sie nie gekannt, viel minder je getan,
Wie schnell ergreift sie es, wie steht ihr alles an!

45.

Oft schürzt sie, ohne mindsten Harm
Daß ihre zarte Haut den schönen Schmelz verliere,
Beim Wassertrog, vor ihrer Hüttentüre,
Den schlanken schwanenweißen Arm.
Die Freud (ihr süßer Lohn) den väterlichen Alten
Und den geliebten Mann in einem Stand zu halten,
Der von dem Drückendsten der Armut sie befreit,
Veredelt, würdigt ihr des Tagwerks Niedrigkeit.

46.

Und sieht sie dann (auch Er ist jener Engel einer)
Der heilge Greis, der von der Arbeit kehrt,
Und segnet sie: o dann ist ihre Freude reiner
Und inniger, als würd ihr dreimal mehr verehrt
Als sie zu Bagdad ließ. Wenn dann bei Sternenlichte

Die Nacht sie alle drei am Feuerherd vereint,
Und auf Amandens lieblichem Gesichte,
Das halb im Schatten steht, die Flamme widerscheint:

47.

Dann ruht, mit stillem liebevollen
Entzückten Blick, der junge Mann auf ihr,
Und seine Seele schwillt, und süße Tränen rollen
Die dunkle Wang herab. Tief schweiget die Begier!
Sie ist ein überirdisch Wesen
Das ihm zum Trost erscheint – er ist beglückt genug
Daß er sie lieben darf, und o! in jedem Zug,
In jedem keuschen Blick, daß er geliebt ist, lesen!

48.

Oft sitzen sie, der fromme freundliche Greis
In ihrer Mitt, Amanda seine rechte
In ihrer linken Hand, und hören halbe Nächte
Ihm zu, von seiner langen Lebensreis
Ein Stück, das ihm lebendig wird, erzählen.
Vom Anteil, den die warmen jungen Seelen
An allem nehmen, wird's ihm selber warm dabei,
Dann werden unvermerkt aus zwei Geschichten drei.

49.

Zuweilen, um den Geist des Trübsinns zu beschwören,
Der, wenn die Flur in dumpfer Stille traurt,
Im Schneegewölk mit Eulenflügeln laurt,
Läßt Hüon seine Kunst auf einer Harfe hören,
Die er von ungefähr in einem Winkel fand,
Lang ungebraucht, verstimmt, und kaum noch halb bespannt:
Doch scheint das schnarrende Holz von Orpheus' Geist beseelet,
So bald sich Rezias Gesang mit ihm vermählet.

50.

Oft lockte sie ein heller Wintertag,
Wenn fern die See von strenger Kälte rauchte,
Der blendend weiße Schnee dicht auf den Bergen lag,

Und itzt die Abendsonn ihn wie in Purpur tauchte,
Dann lockte sie der wunderschöne Glanz
Im reinen Strom der kalten Luft zu baden.
Wie mächtig fühlten sie sich dann gestärkt! wie ganz
Durchheitert, neu belebt, und alles Grams entladen!

51.

Unmerklich schlüpfte so die Winterzeit vorbei.
Und nun erwacht aus ihrem langen Schlummer
Die Erde, kleidet sich aufs neu
In helles Grün; der Wald, nicht mehr ein stummer
Verödeter Ruin, wo nur die Pfeiler stehn
Der prächtgen Laubgewölb und hohen Schattengänge
Des Tempels der Natur, steht wieder voll und schön,
Und Laub drückt sich an Laub in lieblichem Gedränge.

52.

Mit Blumen decket sich der Busen der Natur,
Aufblühend lacht der Garten und die Flur;
Man hört die Luft von Vogelsang erschallen;
Die Felsen stehn bekränzt; die fließenden Kristallen
Der Quellen rieseln wieder rein
Am frischen Moos herab; den immer dichtern Hain
Durchschmettert schon, im lauen Mondenschein,
Die stille Nacht hindurch, das Lied der Nachtigallen.

53.

Amanda, deren Ziel nun immer näher rückt,
Sucht gern die Einsamkeit, sucht stille dunkle Steige
Im Hain sich aus, und dicht gewölbte Zweige.
Da lehnt sie oft, von Ahnungen gedrückt,
An einem blühnden Baum, und freuet sich des Webens
Und Sumsens und Gedrängs und allgemeinen Lebens
In seinem Schoß – und drückt mit vorempfundner Lust
Ein lieblich Kind im Geist an ihre Brust;

54.

Ein lieblich Kind, das ihre Mutterliebe

Mit jedem süßen Reiz verschwenderisch begabt,
Sich schon voraus an jedem zarten Triebe,
Der ihm entkeimt, sich schon am ersten Lächeln labt,
Womit es ihr die Leiden alle danket
Die sie so gern um seinetwillen trug,
Sich labt an jedem schönen Zug
Worin des Vaters Bild sanft zwischen ihrem schwanket.

55.

Allmählich wird der wonnigliche Traum
Von schüchternen Beängstigungen
Und stillem Gram, den sie vor Hüon kaum
Verbergen kann und doch verbirgt, verdrungen.
»Ach Fatme«, denkt sie oft, und Tränen stehen ihr
Im Auge, »wärest du in dieser Not bei mir!«
Getrost, o Rezia! Das Schicksal, das dich leitet,
Hat dir zu helfen längst die Wege vorbereitet!

56.

Titania, die *Elfenkönigin*,
Sie hatte seit dem Tag, da Trotz und Widersinn
So unvermutet sie um Oberons Herz betrogen,
Sich in dies nämliche Gebirg zurückgezogen.
Mit dem Gemahl, der ihr durch einen Schwur entsagt,
Den unterm unbegrenzten Bogen
Des himmlischen Azurs kein Geist zu brechen wagt,
Mit seiner Lieb und ihm war all ihr Glück entflogen.

57.

Zu spät beweint sie nun die eitle, rasche Tat
Des Augenblicks; fühlt mit beschämten Wangen
Die Größe ihrer Schuld, den schweren Hochverrat
Den sie an ihm und an sich selbst begangen.
Vergebens kämpft ihr Stolz der stärkern Zärtlichkeit
Entgegen! – Ach! sie flöge himmelweit,
Und würfe gern, um ihr Vergehn zu büßen,
In Tränen sich zu des Erzürnten Füßen.

58.

Was hälf es ihr? Er schwor, in Wasser noch in Luft,
Noch wo im Blütenhain die Zweige Balsam regnen,
Noch wo der hagre Greif in ewig finstrer Gruft
Bei Zauberschätzen wacht, ihr jemals zu begegnen!
Vergebens käm ihn selbst die späte Reue an;
Auf ewig fesselt ihn der Schwur den er getan.
Ihn auszusöhnen bleibt ihr keine Pforte offen!
Denn von der einzgen, ach! was ist von *der* zu hoffen?

59.

Sie ist auf ewig zu. Denn nur ein liebend Paar,
Wie keines ist, wie niemals eines war
Noch sein wird, schließt sie auf. Von schwachen Adamskindern
Zu hoffen eine Treu, die keines Sturmwinds
Stoß Erschüttert, eine Treu, die keine Probe mindern,
Kein Reiz betäuben kann, Unmöglich! – Hoffnungslos
Sinkt in der fernsten Zukunft dunkeln Schoß
Ihr tränenschwerer Blick; nichts kann ihr Elend mindern!

60.

Verhaßt ist ihr nunmehr der *Elfen* Scherz, der Tanz
Im Mondenlicht, verhaßt in seinem Rosenkleide
Der schöne Mai. Ihr schmückt kein Myrtenkranz
Die Stirne mehr. Der Anblick jeder Freude
Reißt ihre Wunden auf. Sie flattert durch das Leer
Der weiten Luft im Sturmwind hin und her,
Findt nirgends Ruh, und sucht mit trübem Blicke
Nach einem Ort, der sich zu ihrer Schwermut schicke.

61.

Zuletzt entdeckt sich ihr im großen Ozean
Dies Eiland. Aufgetürmt aus schwarzen ungeheuern
Ruinen, lockt es sie durch seine Schwärze an
Den irren Flug dahin zu steuern.
Es stimmt zu ihrem Sinn. Sie taumelt aus der Luft
Herab, und stürzet sich in eine finstre Gruft,
Um ungestört ihr Dasein wegzuweinen,

Und, unter Felsen, selbst, wo möglich, zu versteinen[1].

62.

Schon siebenmal, seitdem Titania
Dies traurige Leben führt, verjüngte sich die Erde
Ihr unbemerkt. Als wie auf einem Opferherde
Liegt sie auf einem Stein, den Tod erwartend, da;
Der Tag geht auf und sinkt, die holde Schattensonne
Beleuchtet zauberisch die Felsen um sie her;
Vergebens! strömten auch die Quellen aller Wonne
Auf einmal über sie, ihr Herz blieb wonneleer.

63.

Das einzge, was ihr noch, mit einem Traum des Schattens
Von Trost, ihr ewig Leid versüßt,
Ist, daß vielleicht der Zustand ihres Gattens
Dem ihren gleicht, und Er vielleicht noch härter büßt.
Gewiß, noch liebt er sie! und o! wofern er liebet,
Er, durch sich selbst verdammt zum Schöpfer ihrer Pein
Und seiner eignen Qual, wie elend muß er sein!
So elend, daß sie gern ihm ihren Teil vergiebet!

64.

Doch, da für jede Seelenwunde,
Wie tief sie brennt, die Zeit, die große Trösterin,
Den wahren Balsam hat: so kam zuletzt die Stunde
Auch bei Titania, da ihr verdumpfter Sinn
Sich allgemach entwölkt, ihr Herz geduldger leidet,
Und ihre Phantasie in Grün sich wieder kleidet;
Sie gibt den Schmeichelein der Hoffnung wieder Raum,
Und was unmöglich schien wird itzt ihr Morgentraum.

65.

Auf einmal grauet ihr vor diesen düstern Schlünden,
Worin sie einst sich gern gefangen sah;
Schnell muß aus ihrem Aug ein Teil der Klippen schwinden,
Und ein Elysium steht blühend vor ihr da.
Auf ihren leisen Ruf erschienen

Drei liebliche Sylphiden, die ihr dienen;
Ein schwesterliches Drei, das ihren Gram zerstreut,
Und der Verlaßnen, mehr aus Lieb als Pflicht, sich weiht.

66.

Das Paradies, das sich die Elfenkönigin
In diese Felsen schuf, war eben das, worin
Alfonso schon seit dreißig Jahren wohnte;
Und, ihm unwissend, war's die Grotte, wo sie thronte,
Woraus ihm, durchs Gebüsch vom Nachtwind zugeführt,
Der liebliche Gesang, gleich Engelsstimmen, hallte;
Sie war's, die ungesehn bei ihm vorüber wallte,
Wenn er an seiner Wang ein geistig Wehn verspürt.

67.

Auch unsre Liebenden, vom Tag an, da die Wogen
An dieses Eiland sie getragen, hatte sie
Bemerkt, und täglich spät und früh
Erkundigung von ihnen eingezogen.
Oft stand sie selbst, wenn jene sich allein
Vermeinten, ungesehn, sich näher zu belehren;
Und was sie hört' und sah gab ihr den Zweifel ein,
Ob sie vielleicht das Paar, das sie erwartet, wären.

68.

Je länger sie auf ihr Betragen merkt,
Je mehr sie sich in ihrer Hoffnung stärkt.
Sind Hüon und Amanda die getreuen
Probfesten Seelen nicht, die Oberon begehrt,
So mag sie ihrer nur auf ewig sich verzeihen!
Von nun an sind sie ihr wie ihre Augen wert,
Und sie beschließt, mit ihren kleinen *Feen*
Dem edlen jungen Weib unsichtbar beizustehen.

69.

Die Stunde kam. Von dumpfer Bangigkeit
Umher getrieben, irrt Amanda im Gebüsche,
Das um die Hütten her ein liebliches Gemische

Von Wohlgeruch zum Morgenopfer streut.
Sie irret fort, so wie der schmale Pfad sich windet,
Bis sie sich unvermerkt vor einer Grotte findet,
Die ein Geweb von Efeu leicht umkränzt,
Auf dessen dunkelm Schmelz die Morgensonne glänzt.

70.

Alfonso hatte oft vordem hinein zu gehen
Versucht, und allemal vergebens; eben dies
War seinem alten Freund, war Hüon selbst geschehen,
So oft er, um des Wunders sich gewiß
Zu machen, es versucht. Sie hatten nichts *gesehen:*
Sie fühlten nur ein seltsam Widerstehen,
Als schöbe sich ein unsichtbares Tor,
Indem sie mit Gewalt eindringen wollten, vor.

71.

Schnell überfiel sie dann ein wunderbares Grauen;
Sie schlichen leise sich davon,
Und keiner wollte sich der Probe mehr getrauen.
Man weiß nicht, ob Amanda selbst es schon
Zuvor versucht; genug, sie konnte dem Gedanken,
Die erste, der's geglückt, zu sein,
Nicht widerstehn; sie schob die Efeuranken
Mit leichter Hand hinweg, und – ging hinein.

72.

Kaum sah sie sich darin, so kam ein heimlich Zittern
Sie an; sie sank auf einen weichen Sitz
Von Rosen und von Moos. Itzt fühlt sie, Blitz auf Blitz,
Ein schneidend Weh Gebein und Mark erschüttern.
Es ging vorbei. Ein angenehm Ermatten
Erfolgte drauf. Es ward wie Mondesschein
Vor ihrem Blick, der stets in tiefre Schatten
Sich taucht, und, sanft sich selbst verlierend, schlief sie ein.

73.

Itzt dämmern liebliche verworrene Gestalten

In ihrem Innern auf, die bald vorüber fliehn,
Bald wunderbar sich in einander falten.
Ihr däucht, sie seh drei Engel vor ihr knien,
Und ihr verborgene Mysterien verwalten,
Und eine Frau, gehüllt in rosenfarbnes Licht,
Steh neben ihr, so oft der Atem ihr gebricht
Ein Büschel Rosen ihr zum Munde hin zu halten.

74.

Zum letzten Mal beklemmt ihr höher schlagend Herz
Ein kurzer sanft gedämpfter Schmerz;
Die Bilder schwinden weg, und sie verliert sich wieder.
Doch bald, erweckt vom Nachklang süßer Lieder
Der halb verweht aus ihrem Ohr entflieht,
Schlägt sie in ihrem Traum die Augen auf, und sieht
Die *Drei* nicht mehr, sieht nur die Königin der Feen
In Rosenglanz sanft lächelnd vor ihr stehen.

75.

Auf ihren Armen liegt ein neu geboren Kind.
Sie reicht's Amanden und verschwebet
Vor ihren Augen, wie im Morgenwind
Ein Wölkchen schmilzt aus Blumenduft gewebet.
Im gleichen Nu entwacht Amanda ihrem Traum,
Und streckt die Arme aus, als wollte sie den Saum
Des rosigen Gewandes noch erfassen;
Umsonst! sie greift nach Luft, sie ist allein gelassen.

76.

Doch, einen Pulsschlag noch, und wie unnennbar groß
Ist ihr Erstaunen, ihr Entzücken!
Kaum glaubt sie dem Gefühl, kaum traut sie ihren Blicken
Sie fühlt sich ihrer Bürde los,
Und zappelnd liegt auf ihrem sanften Schoß
Der schönste Knabe, frisch wie eine Morgenros
Und wie die Liebe schön! Mit wonnevollem Beben
Fühlt sie ihr Herz sich ihm entgegen heben.

77.

Sie fühlt's, es ist ihr Sohn! – Mit Tränen inniger Lust
Gebadet, drückt sie ihn an Wange, Mund, und Brust,
Und kann nicht satt sich an dem Knaben sehen.
Auch scheint der Knabe schon die Mutter zu verstehen.
Laßt ihr zum mindsten den Genuß
Des süßen Wahns! Er schaut aus seinen hellen Augen
Sie ja so sprechend an – und scheint nicht jeden Kuß
Sein kleiner Mund dem ihren zu entsaugen?

78.

Sie hört den stillen Ruf – wie leise hört
Ein Mutterherz! – und folgt ihm unbelehrt.
Mit einer Lust, die, wenn sie neiden könnten,
Die Engel, die auf sie herunter sahn,
Die Engel selbst beneidenswürdig nennten,
Legt sie an ihre Brust den holden Säugling an.
Sie leitet den Instinkt, und läßt nun an den Freuden
Des zartsten Mitgefühls ihr Herz vollauf sich weiden.

79.

Indessen hat im ganzen Hain umher
Ihr Hüon sie gesucht, zwei ängstlich lange Stunden,
Und, da er nirgends sie gefunden,
Führt ihn zuletzt sein irrer Fuß hierher.
Er nähert sich der unzugangbarn Grotte;
Nichts hält ihn auf, er kommt – o welch ein Augenblick!
Und sieht das holde Weib, mit einem Liebesgotte
An ihrer Brust, vertieft, verschlungen in ihr Glück.

80.

Ihr, denen die Natur, beim Eingang in dies Leben,
Den überschwenglichen Ersatz
Für alles andre Glück, den unverlierbarn Schatz,
Den alles Gold der Aureng-Zeben
Nicht kaufen kann, das Beste in der Welt
Was sie zu geben hat, und was ins beßre Leben
Euch folgt, *ein fühlend Herz und reinen Sinn* gegeben,

Blickt hin und schaut – Der heilge Vorhang fällt!

Anmerkungen

1 *Versteinen,* VIII. 61. Zu *Stein werden,* statt des gewöhnlichen *versteinern,* wo das in der Endsilbe überflüssig und sogar unrichtig ist. Wenn man *verbessern, verschönern, verkleinern, vergrößern,* sagt, so geschieht es darum, weil etwas besser, schöner, kleiner, größer werden soll als es war. Bei versteinen hingegen ist die Rede nicht davon, etwas noch steinerner als es ist, sondern etwas, das kein Stein war, zum Stein zu machen.

Neunter Gesang

1.

Es ist nun Zeit, uns auch nach Fatmen umzuschauen,
Die wir, seit Rezia mit Hüon sich ins Meer
Gestürzt, im Schiff, allein und alles Trostes leer
Gelassen, Tag und Nacht das Schicksal ihrer Frauen
Beweinend, und ihr eignes freilich auch.
Denn ach! sie weint, sie schreit, sie rauft ihr Haar vergebens;
Er ist verweht, mit einem einzigen Hauch
Verweht, der ganze Bau der Ruhe ihres Lebens.

2.

Was soll nun aus ihr werden, so allein
In einem Schiff, von zügellosen Söhnen
Des rauhen Meers umringt, die ihren Jammer höhnen,
Mit frechen Augen schon, berauscht in feurigem Wein,
Verschlingen ihren Raub – was wird ihr Schicksal sein?
Zum Glück erbarmet sich der schutzberaubten Schönen
Ein unverhoffter Sturm, der in der zweiten Nacht
Die See zum Tummelplatz empörter Wogen macht.

3.

Die Pinke treibt, indes ein allgemeines Zagen
Das Volk entnervt, auf ungewissem Meer
Herum gejagt, bald west- bald südwärts hin und her;
Bis, da der Winde Wut in sieben schrecklichen Tagen
Erschöpft ist, an den Strand von Tunis sich verschlagen
Der Hauptmann sieht. Den Zufall, der ihn sehr
Zur Unzeit überrascht, in Vorteil zu verwandeln,
Beschließt er Fatmen hier als Sklavin zu verhandeln.

4.

Denn Fatme, die kaum vier und dreißigmal
Den Mai sein Blumenkleid entfalten
Gesehn, war eine aus der Zahl
Der lange blühenden Gestalten,
Die nicht so leicht verwittern noch veralten,

201

Und die mit Reizen von Gewicht,
Viel Feur im Blick, viel Grübchen im Gesicht,
Euch für den Rosenglanz der Jugend schadlos halten.

5.

Des Königs Gärtner kam durch Zufall auf den Platz,
Wo alles das um hundert *Sultaninen* [1]
Zu kaufen war. Es schien Bemerkung zu verdienen.
Er trat hinzu, besah's und fand es sei ein Schatz.
Sein grauer Kopf ward nicht zu Rat gezogen.
Es fehlte, dünkt ihn, nichts in seinem *Gulistan* [2]
Als eben dies. Das Gold wird hurtig vorgewogen,
Und Fatme duldet still was sie nicht ändern kann.

6.

Indes verfolgt mit stets gewognem Winde
Der treue Scherasmin den anbefohlnen Lauf.
Kaum nahm Massiliens Port ihn wohlbehalten auf,
So setzt er sich zu Pferd, und eilt so schnell, als stünde
Sein Leben drauf, zum Kaiser nach Paris.
Er hatte schon den Märtrerberg[3] erstiegen
Und sah im Morgenrot die Stadt noch schlummernd liegen,
Als plötzlich sich sein Kopf an einen Zweifel stieß.

7.

»Halt«, sprach sein Geist zu ihm, »und eh wir weiter traben,
Bedenke wohl was du beginnst, mein Sohn!
Zwar sollte das dein weiser Schädel schon
Zu Askalon erwogen haben,
Obgleich der Wind, der dort in Hüons Segel blies,
Dir wenig Zeit zum Überlegen ließ.
Doch, wenn wir ehrlich mit einander sprechen wollen,
Du hättest damals dich ganz anders sträuben sollen.

8.

Denn, unter uns gesagt, es ist doch offenbar
Kein Menschensinn in dieser Ambassade.
Den Kaiser, der vorhin uns nie gewogen war,

Erbittert sie gewiß im höchsten Grade.
Am Ende wär es nur ums reiche Kästchen Schade!
Denn, wahrlich, mit der Hand voll Ziegenhaar,
Und mit den Zähnen da, Gott weiß aus welchem Rachen,
Wird deine Exzellenz sehr wenig Eindruck machen.

9.

Ja, wenn Herr Hüon selbst, mit stattlichem Geleite
Von Reisigen, Trabanten und so fort,
Und mit der Tochter des Kalifen an der Seite
Herein geschritten wär, und hätte selbst das Wort
Geführt, und mit gehörigen Grimassen,
Wie einem Ritter, Duc und Pair
Geziemt, auf rotem Samt, von goldnen Quasten schwer,
Die Sachen überreicht – da wollt ich's gelten lassen!

10.

Da kommt des Aufzugs Pracht, die Feirlichkeit, der Glanz
Der Sultanstochter, an der Hand des stolzen Gatten,
Kurz, jeder Umstand kommt dem andern da zu Statten,
Und trägt das Seine bei, die Sache rund und ganz
Zu machen. Karlen bleibt nichts weiter einzuwenden,
Er hat den Glauben in den Augen und in Händen;
Der Ritter hat sein Wort gehalten als ein Mann,
Und fordert frei was ihm kein Recht versagen kann.

11.

Das alles geht auf einmal in die Brüche,
Freund Scherasmin, wenn du nicht klüger bist
Als der dich abgeschickt. Wohlan, was Rats? was ist
Zu tun? – Das beste wär, auf allen Fall, er schliche
Mit seinem Kästchen sich ganz sachte wieder ab
Eh jemand ihn bemerkt, und ritt im großen Trab
Geraden Wegs nach Rom, dem Freiport aller Frommen,
Wo hoffentlich sein Herr inzwischen angekommen.«

12.

So sprach zu Scherasmin sein beßrer Genius:

Und da er ihm nach langem Überlegen
Nichts Klügers, wie ihn dünkt, entgegen
Zu setzen hatte, war sein endlicher Entschluß,
Der guten Stadt Paris das Schulterblatt zu weisen,
Und sporenstreichs nach Rom zu seinem Herrn zu reisen.
Er übersteigt die Alpen, langet an,
Und gleich sein erster Gang ist – nach dem *Lateran*.

13.

Allein, umsonst ermüdet er mit Fragen
Nach seinem Herrn den Schweizer, der die Wach
Am Tore hat, umsonst das ganze Vorgemach,
Kein Mensch kann ihm ein Wort von Ritter Hüon sagen.
Vergebens rennet er die Stadt von Haus zu Haus
Und alle Kirchen und Spitäler fragend aus,
Und schildert ihn vom Fersen bis zum Scheitel
Den Leuten vor, – all seine Müh ist eitel.

14.

Vier ewige Wochen lang, und dann noch zwei dazu,
Verweilt er sich in stets betrognem Hoffen,
Läßt keinen Tag sich selbst noch andern Ruh
Mit Forschen, ob sein Prinz denn noch nicht eingetroffen;
Und, da kein Warten hilft, beginnt er überlaut
Den großen Schwur des Baskenvolks zu fluchen,
Und schwört, so weit der Himmel blaut,
In einem Pilgerkleid den Ritter aufzusuchen.

15.

Was konnt er anders tun? Sein Geld war aufgezehrt,
Und eine Perle nur vom Kästchen anzugreifen,
(Das billig hundertfachen Wert
In Hüons Augen hat, weil's Oberon ihm verehrt)
Eh ließ er sich den Balg vom Leibe streifen!
Von einem Pilgersmann wird weder Gold begehrt
Noch Silbergeld; er kann mit Muschelschalen
Und Litanein die halbe Welt bezahlen.

16.

So bettelt nun zwei Jahre lang und mehr
Der treue unverdroßne Alte
Sich durch die Welt, die Länge und die Quer,
Und macht an jedem Port, auf jeder Insel Halte,
Fragt überall vergebens seinem Herrn
Und seiner Dame nach – bis ihn zuletzt sein Stern,
Und ein geheimer Trieb, der seine Hoffnung schüret,
Nach Tunis vor die Tür des alten Gärtners führet.

17.

Er setzt sich dort auf eine Bank von Stein,
Um, müd und schwach von langem Fasten,
Im Schatten da ein wenig auszurasten,
Und eine Sklavin bringt ihm etwas Brot und Wein.
Sie sieht dem Mann im braunen Pilgerkleide
Erstaunt ins Aug, und er der Sklavin ebenfalls,
Und, sich mit einem Schrei des Schreckens und der Freude
Erkennend, fallen sie einander um den Hals.

18.

»Bist du es, Fatme?« ruft an ihrer nassen Wange
Der Pilger freudig aus; »ist's möglich? – Ach! schon lange
Ließ Scherasmin die Hoffnung sich vergehn!
Ist's möglich daß wir uns zu Tunis wieder sehn?
Was für ein Wind hat euch in diese Heidenlande
Verweht? Und wo ist Hüon und Amande?«
»Ach, Scherasmin«, schreit Fatme laut, und bricht
In Tränen aus – »Sie sind – Ich Arme! – Frage nicht!«

19.

»Was sagst du?« ruft der Alte – »Gott verhüte!
Was sind sie? Sprich!« – »Ach, Scherasmin, sie sind –!«
Mehr bringt sie nicht heraus! Das stockende Geblüte
Erstickt die Red in ihrer Brust – »Sie sind? –
O Gott!« schluchzt Scherasmin, und weinet wie ein Kind
An Fatmens Hals – »In ihrer vollen Blüte!
Das ist zu hart! Allein mir schwante lang vorher

Nichts Gutes! Fatme – ach! die Probe war zu schwer!«

20.

So bald die gute Frau zum kläglichen Berichte
Nur wieder Atem hat, erzählt sie Stück für Stock,
Von seiner Abreis an bis auf den Augenblick
Der Schreckensnacht – da, beim auffackelnden Lichte
Der Blitze, Rezia durch alles Volk, das dichte
Auf Hüon drängt, sich stürzt, den Arm in Liebeswut
Um den Geliebten schlingt und in die wilde Flut
Ihn mit sich reißt, – die traurige Geschichte.

21.

Drauf sitzen sie wohl eine Stunde lang
Beisammen, sich recht satt zu klagen und zu weinen,
Und beide sich, aus treuem Liebesdrang,
Zum Preis des schönsten Paares zu vereinen,
Das je die Welt geziert. »Nein«, ruft sie vielmals, »nie,
Nie werd ich eine Frau, wie diese, wieder sehen!«
»Noch ich«, ruft Scherasmin in gleicher Melodie,
»Je einem Fürstensohn wie Er zur Seite stehen!«

22.

Zuletzt, nachdem er sich wohl dreimal sagen lassen
Wie alles sich begab, geht ihm ein schwacher Schein
Von Glauben auf, und läßt ihn Hoffnung fassen,
Sie könnten beide doch vielleicht gerettet sein.
Je mehr er es bedenkt, je minder geht ihm ein,
Daß Oberon auf ewig sie verlassen.
In allem dem, was er für sie getan,
War Absicht, wie ihn däucht, und ein geheimer Plan.

23.

Bei diesem schwachen Hoffnungsschimmer,
Der wie ein fernes Licht in tiefer Nacht ihm scheint,
Entschließt er sich, von Fatmen nun sich nimmer
Zu trennen, und, mit ihr durch gleichen Schmerz vereint,
Des Schicksals Aufschluß hier in Tunis abzuwarten.

Durch ihren Vorschub tauscht er Pilgerstab und Kleid
Mit einem Sklavenwams und einem Grabescheid,
Und dient um Tagelohn im königlichen Garten.

24.

Indessen Fatme und der wackre Scherasmin
Die Blumenfelder, die sie bauen,
Wie ihrer Lieben Grab, mit Tränen oft betauen;
Sieht Hüon, seit sein prüfend Schicksal ihn
In jene Einsiedlei voll Anmut und voll Grauen
Verbannt, nicht ohne Gram den dritten Frühling blühn.
Unmöglich kann er noch sein Heldenherz entwöhnen,
Ins Weltgetümmel sich mit Macht zurück zu sehnen.

25.

Der kleine Hüonnet, das schönste Mittelding
Von mütterlichem Reiz und väterlicher Stärke,
Das je am Hals von einer Göttin hing,
Und wahrlich doch zu anderm Tagewerke
Bestimmt, als mit der Axt auf seiner Schulter einst
Ins Holz zu gehn, vermehrt nur seinen Kummer.
Auch dich, o Rezia, in Nächten ohne Schlummer,
Belauscht dein Engel oft, wenn du im Stillen weinst.

26.

Tief fühlt ihr beid in dieser Jugendblüte,
Daß Abgeschiedenheit euch unnatürlich ist,
Fühlt Kraft zu edlerm Tun in eurer Brust, vermißt
Des Heldensinus, der unbegrenzten Güte
Gleich unbegrenzten Kreis! – Umsonst bemühn sie sich
Die Träne, die dem abgewandten Aug entschlich,
Dem *alten Vater* zu verhehlen;
Ihr Lächeln täuscht ihn nicht, er liest in ihren Seelen.

27.

Und ob ihm *diese* Welt gleich nichts mehr ist, doch stellt
Er sich an Ihren Platz, in das was sie verloren,
Was ihnen zugehört, wozu sie sich geboren

Empfinden – fühlt aus Ihrer Brust, und hält
Die Träne für gerecht, die sie vor ihm aus Liebe
Verbergen, tadelt nicht die unfreiwilligen Triebe,
Und frischt sie nur, so lang als ihren Lauf
Das Schicksal hemmt, zu stillem Hoffen auf.

28.

An einem Abend einst – das Tagwerk war vollbracht,
Und alle drei, (Amande mit dem Knaben
Auf ihrem Schoß) um an der herrlichen Pracht
Des hellgestirnten Himmels sich zu laben,
Sie saßen vor der Hütt auf einer Rasenbank,
Versenkten sich mit ahnungsvollem Grauen
In dieses Wundermeer, und blickten stillen Dank
Zu ihm, der sie erschuf – gen Himmel aufzuschauen:

29.

Da fing der fromme Greis, mit mehr gerührtem Ton
Als sonst, zu reden an von diesem Erdenleben
Als einem Traum, und vom Hinüberschweben
Ins *wahre Sein*. – Es war, als wehe schon
Ein Hauch von Himmelsluft zu ihm herüber,
Und trag ihn sanft empor indem er sprach.
Amanda fühlt's; die Augen gehn ihr über,
Ihr ist's, als sähe sie dem Halbverschwundnen nach.

30.

»Mir«, fuhr er fort, »mir reichen sie die Hände
Vom Ufer jenseits schon – Mein Lauf ist bald zu Ende;
Der eurige beginnet kaum, und viel,
Viel Trübsal noch, auch viel der besten Freuden,
(Oft sind's nur Stärkungen auf neue größre Leiden)
Erwarten euch, indes ihr unvermerkt dem Ziel
Euch nähert. Beides geht vorüber,
Und wird zum Traum, und nichts begleitet uns hinüber;

31.

Nichts als der gute Schatz, den ihr in euer Herz

Gesammelt, Wahrheit, Lieb und innerlicher Frieden,
Und die Erinnerung, daß weder Lust noch Schmerz
Euch je vom treuen Hang an eure Pflicht geschieden.«
So sprach er vieles noch; und als sie endlich sich
Zur Ruh begaben, drückt' er, wie sie dünkte,
Sie wärmer an sein Herz, und eine Träne blinkte
In seinem Aug, indem er schnell von ihnen wich.

32.

In eben dieser Nacht, von dunkeln Vorgefühlen
Der Zukunft aufgeschreckt, erhob Titania
Die Augen himmelwärts – und alle Rosen fielen
Von ihren Wangen ab, indem sie stand, und sah
Und las. Sie rief den lieblichen Gespielen,
Mit ihr zu sehen, was in diesem Nu geschah,
Und wie zu unglückschwangern Zügen
Amandens Sterne schon sich an einander fügen.

33.

Und, dicht in Schatten eingeschleiert, fliegt
Sie schnell dem Lager zu, wo zwischen Mandelbäumen
(Der Knabe neben ihr) die Königstochter liegt,
Aus ihrem Schlaf von ahnungsvollen Träumen
Oft aufgestört. Titania berührt
Die Brust der Schläferin (damit die Unruh schweige
Die in ihr klopft) mit ihrem Rosenzweige,
Und raubt den Knaben weg, der nichts davon verspürt.

34.

Sie kommt zurück mit ihrem schönen Raube,
Und spricht zu ihren Grazien: »Ihr seht
Das grausame Gestirn, das ob Amanden steht!
Eilt, rettet dieses Kind in meine schönste Laube,
Und pfleget sein, als wär's mein eigner Sohn.«
Drauf zog sie aus dem Kranz um ihre Stirne
Drei Rosenknospen aus, gab jeder holden Dirne
Ein Knöspchen hin, und sprach: »Hinweg, es dämmert schon!

35.

Tut wie ich euch gesagt, und alle Tag und Stunden
Schaut eure *Rosen* an; und wenn ihr alle drei
Zu Lilien werden seht, so merket dran, ich sei
Mit Oberon versöhnt und wieder neu verbunden.
Dann eilet mit Amandens Sohn herbei,
Denn mit der meinen ist auch *ihre* Not verschwunden.«
Die Nymphen neigten sich und flohn
In einem Wölkchen schnell hinweg mit Hüons Sohn.

36.

Kaum war der Morgen aufgegangen,
So sucht mit bebendem unruhigem Verlangen
Amanda ihren Freund, der seine Lagerstatt,
Fern von Alfons und *ihr*, in einem Felsen hat.
So hastig eilt sie fort, daß sie (was nie geschehen
Seitdem sie Mutter war) vor lauter Eil vergißt,
Nach ihrem Sohn, der noch ihr Schlafgeselle ist,
Und ruhig (glaubt sie) schläft, vorher sich umzusehen.

37.

Sie findet ihren Mann, im Garten irrend, auf,
Und beide nehmen auf der Stelle,
Was sie besorgen sich verbergend, nach der Zelle
Des alten Vaters ihren Lauf
Wie klopft ihr Herz, indem sie seinem Lager
Sich langsam nahn! *Er* liegt, die Hände auf sein Herz
Gefaltet, atemlos, sein Antlitz bleich und hager,
Doch edel jeder Zug, und rein, und ohne Schmerz.

38.

»Er schlummert nur« spricht Rezia, und legt
Die Hand, so leicht daß sie ihn kaum berühret,
Auf seine Hand – und, da sie kalt sie spüret
Und keine Ader mehr sich regt,
Sinkt sie in stiller Wehmut auf den blassen Erstarrten
Leichnam hin; ein Strom von Tränen bricht
Aus ihrem Aug und badet sein Gesicht:

»O Vater«, ruft sie aus, »so hast du uns verlassen!«

39.

Sie rafft sich auf, und sinkt an Hüons Brust,
Und beide werfen nun sich bei der kalten Hülle
Der reinsten Seele hin, in ehrfurchtsvoller Stille,
Und sättigen die schmerzlich süße Lust
Zu weinen, – drücken oft, um endlich wegzugehen,
Auf seine Hand der Liebe letzten Zoll,
Und bleiben immer, nie gefühlter Regung voll,
Bei dem geliebten Bild, als wie bezaubert, stehen.

40.

Es war als sähen sie auf seinem Angesicht
Die Dämmerung von einem neuen Leben,
Und wie von reinem Himmelslicht
Den Widerschein um seine Stirne weben,
Der schon zum geistgen Leib den Erdenstoff verfeint,
Und um den stillen Mund, der eben
Vom letzten Segen noch sich sanft zu schließen scheint,
Ein unvergängliches kaum sichtbars Lächeln schweben.

41.

»Ist dir's nicht auch (ruft Hüon, wie entzückt,
Amanden zu, indem er aufwärts blickt)
Als fall aus jener Welt ein Strahl in deine Seele?
So fühlt ich nie der menschlichen Natur
Erhabenheit! noch nie dies Erdenleben nur
Als einen Weg durch eine dunkle Höhle
Ins Reich des Lichts! nie eine solche Stärke
In meiner Brust zu jedem guten Werke!

42.

Zu jedem Opfer, jedem Streit
Nie diese Kraft, nie diese Munterkeit
Durch alle Prüfungen mich männlich durchzukämpfen!
Laß sein, Geliebte, daß der Trübsal viel
Noch auf uns harrt – sie nähert uns dem Ziel!

Nichts soll uns mutlos sehn, nichts diesen Glauben dämpfen!«
So spricht er, sich mit ihr von diesem heiligen Ort
Entfernend – und ihn nimmt das Schicksal gleich beim Wort.

43.

Denn, wie sie Hand in Hand nun wieder
Hervor gehn aus der Zell, und ihre Augenlider
Erheben – Gott! was für ein Anblick stellt
Sich ihren Augen dar! In welche fremde Welt
Sind sie versetzt! Verschwunden, ganz verschwunden
Ist ihr Elysium, der Hain, die Blumenflur.
Versteinert stehn sie da. Ist's möglich? Keine Spur,
Sogar die Stätte wird nicht mehr davon gefunden!

44.

Sie stehn an eines Abgrunds Rand,
Umringt, wohin sie schaudernd sehen,
Von überhangenden gebrochnen Felsenhöhen;
Kein Gräschen mehr, wo einst ihr Garten stand!
Vernichtet sind die lieblichen Gebüsche,
Der dunkle Nachtigallenwald Zerstört!
Nichts übrig, als ein gräßliches Gemische
Von schroffen Klippen, schwarz, und öd, und ungestalt!

45.

Zu welchen neuen Jammerszenen
Bereitet sie dies grause Schauspiel vor,
»Ach«, rufen sie, und heben, schwer von Tränen,
Den kummervollen Blick zum heilgen Greis empor:
»Ihm wurde dies Gebirg in Frühlingsschmuck gekleidet,
Dies Eden Ihm gepflanzt; um Seinetwillen nur
Genossen wir's; und Schicksal und Natur
Verfolgen uns aufs neu, so bald er von uns scheidet!«

46.

»Ich bin gefaßt«, ruft Rezia, und schlingt
Ein »Ach« zurück das ihrer Brust entsteiget.
Unglückliche! der Tag, der all dies Unglück bringt,

Hat dir noch nicht das Schrecklichste gezeiget!
Sie eilt dem *Knaben zu,* den sie vor kurzem, süß
Noch schlummernd, (wie sie glaubt) verließ;
Er ist ihr letzter Trost; des Schicksals härtsten Schlägen
Geht sie getrost, mit ihm auf ihrem Arm, entgegen.

47.

Sie fliegt dem Lager zu, wo er
An ihrer Seite lag, und, wie vom Blitz getroffen,
Schwankt sie zurück – der Knab ist weg, das Lager leer.
»Hat er sich aufgerafft? Fand er die Türe offen
Und suchte sie, O Gott! wenn er verunglückt wär?
Entsetzlich! – Doch vielleicht hat um die Hütte her,
(So denkt sie zwischen Angst und Hoffen)
Vielleicht im Garten nur der Kleine sich verloffen?«

48.

Im Garten, ach! der ist nun felsiger Ruin!
Sie stürzt hinaus, und ruft mit bebenden Lippen
Den Knaben laut beim Namen, suchet ihn
Ringsum, mit Todesangst, in Höhlen und in Klippen.
Der Vater, den ihr Schrein herbei gerufen, spricht
Umsonst den Trost ihr zu, woran's ihm selbst gebricht:
Er werde sich gewiß in diesen Felsgewinden
Gesund und frisch auf einmal wieder finden.

49.

Zwei Stunden schon war alle ihre Müh
Vergeblich. Ach! umsonst, laut rufend, irren sie
Tief im Gebirg umher, besteigen alle Spitzen,
Durchkriechen alle Felsenritzen,
Und lassen sich, um wenigstens sein Grab
Zu finden, kummervoll in jede Kluft hinab:
Ach! keine Spur von ihm entdeckt sich ihrem Blicke,
Und von den Felsen hallt ihr eigner Ton zurücke.

50.

Das Unbegreifliche des Zufalls, daß ein Kind

Von seinem Alter sich verliere,
An einem Ort, wo weder wilde Tiere
Noch Menschen (wilder oft als jene) furchtbar sind,
Mehrt ihre Angst; doch nährt es auch ihr Hoffen:
»Es kann nicht anders sein, er hat sich nur verloffen
Und schlief vielleicht auf irgend einem Stein
Vom Wandern müd, in seiner Unschuld ein.«

51.

Aufs neue wird der ganze Felsenrücken,
Wird jeder Winkel, jeder Strauch
Der ihn vielleicht versteckt, durchsucht mit Falkenblicken.
Die Unruh treibt sogar, wie unwahrscheinlich auch
Die Hoffnung ist ihn dort lebendig aufzuspüren,
Sie bis zum Strand herab, wo, unter dem Gemisch
Von aufgetürmten Sand und sumpfigem Gebüsch,
Sie endlich unvermerkt einander selbst verlieren.

52.

Auf einmal schreckt Amandens Ohr
Ein ungewohnter Ton. Ihr däucht, es glich dem Schalle
Von Stimmen. Doch, weil's wieder sich verlor,
Und sie bei einem Wasserfalle,
Der mit betäubendem Getöse übern Rand
Von einem hohen Felsenbogen
Herunter stürzt, sich ziemlich nah befand,
Glaubt sie, sie habe sich betrogen.

53.

Ihr schwanet nichts von größerer Gefahr,
Ihr einziger Gedank ist ihres Sohnes Leben:
Und plötzlich, da sie kaum um einen Hügel, neben
Dem Wasserfall, herum gekommen war,
Sieht sie, bestürzt, von einer rohen Schar
Schwarzgelber Männer sich umgeben,
Und hinter einem hohen Riff
Erblickt sie in der Bucht ein ankernd Ruderschiff.

54.

Sie hatten kurz zuvor, um Wasser einzunehmen,
Vor Anker hier gelegt, und waren noch damit
Beschäftigt: als, mit schnell gehemmtem Schritt,
Auf einmal eine Frau vor ihre Augen tritt,
Gemacht beim ersten Blick die schönsten zu beschämen
Erstaunen schien sie alle schier zu lähmen,
An diesem öden Ort, den sonst der Schiffer fleucht,
Ein junges Weib zu sehn, die einer Göttin gleicht.

55.

Der Schönheit Anblick macht sonst rohe Seelen milder,
Und Tiger schmiegen sich zu ihren Füßen hin:
Doch *diese* fühlen nichts. Ihr stumpfer Räubersinn
Berechnet sich den Wert der schönsten Frauenbilder
(Von Marmor oder Fleisch, gleich viel!) mit kaltem Blut
Bloß nach dem Marktpreis, just wie andres Kaufmannsgut.
»Hier«, ruft der Hauptmann, »sind zehn tausend Sultaninen
Mit Einem Griff, so gut wie hundert, zu verdienen.

56.

Auf, Kinder, greifet zu! So ein Gesicht wie dies
Gilt uns zu Tunis mehr als zwanzig reiche Ballen:
Der König, wie ihr wißt, liebt solche Nachtigallen;
Und dieser wilden hier gleicht von den Schönen allen
In seinem Harem nichts. Ihr reicht Almansaris,
Die Königin, so schön sie ist, gewiß
Das Wasser kaum. Wie wird der Sultan brennen!
Der Zufall hätt uns traun! nicht besser führen können.«

57.

Indes der Hauptmann dies zu seinem Volke sprach,
Steht Rezia, und denkt zwei Augenblicke nach
Was hier zu wählen ist. »Sind diese Leute Feinde,
So hilft die Flucht mir nichts, da sie so nahe sind:
Vielleicht daß Edelmut und Bitten sie gewinnt.
Ich geh und rede sie als Freunde,
Als Retter an, die uns der Himmel zugesendet.

Vielleicht ist's unser Glück, daß sie hier angeländet.«

58.

Dies denkend, geht, mit unschuldsvoller Ruh
Im offnen Blick, und mit getrosten Schritten,
Das edle schöne Weib auf die Korsaren zu:
Allein sie bleiben taub bei ihren sanften Bitten.
Die Sprache, die zu allen Herzen spricht,
Rührt ihre eisernen entmenschten Seelen nicht.
Der Hauptmann winkt; sie wird umringt, ergriffen,
Und alles läuft und rennt, die Beute einzuschiffen.

59.

Auf ihr erbärmliches Geschrei,
Das durch die Felsen hallt, fliegt Hüon voller Schrecken
Den Wald herab, zu ihrer Hülf herbei.
Ganz außer sich, so bald ihm was es sei
Die Bäume länger nicht verstecken,
Ergreift er in der Not den ersten knotgen Stecken
Der vor ihm liegt, und stürzt, wie aus der Wolken Schoß
Ein Donnerkeil, auf die Barbaren los.

60.

Sein holdes Weib zu sehn, die mit blutrünstgen Armen
Sich zwischen Räubertatzen sträubt,
Der Anblick, der zu Tigerwut ihn treibt,
Macht bald den Eichenstock in seiner Faust erwarmen.
Die Streiche fallen hageldicht
Auf Köpf und Schultern ein mit stürzendem Gewicht.
Er scheint kein Sterblicher; sein Auge spritzet Funken,
Und sieben Mohren sind schon vor ihm hingesunken.

61.

Bestürzung, Scham und Grimm, von einem einzgen Mann
Den schönen Raub entrissen sich zu sehen,
Sporntt alle andern an, auf Hüon los zu gehen,
Der sich, so lang er noch die Arme regen kann,
Unbändig wehrt; bis, da ihm im Gedränge

Sein Stock entfällt, die überlegne Menge
(Wiewohl er rasend schlägt und stößt und um sich beißt)
Ihn endlich übermannt und ganz zu Boden reißt.

62.

Mit einem Schrei gen Himmel sinkt Amande
In Ohnmacht, da sie ihn erwürgt zu sehen glaubt.
Man schleppt sie nach dem Schiff, indes das Volk am Strande
Auf den Gefallnen stürmt, und tobt und Rache schnaubt.
Ihm einen schnellen Tod zu geben,
Wär's auch der blutigste, däucht sie Gelindigkeit:
»Nein«, ruft der Hauptmann aus, »um desto längre Zeit
Der Tode grausamsten zu sterben, soll er leben!«

63.

Sie schleppen ihn tief in den Wald hinein,
So weit vom Strand, daß auch sein lautstes Schrein
Kein Ohr erreichen kann, und binden ihn mit Stricken
Um Arm und Bein, um Hals und Rücken,
An einen Baum. Der Unglückselge blickt
Zum Himmel auf, verstummend und erdrückt
Von seines Elends Last; und laut frohlockend fahren
Mit ihrem schönen Raub nach Tunis die Barbaren.

Anmerkungen

1 *Sultanin,* IX. 5, (Sequin) eine Türkische Goldmünze, deren Wert hier, wo es auf eine sehr genaue Bestimmung nicht ankommt etwa einem Goldgülden oder halben Maxd'or gleich angenommen werden kann.

2 *Gulistan,* IX. 5. Ein Persisches Wort, welches *Blumen–* oder *Rosengarten* bedeutet, bekannt aus einem unter diesem Namen in die vornehmsten Europäischen Sprachen übersetzten Gedichte des berühmten Persischen Dichters Sahdi, oder Scheik Mosleheddin Saadi von Schiras, der um das Jahr Christi 1193 geboren wurde, und bis 1313 unsrer Zeitrechnung gelebt haben soll. – Der Gebrauch dieses Wortes an *dieser* Stelle bedarf wohl keiner Rechtfertigung.

3 *Märtrerberg,* IX. 6. Montmartre bei Paris, so genannt, weil nach ehemaligem gemeinem Glauben der heilige Dionysius Areopagita mit seinen Gefährten S. Rustikus und S. Eleutherus den Martertod auf diesem Berg erlitten haben soll.

Zehnter Gesang

1.

Schon sinkt der Tag, und trauernd wirft die Nacht
(Ach! nicht vertraulich mehr in süßer Herzensfülle
Von Liebenden und Freunden zugebracht)
Mitleidig ihre trübste Hülle
Ums öde Eiland her, wo aus der tiefen Stille
Nun keinen Morgen mehr der Freude Lied erwacht;
Nur ein Verlassener von allem was er liebet
Der Pflichten schrecklichste durch stilles Dulden übet.

2.

Ihn hört Titania, in ein Gewölk verhüllt,
Tief aus dem Wald herauf in langen Pausen ächzen,
Sieht den Unglücklichen in stummer Angst verlechzen,
Und wendet sich von ihm. Denn, ach! vergebens schwillt
Ihr zartes Herz von innigem Erbarmen.
Ein stärkrer Zauber stößt mit unaufhaltbarn Armen
Sie weg von ihm; und wie sie überm Strand
Dahin schwebt, blinkt vor ihr ein Goldreif aus dem Sand.

3.

Amanda hatte ihn, im Ringen mit den Söhnen
Des Raubes, unvermerkt vom Finger abgestreift.
Die Elfenkönigin, indem sie ihn ergreift,
Erkennt den Talisman, dem alle Geister frönen.
»Bald«, ruft sie freudig, »ist das Maß des Schicksals voll!
Bald werden wieder dich die Sterne mir versöhnen, Geliebter!
Dieser Ring verband uns einst; er soll
Zum zweiten Mal zu meinem Herrn dich krönen!«

4.

Inzwischen hatte man im Schiff, mit großer Müh,
Amanden, die in Ohnmacht lag, ins Leben
Zurück gerufen. Kaum begonnte sie
Die schweren Augen trostlos zu erheben;
So fiel vor ihr der Hauptmann auf die Knie,

Und bat sie, sich dem Gram nicht länger zu ergeben:
»Dein Glück ist's«, sprach er, »bloß, wovon ich Werkzeug bin;
In wenig Tagen bist du unsre Königin.

5.

Besorge nichts von uns, wir sind nur dich zu schützen
Und dir zu dienen da: dich, Schönste, zu besitzen
Ist nur Almansor wert, der dir an Reizen gleicht.
Er wird beim ersten Blick in deinen Fesseln liegen;
Und, glaube meinem Wort, du wirst ihn mit Vergnügen
Zu deinen Füßen sehn.« Der Hauptmann spricht's, und reicht
(Um allen Argwohn, den sie hegen mag, zu stillen)
Ein reiches Tuch ihr dar, sich ganz darein zu hüllen.

6.

»Der ist des Todes, (fährt er fort,
Mit einem Blick und Ton, der alles Volk an Bord
Erzittern macht) der je des Frevels sich verwäget
Und seine Hand an diesen Schleier leget!
Betrachtet sie von diesem Augenblick
Als ein Juwel, das schon Almansorn angehöret.«
Er sagt's, und zieht, damit sie ungestöret
Der Ruhe pflegen kann, kniebeugend sich zurück.

7.

Amanda, ohne auf des Räubers Wort zu hören,
Bewegungslos, betäubt von ihrem Unglück, sitzt,
Die Hände vor der Stirn, die Arme aufgestützt
Auf ihre Knie, mit starren, tränenleeren,
Erloschnen Augen da. Ihr Jammer ist zu groß
Ihn auszusprechen, ihn zu tragen
Ihr starkes Herz zu zart. Ach! diesen letzten Stoß
Erträgt sie nicht! Sie sinkt, doch sinkt sie ohne Klagen.

8.

Sie schaut nach Trost sich um, und findet keinen; leer
Und hoffnungslos, und Nacht, wie ihre Seele,
Ist alles, alles um sie her;

Die ganze Welt verkehrt in eine Mörderhöhle!
Sie starrt zum Himmel auf – auch Der
Hat keinen Trost, hat keinen Engel mehr!
Am Abgrund der Verzweiflung, wo sie schwebet,
Steht noch der Tod allein, der sie im Sinken hebet.

9.

Mitleidig reicht er ihr die abgezehrte Hand,
Der letzte, treuste Freund der Leidenden! Sie steiget
Hinab mit ihm ins stille Schattenland,
Wo aller Schmerz, wo aller Jammer schweiget;
Wo keine Kette mehr die freie Seele reibt,
Die Szenen dieser Welt wie Kinderträume schwinden,
Und nichts aus ihr als *unser Herz* uns bleibt:
Da wird sie alles, was sie liebte, wiederfinden!

10.

Wie ein verblutend Lamm, still duldend, liegt sie da,
Und seufzt dem letzten Augenblick entgegen:
Als, in der stillen Nacht, sich ihr Titania
Trost bringend naht. Ein unsichtbarer Regen
Von Schlummerdüften stärkt der schönen Dulderin
Matt schlagend Herz, und schläft den äußern Sinn
Unmerklich ein. Da zeigt sich ihr im Traumgesichte
Die Elfenkönigin in ihrem Rosenlichte.

11.

»Auf!« spricht sie, »fasse Mut! Dein Sohn und dein Gemahl
Sie atmen noch, sind nicht für dich verloren.
Erkenne mich! Wenn du zum dritten Mal
Mich wieder siehst, dann ist, was Oberon geschworen,
Erfüllt durch eure Treu. Ihr endet unsre Pein,
Und wie *Wir* glücklich sind, so werdet *Ihr* es sein.«
Mit diesem Wort zerfließt die Göttin in die Lüfte,
Doch wehen, wo sie stand, noch ihre Rosendüfte.

12.

Amand erwacht, erkennt an ihrem Duft

Und Rosenglanz, die nur allmählich schwanden,
Die göttergleiche Frau, die in der Felsengruft,
Gleich unverhofft, ihr ehmals beigestanden.
Gerührt, beschämt von diesem neuen Schutz,
Ergreift ihr Herz mit dankbarlichem Beben
Dies Pfand von ihres Sohns und ihres Hüons Leben,
Und beut mit ihm nun jedem Schicksal Trutz.

13.

Ach! wüßte sie, was ihr (zu ihrem Glücke)
Verborgen bleibt, wie trostlos diese Nacht
Ihr unglückselger *Freund,* mit siebenfachem Stricke
An einen Eichenstamm gebunden, zugebracht,
Wie bräch ihr Herz! – Und *Er,* vor dessen Augenblitze
Nichts dunkel ist, der gute Schutzgeist, weilt?
Er steht, am Quell des Nils, auf einer Felsenspitze,
Die, ewig unbewölkt, die reinsten Lüfte teilt.

14.

Den ernsten Blick dem Eiland zugekehrt,
Wo Hüon schmachtet, steht der *Geisterfürst,* und hört
Sein Ächzen, das aus tiefer Ferne
Zu ihm herüber bebt, – schaut nach dem Morgensterne,
Und hüllt sich seufzend ein. Da nähert, aus der Schar
Der Geister, die teils einzeln, teils in Ringen,
Ihn überall begleiten und umschwingen,
Sich einer ihm, der sein Vertrauter war.

15.

Erblassend, ohne Glanz, naht sich der Sylphe, blickt
Ihn schweigend an, und seine Augen fragen
Dem Kummer nach, der seinen König drückt;
Denn Ehrfurcht hält ihn ab die Frage laut zu wagen.
»Schau auf«, spricht Oberon. Und mit dem Worte weist
In einer Wolke, die mit ausgespanntem Flügel
Vorüber fährt, sich dem bestürzten Geist
Des armen Hüons Bild als wie in einem Spiegel.

16.

Versunken in der tiefsten Not,
An seines Herzens offnen Wunden
Verblutend, steht er da, verlassen und gebunden
Im öden Wald, und stirbt den langen Martertod.
In diesem hoffnungslosen Stande
Schwellt seine Seele noch das zürnende Gefühl:
»Verdient ich das? verdiente das Amande?
Ist unser Elend nur den höhern Wesen Spiel?

17.

Wie unteilnehmend bleibt bei meinem furchtbarn Leiden,
Wie ruhig alles um mich her!
Kein Wesen fühlt mit mir; kein Sandkorn rückt am Meer
Aus seinem Platz, kein Blatt in diesen Laubgebäuden
Fällt meinetwegen ab. Ein scharfer Kiesel wär
Um meine Bande durchzuschneiden
Genugsam – ach! im ganzen Raum der Zeit
Ist keine Hand, die ihm dazu Bewegung leiht!

18.

Und doch, wenn meine Not zu wenden
Dein Wille wär, o Du, der mich dem Tod so oft
Entrissen, wenn ich es am wenigsten gehofft,
Es würden alle Zweig in diesem Wald zu Händen
Auf deinen Wink!« – Ein heilger Schauder blitzt
Durch sein Gebein mit diesem Himmelsfunken;
Die Stricke fallen ab; er schwankt, wie nebeltrunken,
In einen Arm, der ihn unsichtbar unterstützt.

19.

Es war der Geist, dem Oberon die Geschichte
Des treuen Paars im Bilde sehen ließ,
Der diesen Dienst ihm ungesehn erwies.
Der Sohn des Lichts erlag dem kläglichen Gesichte.
»Ach!« rief er, inniglich betrübt,
Und sank zu seines Meisters Füßen,
»So strafbar als er sei, kannst du, der ihn geliebt,

Vor seiner Not dein großes Herz verschließen?«

20.

»Der Erdensohn ist für die Zukunft blind«,
Erwidert Oberon, »wir selbst, du weißt es, sind
Des Schicksals Diener nur. In heilgen Finsternissen,
Hoch über uns, geht sein verborgner Gang;
Und, willig oder nicht, zieht ein geheimer Zwang
Uns alle, daß wir ihm im Dunkeln folgen müssen.
In dieser Kluft, die mich von Hüon trennt,
Ist mir ein Einzigs noch für ihn zu tun vergönnt.

21.

Fleuch hin, und mach ihn los, und trag ihn auf der Stelle,
So wie er ist, nach Tunis, vor die Schwelle
Des alten Ibrahim, der, nahe bei der Stadt,
Die Gärten des Serails in seiner Aufsicht hat.
Dort leg ihn auf die Bank von Steinen,
Hart an die Hüttentür, und eile wieder fort:
Doch hüte dich ihm sichtbar zu erscheinen,
Und mach es schnell, und sprich mit ihm kein Wort.«

22.

Der Sylphe kommt, so rasch ein Pfeil vom Bogen
Das Ziel erreicht, bei Hüon angeflogen,
Löst seine Bande auf, beladet sich mit ihm,
Und trägt ihn, über Meer und Länder, durch die Lüfte
Bis vor die Tür des alten Ibrahim;
Da schüttelt er von seiner starken Hüfte
Ihn auf die Bank, so sanft als wie auf Pflaum.
Dem guten Ritter däucht was ihm geschieht ein Traum.

23.

Er schaut erstaunt umher, und sucht sich's wahr zu machen:
Doch alles was er sieht bestätigt seinen Wahn.
»Wo bin ich?« fragt er sich, und fürchtet zu erwachen.
Indem beginnt, nicht fern von ihm, ein Hahn
Zu krähn, und bald der zweite und der dritte;

224

Die Stille flieht, des Himmels goldnes Tor
Eröffnet sich, der Gott des Tages geht hervor,
Und alles lebt und regt sich um die Hütte.

24.

Auf einmal knarrt die Tür, und kommt ein langer Mann
Mit grauem Bart, doch frisch und rot von Wangen,
Ein Grabscheit in der Hand, zum Haus heraus gegangen;
Und beide sehn zugleich, was keiner glauben kann,
Herr Hüon seinen treuen Alten
In einem Sklavenwams – der gute Scherasmin
Den werten Herrn, den er für tot gehalten,
In einem Aufzug, der nicht glückweissagend schien.

25.

»Ist's möglich?« rufen alle beide
Zu gleicher Zeit – »Mein bester Herr!« – »Mein Freund!«
»Wie finden wir uns hier?« – Und, außer sich vor Freude,
Umfaßt der alte Mann des Prinzen Knie, und weint
Auf seine Hand. Ihn herzlich zu umfangen
Bückt Hüon sich zu ihm herunter, hebt
Ihn zu sich auf, und küßt ihn auf die Wangen.
»Gott Lob«, ruft Scherasmin, »nun weiß ich daß ihr lebt!

26.

Was für ein guter Wind trug euch vor diese Schwelle,
Doch zum Erzählen ist der Ort hier nicht geschickt;
Kommt, lieber Herr, mit mir in meine Zelle,
Eh jemand hier beisammen uns erblickt.
Auf allen Fall seid ihr mein Neffe Hassan, (flüstert
Er ihm ins Ohr) ein junger Handelsmann
Von Halep, der die Welt zu sehn gelüstert,
Und Schiffbruch litt, und mit dem Leben nur entrann.«

27.

»Ja, leider! blieb mir nichts«, seufzt Hüon, »als ein Leben
Das keine Wohltat ist!« – »Das wird sich alles geben«,
Erwidert Scherasmin, und schiebt sein Kämmerlein

Ihm hurtig auf, und schließt sich mit ihm ein.
»Da«, spricht er, »nehmet Platz«; bringt dann auf einem Teller
Das Beste, was sein kleiner Vorratskeller
Vermag, herbei, Oliven, Brot und Wein,
Und setzt sich neben ihn, und heißt ihn fröhlich sein.

28.

»Mein bester Herr, daß wir, nach allen Streichen
Die uns das Glück gespielt, so unvermutet hier
Zu Tunis, vor der Hüttentür
Des Gärtners Ibrahim uns finden, ist ein Zeichen,
Daß Oberon ganz unvermerkt und still
Uns alle wiederum zusammen bringen will.
Noch fehlt das Beste; doch, zum Pfande für Amanden,
Ist wenigstens die Amme schon vorhanden.«

29.

»Was sagst du?« ruft Herr Hüon voller Freuden.
»Demselben Ibrahim, dem ich bedienstet bin,
Dient sie als Sklavin hier«, erwidert Scherasmin.
»Wie wird das gute Weib die Augen an euch weiden!«
Drauf fängt er ihm Bericht zu geben an,
Was er in all der Zeit gelitten und getan,
Und was ihn, unverrichter Sachen,
Bewogen, von Paris sich wieder wegzumachen.

30.

Und wie er ihn zu Rom in Lateran gesucht,
Und, seiner dort viel Wochen ohne Frucht
Erwartend, unvermerkt sein Bißchen Geld verzettelt,
Darauf, mit Muscheln ausstaffiert,
Sich durch die halbe Welt als Pilger durchgebettelt,
Bis ihn sein guter Geist zuletzt hierher geführt,
Wo Fatme, die er unverhofft gefunden,
Auf beßre Zeit mit ihm zu harren sich verbunden.

31.

»Zum Glück ist immer unversehrt

(Setzt er hinzu) das Kästchen mitgezogen,
Das euch der schöne Zwerg zu Askalon verehrt;
Denn, wie ich sehe, Horn und Becher sind entflogen.
Verzeiht mir, lieber Herr! ich traf den wunden Ort;
Es war nicht hübsch an mir so frei heraus zu platzen:
Die Freude, daß ich euch gefunden, macht mich schwatzen;
Allein, ihr kennt mein Herz, und weiter nun kein Wort!«

32.

Der edle Fürstensohn drückt seinem guten Alten
Die Hand, und spricht: »Ich kenne deine Treu,
Sollst alles wissen, Freund! ich will dir nichts verhalten;
Allein, vor allem, steh in Einem Ding mir bei.
Das Kästchen, das du mir erhalten,
Ist an Juwelen reich. Denkst du nicht auch, es sei
Am besten angewandt, mir eilends Pferd und Waffen
Und ritterlichen Schmuck in Tunis anzuschaffen?

33.

Es sind zwölf Stunden kaum, seit eine Räuberschar
Amanden mir entriß, mir, der am ödsten Strande
Allein mit ihr und unbewaffnet war.
Sie führen sie vielleicht in diese Mohrenlande,
Nach Marok oder Fez, gewiß nach einem Platz,
Wo Hoffnung ist, sie teuer zu verkaufen:
Allein kein Harem soll mir meinen höchsten Schatz
Entziehen, sollt ich auch die ganze Welt durchlaufen.«

34.

Der Alte sinnt der Sache schweigend nach.
»Die Gegend, wo ihr euch mit Rezia befunden,
Ist also wohl nur wenig Stunden
Von hier entfernt?« – »Nicht daß ich wüßte«, sprach
Der junge Fürst; »vielleicht sind's tausend Stunden:
Mich trug, unendlich schnell, ich weiß nicht wer,
(Doch wohl ein Geist) aus einem Wald hierher,
Wo mich das Räubervolk an einen Baum gebunden.«

35.

»Das hat«, ruft jener aus, »kein andrer Arm getan
Als Oberons.« – »Ich selber«, spricht der Ritter,
»Ich trau ihm's zu, und nehm's als ein Versprechen an,
Er werde mehr noch tun. So bitter
Die Trennung ist, so schreckenvoll das Bild
Des holden Weibs in wilden Räuberklauen;
Dies neue Wunder, Freund, erfüllt
Mein neu belebtes Herz mit Hoffnung und Vertrauen.

36.

Der müßte ja ganz herzlos, ganz von Stein,
Und ohne Sinn, und gänzlich unwert sein
Daß sich der Himmel seinetwegen
Bemühe, (hätt er auch von dem die Hälfte nur
Erfahren, was mir widerfuhr)
Wer Kleinmut und Verdacht zu hegen
Noch fähig wär. Es geh durch Feuer oder Flut
Mein dunkler Weg, ich halte Treu und Mut.

37.

Nur, lieber Scherasmin, wenn's möglich ist, noch heute
Verschaffe mir ein Schwert und einen Gaul.
Zu lang entbehr ich beides! – an der Seite
Der Liebe zwar – doch itzt, in dieser Weite
Von Rezia, däucht mir mein Herzblut stehe faul
Als wie ein Sumpf, bis ich die schöne Beute
Den Heiden abgejagt. Ihr Leben und mein Glück,
Bedenk es, hängt vielleicht an einem Augenblick.«

38.

Der Alte schwört ihm zu, es soll an ihm nicht liegen
Des Prinzen Ungeduld noch heute zu vergnügen.
Doch unverhofft hält seines Eifers Lauf
Am ersten Abend schon ein leidiger Zufall auf
Denn Hüon fühlte von so viel Erschütterungen,
Die Schlag auf Schlag gefolgt, auf einmal sich bezwungen,
Und brachte, matt und glühend, ohne Ruh,

Die ganze Nacht in Fieberträumen zu.

39.

Die Bilder, die ihm stets im Sinne lagen,
Beleben sich; er glaubt mit einem Schwarm
Von Feinden sich ergrimmt herum zu schlagen;
Dann sinkt er kraftlos hin, und drückt im kalten Arm
Die Leiche seines Sohns; bald kämpft er mit den Fluten,
Hält die versinkende Geliebte nur am Saum
Des Kleides noch; bald, selbst an einen Baum
Gebunden, sieht er sie in Räuberarmen bluten.

40.

Erschöpft von Grimm und Angst stürzt er aufs Lager hin
Mit starrem Blick. Dem treuen Scherasmin
Kommt seine Wissenschaft in dieser Not zu Statten.
Denn dazumal war's eines Knappen Amt
Die Heilkunst mit der Kunst der Ritterschaft zu gatten.
Ihm war sie schon vom Vater angestammt,
Und viel Geheimes ward auf seinen langen Reisen
Ihm mitgeteilt von Rittern und von Weisen.

41.

Er eilt, so bald der schöne Morgenstern
Am Himmel bleicht, (indes bei dem geliebten Herrn
Als Wärterin sich Fatme emsig zeiget)
Den Gärten zu, worin noch alles ruht und schweiget;
Sucht Kräuter auf, von deren Wunderkraft
Ein Eremit auf Horeb ihn belehret,
Und drückt sie aus, und mischet einen Saft,
Der binnen kurzer Frist dem stärksten Fieber wehret.

42.

Ein sanfter Schlaf beginnt schon in der zweiten Nacht
Auf Hüons Stirne sich zu senken.
Mit liebevoller Treu gepfleget und bewacht,
Und reichlich angefrischt mit kühlenden Getränken,
Fühlt er am vierten Tag so gut sich hergestellt,

Um sich, so bald der Mond die laue Nacht erhellt,
In einem Gärtnerwams, womit man ihn versehen,
Mit Scherasmin im Garten zu ergehen.

43.

Sie hatten in den Rosenbüschen,
Nah an der Hütte, noch nicht manchen Gang getan,
So kommt die Amme (die, was Neues aufzufischen,
Sich oft dem Harem naht) mit einer Zeitung an,
Die kräftger ist als irgend ein *Laudan* [1]
Des Kranken Blut und Nerven zu erfrischen:
Es sei, versichert sie, beinahe zweifelsfrei
Daß Rezia nicht fern von ihnen sei.

44.

»Wo ist sie? wo?« ruft Hüon mit Entzücken
Und Ungeduld, auffahrend – »Hurtig! sprich!
Wo sahst du sie?« – »Gesehn?« erwidert Fatme, »ich?
Das sagt ich nicht; allein, ich lasse mich zerstücken
Wenn's nicht Amanda ist, die diesen Abend hier
Gelandet. Höret nur, was die Minute mir
Die Jüdin Salome, die eben
Vom innern Harem kam, für ganz gewiß gegeben.

45.

›Kurz‹, sprach sie, ›vor der Abendzeit
Ließ auf dem hohen Meer sich eine Barke sehen;
Sie flog daher mit Vogelsschnelligkeit,
Die Segel schien ein frischer Wind zu blähen.
Auf einmal stürzt aus wolkenlosen Höhen
Zickzack ein feurger Strahl herab,
Und mit dem ersten Stoß, den ihm ein Sturmwind gab,
Sieht man das ganze Schiff in voller Flamme stehen.

46.

An Löschen denkt kein Mensch in solcher Not.
Das Feuer tobt. Vom fürchterlichsten Tod
Umschlungen, springt aus seinem Flammenrachen

Wer springen kann, und wirft sich in den Nachen.
Der Wind macht bald die von dem Schiffe los,
Treibt sie dem Ufer zu; doch, eine Viertelstunde
Vom Strand, ergreift den Kahn ein neuer Wirbelstoß,
Und stürzt ihn um, und alles geht zu Grunde.

47.

Die Leute schrein umsonst zu ihrem Mahom auf,
Arbeiten, mit der angestrengten Stärke
Der Todesangst, umsonst sich aus der Flut herauf:
Nur eine *einzge Frau,* die sich zum Augenmerke
Der Himmel nahm, entrinnet der Gefahr,
Wird auf den Wellen, wie auf einem Wagen,
Ganz unversehrt, und unbenetzt sogar,
Dem nahen Ufer zugetragen.

48.

Von ungefähr stand mit Almansaris
Der Sultan just auf einer der Terrassen
Des Schlosses, die hinaus ins Meer sie sehen ließ,
Erwartungsvoll den Ausgang abzupassen.
Ein sanfter Zephyr schien *die Frau* herbei zu wehn.
Doch, um sich nicht zu viel auf Wunder zu verlassen,
Winkt itzt Almansaris, und hundert Sklaven gehn
Bis an den Hals ins Meer, der Schönen beizustehn.

49.

Man sagt, der Sultan selbst sei an den Strand gekommen,
Und habe sie, von einem Idschoglan[2],
Der aus dem strudelnden Schaum bis zur Terraß hinan
Sie auf dem Rücken trug, selbst in Empfang genommen.
Man konnte zwar nicht hören was er sprach,
Doch schien er ihr viel Höfliches zu sagen,
Und, weil's an Zeit und Freiheit ihm gebrach,
Sein Herz ihr, wenigstens durch Blicke, anzutragen.‹

50.

Wie dem auch sei, dies ist gewiß,

(Fährt Fatme fort) daß sich Almansaris
Der schönen Schwimmerin gar freundlich und gewogen
Bewiesen hat, und ihr viel Schönes vorgelogen,
Wiewohl der Fremden seltner Reiz
Ihr gleich beim ersten Blick Almansors Herz entzogen;
Und daß sie ein Gemach bereits
Im Sommerhaus der Königin bezogen.«

                              51.

Angst, Freude, Lieb und Schmerz, malt, wahrend Fatme spricht,
Sich wechselsweis in Hüons Angesicht.
Daß es Amanda sei, scheint ihm, je mehr er denket,
Je minder zweifelhaft. Es zeigt sich sonnenklar,
Daß Oberon, wiewohl noch unsichtbar,
Die Zügel seines Schicksals wieder lenket.
»Wohlan denn, Freunde, ratet nun,
Was meinet ihr? was ist nunmehr zu tun?«

                              52.

»Dem Sultan mit Gewalt Amanden zu entreißen,
Das würde Roland selbst nicht wagen gut zu heißen«,
Erwidert Scherasmin; »wiewohl es ratsam ist,
Uns ingeheim, auf alles was geschehen
Und nicht geschehen kann, mit Waffen zu versehen.
Doch vor der Hand versuchen wir's mit List!
Wie, wenn ihr, da ihr euch doch nicht des Grabens schämet,
Bei Ibrahim als Gärtner Dienste nähmet?

                              53.

Gesetzt, er macht auch Anfangs Schwierigkeit,
Er sieht euch schärfer an, und schüttelt
Sein weises Haupt; mir ist dafür nicht leid:
Ein schöner Diamant hat manches schon vermittelt.
Laßt diese Sorge mir, Herr Ritter! Zwischen heut
Und morgen sehn wir euch, trotz aller Schwierigkeit,
Zu einem Gärtnerschurz betitelt;[3]
Das weitere überlaßt dem Himmel und der Zeit.«

54.

Der Vorschlag däucht dem Ritter wohl ersonnen,
Und wird nun ungesäumt und klüglich ausgeführt.
Der alte Ibrahim ist bald so gut gewonnen,
Daß er den Paladin zum Neffen adoptiert,
Zu seinem Schwestersohn, der von Damask gekommen,
Und in der Blumenzucht besonders viel getan;
Kurz, Hüon wird zum Gärtner angenommen,
Und tritt sein neues Amt mit vielem Anstand an.

Anmerkungen

1 *Laudan,* X. 43. *Laudanum,* eine aus Opium zubereitete Armei von der Erfindung des berühmten Paracelsus, steht hier für jedes andere Kordial.

2 *Idschoglan,* X. 49. Name einer Art von Pagen des Türkischen Hofes, die im dritten Hofe des *Serail* neben dem Divan wohnen, und in vier *Odas* oder Klassen abgeteilt sind, von welchen die vierte unmittelbar zur Bedienung der Person des Sultans bestimmt ist. Vermöge einer den Dichtem immer zugestandenen Freiheit wird hier vorausgesetzt, daß ungefähr dieselbe Einrichtung auch am Hofe des Königs von Tunis Statt gefunden habe.

3 *Betitelt,* mit einem rechtsgültigen Grunde (titulo juris) zum Anspruch an etwas versehen, X. 53; »zu einem Gärtnerschurz betitelt«, statt *berechtigt,* ist in dieser Bedeutung neu gestempelt.

Eilfter Gesang

1.

Die Hoffnung, die ihr schimmerndes Gefieder
Um Hüon wieder schwingt, Sie, die er einzig liebt,
Bald wieder sein zu sehn, die goldne Hoffnung gibt
Ihm bald den ganzen Glanz der schönsten Jugend wieder.
Schon der Gedanke bloß, daß sie so nah ihm ist,
Daß dieses Lüftchen, das ihn kühlet,
Vielleicht Amandens Wange kaum geküßt,
Vielleicht um ihre Lippen kaum gespielet;

2.

Daß diese Blumen, die er bricht
Und malerisch in Kränz und Sträuße flicht,
Um in den Harem sie, wie üblich ist, zu schicken,
Vielleicht Amandens Locken schmücken,
Ihr schönes Leben vielleicht an ihrer lieblichen Brust
Verduften, – der Gedank erfüllt ihn mit Entzücken;
Das schöne Rot der Sehnsucht und der Lust
Färbt wieder seine Wang und strahlt aus seinen Blicken.

3.

Die heiße Tageszeit vertritt das Amt der Nacht
In diesem Land, und wird verschlummert und verträumet.
Allein, so bald der Abendwind erwacht,
Fragt Hüon, den die Liebe munter macht,
Schon alle Schatten an, wo seine Holde säumet?
Er weiß, die Nacht wird hier mit Wachen zugebracht;
Doch darf sich in den Gärten und Terrassen
Nach Sonnenuntergang nichts Männlichs sehen lassen.

4.

Die Damen pflegen dann, beim sanften Mondesglanz
Bald paarweis, bald in kleinen Rotten,
Die blühenden Alleen zu durchtrotten;
Und ziert die Fürstin selbst den schönen Nymphenkranz,
Dann kürzt Gesang und Saitenspiel und Tanz

Die träge Nacht; drauf folgt in stillen Grotten
Ein Bad, zu dem Almansor selbst (so scharf
Gilt hier des Wohlstands Pflicht) sich niemals nähern darf.

5.

Amanden (die, wie unser Ritter glaubte,
Im Harem war) zu sehn, blieb keine Möglichkeit,
Wofern er nicht sich um die Dämmrungszeit
Im Garten länger säumt als das Gesetz erlaubte.
Er hatte dreimal schon die unruhvollste Nacht
In einem Busch an dem vorbei zu gehen
Wer aus dem Harem kam genötigt war, durchwacht,
Gelauscht, geguckt, und ach! Amanden nicht gesehen!

6.

Fußfällig angefleht von Fatme, Ibrahim
Und Scherasmin, ihr und sein eignes Leben
So offenbar nicht in Gefahr zu geben,
Wollt er, wiewohl der Sonnenwagen ihm
Zu schnell hinab gerollt, am vierten Abend (eben
Zur höchsten Zeit) sich noch hinweg begeben,
Als plötzlich, wie er sich um eine Hecke dreht,
Almansaris ganz nahe vor ihm steht.

7.

Sie kam, gelehnt an ihrer Nymphen eine,
Um, lechzend von des Tages strengem Brand,
Im frischen Duft der Pomeranzenhaine
Sich zu ergehn. Ein leichtes Nachtgewand,
So zart als hätten Spinnen es gewebet,
Umschattet ihren Leib, und nur ein goldnes Band
Schließt's um den Busen zu, der durch die dünne Wand
Mit schöner Ungeduld sich durchzubrechen strebet.

8.

Nie wird die Bildnerin Natur
Ein göttlicher Modell zu einer Venus bauen
Als diesen Leib. Sein reizender Kontur

Floß wellenhaft, dem feinsten Auge nur
Bemerklich, zwischen dem Genauen
Und Überflüssigen, so weich, so lieblich hin,
Schwer war's dem kältsten Josefssinn,
Sie ohne Lüsternheit und Sehnsucht anzuschauen!

9.

Es war in jedem Teil, was je die Phantasie
Der Alkamenen und Lysippen
Sich als das Schönste dacht und ihren Bildern lieh;
Es war Helenens Brust, und Atalantens Knie,
Und Ledas Arm, und Erigonens Lippen.
Doch bis zu jenem Reiz erhob die Kunst sich nie,
Der stets, so bald dazu die Lust in ihr erwachte,
Sie zur Besiegerin von allen Herzen machte.

10.

Der Geist der Wollust schien alsdann
Mit ihrem Atem sich den Lüften mitzuteilen,
Die um sie säuselten. Von Amors schärfsten Pfeilen
Sind ihre Augen voll, und wehe dann dem Mann,
Der mit ihr kämpfen will! Denn, könnt er auch entgehen
Dem feurig schmachtenden Blick, der ihn so lieblich kirrt,
Wie wird er diesem Mund voll Lockungen, wie wird
Er seinem Lächeln widerstehen?

11.

Wie dem Sirenenton der zauberischen Stimme.
Der des Gefühls geheimste Saiten regt?
Der in der Seele Schoß die süße Täuschung trägt,
Als ob sie schon in Wollustseufzern schwimme?
Und wenn nun, eh vielleicht die Weisheit sich's versah,
Verrätrisch jeder Sinn, zu ihrem Sieg vereinigt,
Den letzten Augenblick der Trunkenheit beschleunigt:
O sagt, wer wäre dann nicht seinem Falle nah?

12.

Doch, ruhig! Fern ist noch und ungewiß vielleicht

Der Schiffbruch, der uns itzt fast unvermeidlich däucht.
Zu fliehen – sonst auf alle Fälle
Das klügste – ging in diesem Augenblick
Nicht an – sie war zu nah – wiewohl an Hüons Stelle
Ein wahrer Gärtner doch geflohen wär. Zum Glück,
Hilft, falls sie fragt, ein Korb mit Blumen und mit Früchten.
Den er im Arme trägt, ihm eine Antwort dichten.

                              13.

Natürlich stutzt die schöne Königin,
In ihrem Wege hier auf einen Mann zu treffen.
»Was machst du hier?« fragt sie den Paladin
Mit einem Blick, der jedem andern Neffen
Des alten Gärtners tödlich war.
Doch Hüon, unterm Schirm gesenkter Augenlider,
Läßt auf die Kniee sich mit edler Ehrfurcht nieder,
Und stellt den Blumenkorb ihr als ein Opfer dar.

                              14.

Er hatte, (spricht er) bloß es ihr zu überreichen,
Die Zeit versäumt, die allen seines gleichen
Die Gärten schließt. Hat er zu viel getan,
So mag sein Kopf den raschen Eifer büßen.
Allein die Göttin scheint in einen mildern Plan
Vertieft, indes zu ihren Füßen
Der schöne Frevler liegt. Sie sieht ihn gütig an,
Und scheint mit Mühe sich zum Fortgehn zu entschließen.

                              15.

Den schönsten Jüngling, den sie jemals sah – und schön
Wie Helden sind, mit Kraft und Würde – fremde
Der Farbe nach – in einem Gärtnerhemde –
Dies schien ihr nicht natürlich zuzugehn.
Gern hätte sie mit ihm sich näher eingelassen,
Hielt nicht der strenge Zwang des Wohlstands sie zurück.
Sie winkt ihm endlich weg; doch scheint ein Seitenblick,
Der ihn begleitet, viel, sehr viel in sich zu fassen.

16.

Sie schreitet langsam fort, stillschweigend, dreht sogar
Den schönen Hals, ihm hinten nachzusehen,
Und zürnt, daß er dem Wink so schnell gehorsam war.
War er, den Blick, der ihn erklärte, zu verstehen,
Zu blöde? Fehlt's vielleicht der reizenden Gestalt
An Seele? Trügt das ungeduldge Feuer
In seinem Auge? Macht Gefahr ihn kalt?
Wie, oder sucht er hier ein andres Abenteuer?

17.

Ein andres? – Dieser Zweifel hüllt
Ihr plötzlich auf, was sie sich selber zu gestehen
Errötet. Unruhvoll, verfolgt von Hüons Bild,
Irrt sie die ganze Nacht durch Lauben und Alleen,
Horcht jedem Lüftchen das sich regt
Entgegen, jedem Blatt, das an ein andres schlägt:
»Still!« spricht sie zur Vertrauten, »laß uns lauschen!
Mir däucht, ich hörte was durch jene Hecke rauschen.«

18.

»Es ist vielleicht der schöne Gärtner«, spricht
Die schlaue Zof, »er ist, wofern mich alles nicht
An ihm betrügt, der Mann sein Leben dran zu setzen,
Um hier, im Hinterhalt, an einen Busch gedrückt,
Mit einem Anblick sich noch einmal zu ergetzen,
Der ihn ins Paradies verzückt.
Wie wenn wir ihn ganz leise überraschten,
Und auf der frischen Tat den schönen Frevler haschten?«

19.

»Schweig, Närrin«, spricht die Haremskönigin;
»Du faselst, glaub ich, gar im Traume?«
Und gleichwohl richtet sie geraden Wegs zum Baume,
Woher das Rauschen kam, die leichten Schritte hin.
Es war ein Eidechs nur gewesen,
Der durchs Gesträuch geschlüpft. – Ein Seufzer, halb erstickt,
Halb in den Strauß, den sie zum Munde hielt, gedrückt.

Bekräftigt was Nadin' in ihrem Blick gelesen.

20.

Unmutig kehrt sie um, und mit sich selbst in Zwist,
Beißt sich die Lippen, seufzt, spricht etwas, und vergißt
Beim dritten Wort schon was sie sagen wollte,
Zürnt, daß Nadine nicht die rechte Antwort gibt,
Und nicht errät, was sie erraten sollte;
Die schöne Dame ist, mit Einem Wort – verliebt!
Sogar ihr Blumenstrauß erfährt's – wird, ohn ihr Wissen,
Zerknickt, und, Blatt für Blatt, verzettelt und zerrissen.

21.

Drei Tage hatte nun das Übel schon gewährt,
Und war, durch Zwang und Widerstand genährt,
Mit jeder Nacht, mit jedem Morgen schlimmer
Geworden. Denn, so bald der Abendschimmer
Die bunten Fenster malt, verläßt sie ihre Zimmer,
Und streicht, nach Nymphen-Art, mit halb entbundnem *Haar,*
Durch alle Gartengäng und Felder, wo nur immer
Den *Neffen Ibrahims* zu finden möglich war.

22.

Allein, vergebens lauscht ihr Blick, vergebens pochte
Ihr Busen Ungeduld: der schöne Gärtner ließ
Sich nicht mehr sehn, was auch die Ursach heißen mochte.
Unglückliche Almansaris!
Dein Stolz erliegt. »Wozu dich selbst noch länger quälen,
(Denkt sie) und was dich nagt Nadinen, die gewiß
Es lange merkt, aus Eigensinn verhehlen?
Verheimlichung heilt keinen Schlangenbiß.«

23.

Sie wähnt, sie suche Trost an einer Freundin Busen;
Doch was sie nötig hat ist eine Schmeichlerin.
In dieser Hofkunst war Nadine Meisterin.
Der Saft von allen Pompelmusen
In Afrika erfrischte nicht so gut

Der wollustatmenden Sultanin gärend Blut,
Als dieser Freundin Rat und zärtliches Bemühen,
Den Mann, den sie begehrt, bald in ihr Netz zu ziehen.

24.

Um Mitternacht und bei verschloßnen Türen
Ihn in den Teil des Harems einzufahren
Worin Almansaris ganz unumschränkt befahl,
Schien nicht so schwierig, seit der Sultan, ihr Gemahl,
Der Leidenschaft zur schönen Zoradinen
(Wie sich die junge Fremde hieß
Die durch ein Wunder jüngst an diesem Strand erschienen)
Ganz öffentlich und frei sich überließ.

25.

Die Amme hatte sich im Schließen nicht betrogen;
Es war Amanda selbst, die aus der Räuber
Macht Titania durch einen Blitz gezogen
Und unverletzt an diesen Strand gebracht.
Ihr wißt, was sich begab als sie ans Land gekommen;
Wie ihr Almansor stracks sein flüchtig Herz geweiht,
Und wie mit neidischer verstellter Zärtlichkeit
Almansaris sie aufgenommen.

26.

Der Sultan war vielleicht der allerschönste Mann
Auf den die Sonne je geschienen,
Und wußte dessen sich so siegreich zu bedienen,
Daß ihm noch nie ein weiblich Herz entrann.
Zum ersten Mal bei dieser Zoradinen
Verlor er seinen Ruhm. Für Sie ist nur Ein Mann
Auf Erden; Sie hat keine Augen, keinen
Gedanken, keinen Sinn, als nur für diesen Einen.

27.

Die Würde ohne Stolz, die edle Sicherheit,
Die anstandvolle, unverstellte
Gleichgültigkeit und ungezwungne Kälte,

241

Womit sie ihn, der hier befehlen kann, so weit
Von sich zu halten weiß, daß er, wie sehr er brennet,
Ihr kaum durch einen stummen Blick
Zu klagen wagt, – dies alles sieht und nennet
Almansaris der Buhlkunst Meisterstück.

28.
Gewohnt, des Sultans Herz nach ihrer Lust zu drehen
Zu herrschen über ihn, im Harem unbeschränkt
Zu herrschen, könnte sie den Zepter ungekränkt
Von dieser Fremden aus der Hand sich spielen sehen?
Zwar leiht sie ihrem Haß ein lächelndes Gesicht,
Und tut als zweifle sie an Zoradinen nicht;
Doch überall ist's in des Harems Mauern
Verborgner Augen voll, die all ihr Tun belauern.

29.
Allein, seitdem des schönen Gärtners Reiz
Mit Amors schärfstem Pfeil ihr stolzes Herz durchdrungen
Hat Lustbegier die Eifersucht verschlungen.
Ihr Ehrgeiz weicht nun einem süßern Geiz,
Dem Geiz nach seinem Kuß. Ihn wieder zu besiegen
Ist nun ihr einzger Stolz. Mag doch die ganze Welt
Zu Zoradinens Füßen liegen,
Wenn Sie nur den sie liebt in ihren Armen hält!

30.
Sie selbst befördert nun den Anschlag – Zoradinen,
Entfernt von ihr, in einem andern Teil
Des Harems, den Almansor schon in Eil
Für sie bereiten ließ, anständger zu bedienen:
Der Fremden wahrer Stand, wiewohl sie ihn noch nicht
Gestanden, mache dies zu einer Art von Pflicht;
Beim ersten Anblick könn es keinem Aug entgehen,
Sie sei gewohnt nichts über sich zu sehen.

31.
Indem Almansaris, mit listger Höflichkeit,

Auf diese Weise sich in ihren eignen Zimmern
Von einer Zeugin, die ihr lästig ist, befreit,
Läßt, ohne sich um sie, und wie sie sich die Zeit
Vertreiben kann und will, im mindesten zu kümmern,
Almansor, der nun ganz sich seiner Liebe weiht,
Ihr freien Raum, Entwürfe auszubrüten,
Wozu im Harem ihr sich hundert Hände bieten.

32.

Unmäßig grämt indes der schöne Gärtner sich,
Daß ihm – der schon seit mehr als sieben Tagen
Die Mauern, wo Amanda traurt, umschlich,
(Denn daß sie traurt, das kann sein eignes Herz ihm sagen)
Das holde Weib auch durch ein Gitter nur
Zu sehn, nur ihres leichten Fußes Spur,
(Er würd ihn, o gewiß! aus tausenden erkennen!)
Die unmitleidigen Gestirne noch mißgönnen.

33.

Er wirft sich unmutsvoll bei seinen Freunden hin:
»Könnt ihr, wenn ihr mich liebt, denn keinen Weg ersinnen,
Nur einen einzgen Mund im Harem zu gewinnen,
Der meinen Namen nur und daß ich nah ihr bin
Ins Ohr ihr flüstre?« – »Still! da kommt mir was zu Sinn«,
Ruft Fatme aus, »Ihr sollt ihr einen Mahneh[1] schicken!
Geht nur, die Blumen, die uns nötig sind, zu pflücken;
In dieser Sprache bin ich eine Meisterin.«

34.

Und Hassan eilt, wie Fatme ihm befohlen,
Ein Myrtenreis, und Lilien, und Schasmin,
Und Rosen und Schonkilien herzuholen.
Drauf heißt sie ihn ein Haar aus seinen Locken ziehn,
Nimmt dünnen goldnen Draht, und windet
Und dreht das Haar mit ihm zusammen, bindet
Den Strauß damit, und drein ein *Lorberblatt,*
Worauf er A und H, verschränkt, gekritzelt hat.

35.

»Nun«, spricht sie, »wenn ich's noch mit *Zimmetwasser* netze,
So ist's der schönste Brief, den je ein Herzensdieb
Von eurer Art an seine Liebste schrieb.
Wollt ihr, daß ich's geschwind euch übersetze?«
»Verliere keine Zeit«, ruft Hüon, »tausend Dank!
Du kannst nicht bald genug mir eine Antwort bringen;
Die Liebe schütze dich und laß es dir gelingen!
Geh, wir erwarten dich auf dieser Rasenbank.«

36.

Die gute Fatme ging. Allein, weil ihr kein Zimmer
Im innern Teil des Harems offen stand,
So lief der Strauß durch manche Sklavenhand,
Und ward zuletzt (wie sich der Zufall immer
In alles ungebeten mischt)
Durch einen Irrtum von Nadinen aufgefischt,
Und ihrer Königin, nachdem sie erst durch Fragen
Das Wie und Wann erforscht, frohlockend zugetragen.

37.

Weil Fatme diesen Brief gebracht,
Die Sklavin Ibrahims, so konnte der Verdacht
Auf keinen andern als den schönen Hassan fallen;
Und daß er aus des Harems Schönen allen
Der Schönsten gelten muß, scheint eben so gewiß,
Zumal nach dem was jüngst sich zugetragen.
Was könnte denn das A und H sonst sagen,
Als – Hassan und Almansaris?

38.

Und hätte sie, wiewohl es nicht zu glauben,
Auch eine Nebenbuhlerin;
Nur desto mehr Triumph für ihren stolzen Sinn,
Der Feindin mit Gewalt die Beute wegzurauben!
Die Eifersucht, die dies auf einmal rege macht,
Vereinigt sich mit andern sanftern Trieben,
Nicht länger als bis auf die nächste Nacht

Den schönen Sieg, nach dem sie dürstet, zu verschieben.

39.

Indessen kommt, entzückt von ihres Auftrags Glück,
Und ohne Argwohn, hintergangen
Zu sein, fast atemlos, mit glühend roten Wangen
Vor Freud und Hastigkeit, die Amme nun zurück.
Ihr Blick ist schon von fern als wie ein Sonnenblick
Aus Wolken, die sich just zu teilen angefangen.
» Herr Ritter (raunt sie ihm ins Ohr) was gebt ihr mir,
So öffnet heute noch sich euch die Himmelstür!

40.

Mit Einem Wort, ihr sollt Amanden sehen!
Noch heut, um Mitternacht, wird euch die kleine Tür
Ins Myrtenwäldchen offen stehen:
Der Sklavin, die euch dort erwartet, folget ihr
Getrost wohin sie geht, und fürchtet keine Schlingen;
Sie wird euch unversehrt an Ort und Stelle bringen.«
Das gute Weib, dem nichts von Arglist schwant,
Verläßt sich auf den Weg, den sie ihm selbst gebahnt.

41.

»Wie hoch, o Fatme! bin ich dir verbunden!«
Ruft Hüon aus – »Ich soll sie wiedersehn!
Noch *diese* Nacht! Und wär's, durch tausend Wunden
Unmittelbar von Ihr in meinen Tod zu gehn,
Kaum würde weniger die Nachricht mich erfreuen!«
»Mein bester Herr, ich habe guten Mut;
Die Sterne sind uns hold, ihr werdet sie befreien,
(Spricht Scherasmin) und alles wird noch gut!

42.

Gebt mir drei Tage nur, um heimlich eine Pinke
Zu mieten, die nicht fern in einer sichern Bucht
Vor Anker liegen soll, bereit, beim ersten Winke,
So bald der Augenblick zur Flucht
Uns günstig wird, frisch in die See zu stechen.

Noch läßt's das Kästchen uns an Mitteln nicht gebrechen;
Nur Gold genug, so ist die Welt zu Kauf;
Ein goldner Schlüssel, Herr, schließt alle Schlösser auf!«

43.

Indes daß unser Held die Zeit von seinem Glücke
Mit Ungeduld an seinem Pulse zählt,
Und, weil sein Puls mit jedem Augenblicke
Behender schlägt, sich immer überzählt,
Seufzt, nicht geduldiger, die reizende Sultane,
Gerüstet schon zum Sieg, die Mitternacht herbei.
Gefällig bot der Zufall ihrem Plane
Die Hand, und machte sie von allen Seiten frei.

44.

Ein großes Fest, der schönen Zoradinen
Zu Ehren im Palast vom Sultan angestellt,
Wobei die Odalisken all' erschienen,
Gab ihr in ihrem Teil des Harems offnes Feld.
Daß sich Almansaris für überflüssig hält
Bei dieser Lustbarkeit, schien keinem ungebührlich:
Im Gegenteil, man fand das Kopfweh sehr natürlich.
Das, wie gebeten, sie auf einmal überfällt.

45.

Die Stunde ruft. Der schöne Gärtner nahet
Sich leise durchs Gebüsch der kleinen Gartentür.
Wie klopft sein Herz! Ihm fehlt der Atem schier,
Da eine weiche Hand im Dunkeln ihn empfahet,
Und sanft ihn nach sich zieht. Stillschweigend folgt er ihr,
Mit leisem Tritt, bald auf bald ab, durch enge
Sich oft durchkreuzende lichtarme Bogengänge,
Und nun entschlüpft sie ihm vor einer neuen Tür.

46.

»Wo sind Wir?« flüstert er und tappt mit beiden Händen.
Auf einmal öffnet sich die Tür.
Ein matter Schein (Wie wenn sich, zwischen Myrtenwänden

Mit Efeu überwölbt, in einem Frühlingshain
Der Tag verliert) entdeckt ihm eine Reihe Zimmer
Die ohne Ende scheint; und, wie er vorwärts geht,
Wird unvermerkt das matte Licht zu Schimmer,
Der Schimmer schnell zum höchsten Glanz erhöht.

47.

Er steht betroffen und geblendet
Von einer Pracht, die alles, was er je
Gesehn, beschämt; so sehr ist Gold und Lapis Lazuli,
Und was Golkond und Siam Reiches sendet,
Mit stolzer Üppigkeit hier überall verschwendet.
Doch unbefriedigt sucht sein liebend Auge – Sie.
»Wo ist Sie?« seufzt er laut. Kaum ist sein »Ach!« entflogen,
So wird, in einem Blitz, ein Vorhang weggezogen.

48.

Zu beiden Seiten rauscht der reiche Goldstoff auf,
Und welch ein Schauspiel zeigt sich seinen starren Blicken!
Ein goldner Thron, und eine Dame drauf,
So wie ein Bildner sich, verloren in Entzücken,
Die Liebesgöttin denkt. Zwölf Nymphen, jede jung
Und voller Reiz, wie Amors Schwestern, schweben
In Gruppen rings umher, – um, gleich der Dämmerung,
Den steigenden Triumph der Sonne zu erheben.

49.

Von rosenfarbner Seide kaum
Beschattet, schienen sie, zu ihrer Dame Füßen,
Wie Wölkchen, die in einem Dichtertraum
Um Cythereens Wagen fließen.
Sie selbst, im reichsten Putz und mit Juwelen ganz
Belastet, zeigt ihm bloß, daß all dies bunte Funkeln
Nicht fähig ist, den angebornen Glanz
Von ihrer Schönheit zu verdunkeln.

50.

Herr Hüon, (der sich nun der Gärtner Hassan nennt)

So wie sein Auge sich zu ihr erhebt – erkennt
Almansaris, erschrickt, verwirrt sich, wankt zurücke.
Dies allverblendende wollüstge Traumgesicht,
Was soll es ihm? – Er sieht Amanden nicht!
Sie suchte hier sein Herz, Sie suchten seine Blicke.
Almansaris, die sehr verzeihlich irrt,
Glaubt, daß ihr Glanz allein ihn blendet und verwirrt.

51.

Sie steigt vom Thron herab, kommt lächelnd ihm entgegen
Und nimmt ihn bei der Hand, und scheint bereit, für ihn
Die Majestät, vor der ihm schwindelt, abzulegen,
Und allen Vorteil bloß von ihrem Reiz zu ziehn.
Unmerklich wird ihr Anstand immer freier;
In ihren Augen brennt ein lieblich lodernd Feuer
Und spielt elektrisch sich in seinen Busen ein;
Sie drückt ihm sanft die Hand, und heißt ihn fröhlich sein.

52.

Halb unentschlossen scheint sein Blick ihr was zu sagen:
Sie winkt die Nymphen weg, und weg ist auch sein Mut;
Er scheint zu furchtsam nur die Augen aufzuschlagen.
Die Szene ändert sich. Ein zweiter Vorhang tut
Sich auf. Almansaris führt ihren blöden Hirten
In einen andern Saal, wo rings umher die Wand
Bekleidet war mit Rosen und mit Myrten,
Und mit Erfrischungen ein Tisch beladen stand.

53.

Beim Eintritt werden sie mit Sang und Klang empfangen,
Aus Saiten und Gesang ertönt der Freude Geist;
Und Hassan setzt, wie ihm's die Dame heißt,
Ihr gegenüber sich. Errötendes Verlangen
Und schöne Ungeduld bekennet, furchtsam dreist,
In ihrem schwimmenden Blick, auf ihren glühenden Wangen
Ihm seinen Sieg: allein, aus seinen Augen bricht
Wie aus Gewölk ein traurig düstres Licht.

54.

Zwar irrt, nicht blöde mehr, sein Blick von freien Stücken
Auf ihren Reizungen umher;
Doch nicht aus Liebe, nicht mit schmachtendem Entzücken,
Nicht, wie sie wünscht, vom Tau wollüstger Tränen schwer.
Er ist zerstreut, er scheint sie zu vergleichen,
Und jeder Reiz, der ihm nachstellend sich enthüllt,
Malt nur lebendiger Amandens edles Bild,
Und muß, beschämt, dem keuschen Reize weichen.

55.

Vergebens reicht sie ihm den blinkenden Bokal
Mit einem Blick, der Amors ganzen Köcher
In seinen Busen schießt. Beim frohsten Göttermahl
Reicht ihrem Herkules den vollen Nektarbecher
Mit süßerm Lächeln selbst die junge Hebe nicht.
Umsonst! Mit frostigem Gesicht
Nimmt er den Becher an, den kaum ihr Mund berührte,
Und trinkt, als ob er Gift auf seiner Zunge spürte.

56.

Die Damewinkt; und schnell schlingt sich die Schwesterschar
Der Nymphen, die vorhin den goldnen Thron umgaben,
In einen Tanz, der Tote auf der Bahr
Mit neuen Seelen zu begaben,
Und Geister zu verkörpern fähig war.
In Gruppen bald verwebt, bald wieder Paar und Paar,
Sieht Hüon hier die lieblichsten Gestalten
In tausendfachem Licht freigebig sich entfalten.

57.

Vielleicht zu deutlich nur, scheint alles abgezielt
Begierden ihm und Ahnungen zu geben:
Er fühl es immerhin, denkt sie, wenn er nur fühlt,
Wie reich das Schauspiel ist das hier die Schönheit spielt!
Wie reizend ist der Arme leichtes Schweben,
Der Hüften üppiger Schwung, der Knöchel wirbelnd Beben!
Wie schmachtend fallen sie, mit halb geschloßnem Blick,

Als wie in süßen Tod itzt stufenweis zurück!

58.

Unwillig fühlt die überraschten Sinnen
Der edle Mann in dieser Glut zerrinnen.
Er schließt zuletzt die Augen mit Gewalt,
Und ruft Amandens Bild zum mächtgen Gegenhalt;
Amandens Bild, aus jener ernsten Stunde,
Als er, den Druck noch warm auf seinem Munde
Von ihrem Kuß, zu Dem, der die Natur
Erfüllt und trägt, den Eid der Lieb und Treue schwur.

59.

Er schwöret ihn, aufs neue, in Gedanken
Auf seinen Knien vor diesem heilgen Bild:
Und plötzlich ist's als hielt' ein Engel seinen Schild
Vor seine Brust, so matt und kraftlos sanken
Der Wollust Pfeile von ihr ab.
Almansaris, die Acht auf alles gab
Was ihr sein Blick verriet, klopft schnell in ihre Hände,
Und macht in einem Wink dem üppgen Tanz ein Ende.

60.

Und ob sie gleich mit Müh kaum über sich gewann,
Dem marmorharten jungen Mann
In ihren Armen nicht Empfindung abzuzwingen,
Versucht sie doch noch eins, das schwerlich fehlen kann:
Sie läßt sich ihre Laute bringen.
Auf ihrem Polstersitz mit Reiz zurück gelehnt,
Und, zum Bezaubern fast, durch ihre Glut verschönt,
Was wird ihr durch die Gunst der Musen nicht gelingen?

61.

Wie rasch durchläuft in lieblichem Gewühl
Der Rosenfinger Flug die seelenvollen Saiten!
Wie reizend ist dabei aus ihrem offnen weiten
Rückfallenden Gewand der schönen Arme Spiel!
Und, da aus einer Brust, die Weise zu betören

Vermögend war, das mächtige Gefühl
Sich in Gesang ergießt, wie kann er sich erwehren
Auf seinen Knien die Göttin zu verehren?

62.

Süß war die Melodie, bedeutungsvoll der Sinn.
Es war das Lied von einer Schäferin,
Die lange schon ein Feur, das keine Rast ihr gönnet,
Verbarg – doch nun dem allgewaltgen Drang
Nicht länger widersteht, und dem, der sie bezwang,
Errötend ihre Pein und seinen Sieg bekennet.
Das Lied stand zwar im Buch; allein, so wie sie sang,
Singt keine, die nicht selbst in gleichen Flammen brennet.

63.

Hier weicht die stolze Kunst der siegenden Natur;
So lieblich girrt der Venus Taube nur!
Die Sprache des Gefühls, so mächtig ausgesprochen,
Der schönen Töne klarer Fluß
Durch kleine Seufzerchen so häufig unterbrochen,
Der Wangen höhers Rot, des Busens schnellers Pochen,
Kurz, alles ist vollströmender Erguß
Der Leidenschaften, die in ihrem Innern kochen.

64.

Im Übermaß von dem was sie empfand
Fällt ihr zuletzt die Laute aus der Hand.
Die Arme öffnen sich – Doch, Hüon, dem es graute,
Greift eilends noch im Fallen nach der Laute
Wie ein Begeisterter, und stimmt mit mächtgem Ton
Die Antwort an, gesteht, daß eine andre schon
Sein Herz besitzt, und daß im Himmel und auf Erden
Ihn nichts bewegen kann ihr ungetreu zu werden.

65.

Fest war sein Ton, und unbestechlich streng
Sein edler Blick. Die Zaubrerin, wider Willen,
Fühlt seine Obermacht. Sie blaßt, und Tränen füllen

Ihr zürnend Aug; die Lust kommt ins Gedräng
Mit ihrem Stolz. Sie eilt sich zu verhüllen;
Verhaßt ist ihr das Licht, der weite Saal zu eng:
Mit einem kalten Blick auf ihren
Rebellen, winket sie, ihn schleunigst abzuführen.

66.

Die Gipfel glänzten schon im ersten Purpurlichte,
Als unser Held, die Stirn in finstern Gram
Gehüllt, zurück zu seinen Freunden kam.
Erschrocken lasen sie in seinem Angesichte
Beim ersten Blick die Hälfte der Geschichte.
»Unglückliche«, spricht er zu Fatmen, die vor Scham
Zur Erde sinkt, »wohin war dir dein Sinn entflogen?
Doch – dir verzeih ich gern – du wurdest selbst betrogen.«

67.

Und als er drauf, was ihm in dieser Nacht
Begegnet war, erzählt, faßt er den guten Alten
Vorn an der Brust, und schwört: ihn soll die ganze Macht
Von Afrika nicht länger halten,
Mit Schwert und Schild, wie einem Rittersmann
Geziemt, in den Palast zu dringen,
Und seine Rezia dem Sultan abzuzwingen.
»Du siehst nun«, spricht er, »selbst, was ich mit List gewann!«

68.

Zu seinen Füßen fleht ihm Scherasmin, und lange
Vergebens, nur drei Tage noch dem Zwange
Der nötigen Verborgenheit Sich in Geduld zu untergeben,
Und nicht durch einen Schritt, den selbst die Tapferkeit
Verzweifelt nennt, sein und Amandens Leben
Zu wagen; bittet nur um diese kurze Zeit,
Um jedes Hindernis von seiner Flucht zu heben.

69.

Auch Fatme fleht auf ihren Knieen, streckt
Ihr Haupt der Rache dar, wofern sie zu Amanden

Ihm binnen dieser Frist den Zugang nicht entdeckt.
Sie schwört, zum zweiten Mal soll kein Betrug zu Schanden
Sie machen – Kurz, der Ritter selber fühlt,
Daß ihm sein Unmut nicht den besten Weg empfiehlt
Er gibt sein Wort, und kehret in den Garten
Zurück, um seines Diensts und des Erfolgs zu warten.

Anmerkungen

1 *Mahneh*, XI. 33, auch *Salam genannt, ist* eine unter den Türken und Maurischen Sarazenen gewöhnliche Art von geheimen Liebesbriefen, wobei Blumen, Spezereien und tausend andere Dinge, als symbolische Zeichen, die eine gewisse abgeredete Bedeutung haben, statt der Worte gebraucht werden. In Plants Türkischem Staatslexikon ist ein Beispiel davon gegeben, wo eine Weinbeere, ein Strohhalm, eine Jonquille, ein seidener Faden, Papierschnitzel, ein Schwefelhölzchen, eine Pistazie, eine verwelkte Tulpe und ein Stückchen Goldfaden, in einem Beutel der Geliebten überschickt, ihr ungefähr so viel sagen, als: »Holdes Mädchen, erlaube daß ich dein Sklave sei und laß dir meine Liebe gefallen. Ich brenne vor Sehnsucht nach dir, und diese Flamme verzehrt mein Herz. – Meine Sinne verwirren sich. Ach möchten wir doch zusammen auf Einem Bette ruhen! Ich sterbe wenn du mir nicht bald zu Hülfe kommst.« – Eine ähnliche Probe teilt Lady Worthley Montague im vierzigsten der oben angezogenen Briefe ihrer Korrespondentin mit. Ihrem Berichte nach ist mit jedem symbolischen Zeichen dieser geheimen Sprache ein gewisser Vers aus einem Dichter kombiniert; und sie sagt, sie glaube, es sei eine Million Verse zu diesem Gebrauch bestimmt; – was, wenn wir auch neun Zehnteile von der Million fahren lassen, diese Sprache zu einer der schwersten in der Welt machen würde.

Zwölfter Gesang

1.

Indessen sucht auf Polstern von Damast
Almansaris, mit Amors wildstem Feuer
In ihrer Brust, umsonst nur eine Stunde Rast.
Ist's möglich, oder hat das schnöde Abenteuer
Der letzten Nacht ihr nur geträumt?
Ein Mann Verachtet dich, Almansaris?
Er kann Dich sehen und für eine andre brennen,
Kann dich verschmähn, und darf es dir bekennen?

2.

Zur Wut treibt der Gedanke sie;
Sie schwört sich grenzenlose Rache.
Wie häßlich wird er ihr! Ein Ungeheur, ein Drache
Ist lieblicher, als ihre Phantasie
Den Undankbaren malt – Wie lang? – In zwo Minuten
Ist sie des vorigen sich schon nicht mehr bewußt:
Bald soll er tropfenweis im Staub vor ihr verbluten,
Bald drückt sie ihn entzückt an ihre Brust.

3.

Nun steht er wieder da in seiner ganzen Schöne,
Der erste aller Erdensöhne,
Ein Held, ein Gott! – Unmöglich ist er nur
Der Neffe Ibrahims; in seinem ganzen Wesen,
In seinem Ton und Anstand ist die Spur
Von dem, was er umsonst verbergen will, zu lesen;
Wo ist der Stempel der Natur,
Der einen König macht, sichtbarer je gewesen?

4.

Er, er allein, ist ihrer wert,
Ist wert in ihrem Arm sich zu vergöttern.
Und, o! ihr fehlt ein Blitz, die Feindin zu zerschmettern
Die ihn bezaubert hält und ihr den Sieg erschwert!
»Doch, wie, Almansaris? Fühlst du dich selbst nicht besser?

Gönn ihm den kleinen Stolz, sich pfauengleich zu blähn
In seinem Heldentum! Selbst Dir zu widerstehn!
Das alles macht doch nur die Lust des Sieges größer!

5.

Bestürm ihn erst, eh du den Mut verlierst,
Mit jedem Reiz, auf den sich wahre Schönheit brüstet;
Begib, damit du ihn um so viel sicherr rührst,
Der fremden Waffen dich, womit die Kunst uns rüstet;
Er fühl und seh was Götter selbst gelüstet!
Und wenn du dann sein Herz noch nicht verführst,
Er dann dich noch verschmäht – dann, Königin, erwache
Dein Stolz, und schaffe dir die süße Lust der Rache!«

6.

So flüstert ihr aus einer Zofe Mund
Der kleine Dämon zu, den ihr, mit vollem Köcher,
Gebietrisch sitzen seht auf diesem Erdenrund!
Der alle Welt aus seinem Zauberbecher
Berauscht, und den, wer ihn nicht besser kennt,
Zur Ungebühr den *Gott der Liebe* nennt!
Denn – jeder jungen unerfahrnen Dame
Zur Nachricht sei es kund! – Asmodi ist sein Name.

7.

Almansaris, in deren warmem Blut
Schon ein *Verführer* schleicht, ist gegen den *Betrüger* Von außen, weniger als jemals auf der Hut;
Sein Anhauch nährt und fächelt ihre Glut,
Und kaum daß sie, zur Zier, dergleichen tut
Als widerstände sie, so ist Asmodi Sieger.
Die Zofe Schmeichlerin, sein würdiges Organ,
Legt den Entwurf sogleich mit vieler Klugheit an.

8.

O! raubet nun dem Blitz die Feuerschwingen,
Ihr Stunden, ihn herbei zu bringen,
Den saßen Augenblick! Zu langsam schleichet ihr

(Wie schnell ihr eilt!) der lechzenden Begier!
Doch – Sie ist's nicht allein, die jetzt Sekunden zählet:
Auch Hüon überlebt, von Ungeduld gequälet,
Den trägen Gang der drei verhaßten Tage kaum,
Und wachend und im Schlaf ist Rezia sein Traum.

9.

Der zweite Morgen war dem sehnlichen Verlangen
Der Haremskönigin nun endlich aufgegangen;
Goldlockig, schön und rosenatmend stieg
Er, wie der Herold, auf, der ihr den schönsten Sieg
Verkündigte; schon säuselt durch die Myrten,
Die, dicht verwebt, der Grotten schönste gürten,
Ein leichter Morgenwind, und tausendstimmig schallt
Der Vögel frühes Chor im nah gelegnen Wald.

10.

Doch um die Grotte her ist unterm Myrtenlaube
In ewger Dämmerung das Heiligtum der Ruh.
Hier girret nur die sanfte Turteltaube
Dem Tauber ihre Sehnsucht zu.
In diesen lieblichen Gebüschen,
Dem dunkeln Sitz verborgner Einsamkeit,
Pflegt öfters sich zur stillen Morgenzeit
Almansaris mit Baden zu erfrischen.

11.

Der anmutsvolle Morgen rief
Den schönen Hassan auf, indes noch alles schlief,
Die Blumenkörbe voll zu pflücken,
Die er an jedem Tag dem Harem zuzuschicken
Verbunden war: als ihm ein Sklav entgegen lief,
Und keichend ihm befahl die Grotte aufzuschmücken.
Der Neger fügt, zur Eil ihn anzuspornen, bei,
Daß eine Dame dort zu baden Willens sei.

12.

Verdrossen geht Herr Hüon auszurichten

Was ihm befohlen war. Er füllt mit bunten Schichten
Von Blumen, Florens ganzem Schatz,
Den größten Korb, und eilt zum angewiesnen Platz.
Fern ist's von ihm, der Sache mißzutrauen.
Allein, beim Eintritt in die Grotte fällt auf ihn
Ein dumpfes wunderbares Grauen,
Und ein verborgner Arm scheint ihn zurück zu ziehn.

13.

Betroffen setzt er seine Blumen nieder;
Doch faßt er Augenblicks sich wieder
Und lächelt seiner Furcht. Das zweifelhafte Licht,
Das unter tausendfachem Flittern
In diesem Labyrinth mit sichtbarm Dunkel ficht,
Ist ohne Zweifel Schuld an diesem kindschen Zittern,
Denkt er, und geht getrost, bei immer hellerm Schein,
Mit seinem Blumenkorb ins Innerste hinein.

14.

Hier herrscht ein Tag wie zu verstohlnen Freuden
Die schlaue Lust ein Zauberlicht sich wählt,
Nicht Tag nicht Dämmerung; er schwebte zwischen beiden,
Nur lieblicher durch das, was ihm zu beiden fehlt;
Er glich dem Mondschein, wenn durch Rosenlauben
Sein Silberlicht zerschmilzt in blasses Rot.
Der Held, wiewohl ihm hier noch nichts Gefährlichs droht,
Erwehrt sich kaum, bezaubert sich zu glauben.

15.

Was er am wenigsten sich überreden kann,
Ist, daß man hier, wo alles um und an
Von Blumen strotzt, noch Blumen nötig hätte.
Doch, wie sein Auge nun auf allen Seiten irrt,
O wer beschreibt, wie ihm zu Mute wird,
Da ihm auf einem Ruhebette
Sich eine Nymph aus Mahoms Paradies
Im vollen Glanz der reinsten Schönheit wies!

16.

In einem Licht, das zauberisch von oben
Wie eine Glorie[1] auf sie herunter strömt,
Und, durch die Dunkelheit des übrigen erhoben,
Mit ihres Busens Schnee die Lilien beschämt;
In einer Lage, die ihm Reizungen entfaltet
Wie seine Augen nie so schön entschleiert sahn;
Mehr wert als alles was zum Farren und zum Schwan
Den Jupiter der Griechen umgestaltet.

17.

Die Gaze, die nur, wie ein leichter Schatten
Auf einem Alabasterbild,
Sie hier und da umwallet, nicht verhüllt,
Scheint mit der Nacktheit selbst den Reiz der Scham zu gatten.
Weg, Feder, wo Apell und Tizian
Bestürzt den Pinsel fallen ließen!
Der Ritter steht, und bebt, und schaut bezaubert an,
Wiewohl ihm besser war die Augen zuzuschließen.

18.

In süßem Irrtum steht er da
Und glaubt, doch nur zwei Augenblicke,
(So schön ist was er sieht) er sehe Rezia.
Allein, mit Recht mißtrauisch einem Glücke
Das ihm unglaublich däucht, tritt er ihr näher, sieht,
Erkennt Almansaris, und wendet sich und flieht;
Er flieht, und fühlt im Fliehn von zwei elastisch runden
Milchweißen Armen sich gefangen und umwunden.

19.

Er kämpft den schwersten Kampf, den je seit Josefs Zeit
Ein Mann gekämpft, den edlen Kampf der Tugend
Und Liebestreu und feuervollen Jugend
Mit Schönheit, Reiz und heißer Üppigkeit.
Sein Will ist rein von sträflichem Entzücken;
Allein, wie lange wird er ihrem süßen Flehn,
Den Küssen voller Glut, dem zärtlich wilden Drücken

An ihren Busen, widerstehn?

20.

O Oberon, wo ist dein Lilienstengel,
Wo ist dein Horn in dieser Fährlichkeit?
Er ruft Amanden, Oberon, alle Engel
Und Heilige zu Hülf – Und noch zu rechter Zeit
Kommt Hülf ihm zu. Denn just, da jede Sehne
Ermatten will zu längerm Widerstehn,
Und mit wollüstger Wut ihn die erhitzte Schöne
Fast überwältigt hat, läßt sich Almansor sehn.

21.

Gleich einem angeschoßnen Wild,
Und wütend, eine Frau, die ihn verschmäht, zu lieben,
Hat er, verfolgt von Zoradinens Bild,
Schon eine Stunde sich im Garten umgetrieben:
Der Zufall leitet ihn in dieses Myrtenrund;
Er glaubt die Stimme von Almansaris zu hören,
Und, weil die Grottentür nur angelehnet stund,
Geht er hinein, sich näher zu belehren.

22.

Der Dämon, der durch seiner Priesterinnen
Gefährlichste des Ritters Treu bestritt,
Wird schon von fern an seinem Sultansschritt
Almansors nahe Ankunft innen.
»O Hülfe, Hülfe!« schreit das schnell gewarnte Weib,
Und wechselt stracks mit Hüons Ihre Rolle,
Stellt sich, als kämpfte sie um ihren eignen Leib
Mit einem Wütenden, der sie entehren wolle.

23.

Ihr wilder Blick, ihr halb zerrissenes Gewand,
Ihr fliegend Haar, des jungen Gärtners Schrecken,
Der von der unversehnen kecken
Beschuldigung wie blitzgetroffen stand,
Der Ort, wo ihn der Sultan fand;

Kurz, alles schien in ihm den Frevler zu entdecken.
»O! Allah sei gelobt!« rief die Betrügerin,
»Daß ich Almansorn selbst die Rettung schuldig bin!«

24.

Drauf, als sie schamhaft sich in alle ihre Schleier
Gewickelt, lügt sie, mit dem Ton
Der Unschuld selbst, ein falsches Abenteuer:
Wie dieser schändliche verkappte Christensohn,
Da ihr die Lust im Kühlen sich zu waschen
Gekommen, sich erfrecht sie hier zu überraschen,
Und wie sie mit Gewalt sich seiner kaum erwehrt,
Als ihn, zu größtem Glück, der Sultan noch gestört.

25.

Um von dem häßlichen Verbrechen,
Des er beschuldigt wird, den Ritter los zu sprechen,
Bedurft's nur Einen unbefangnen Blick;
Doch seinem Richter fehlt auch dieser einzge Blick.
Der Held verachtet es, mit einer Frauen Schande
Sich selbst vom Tode zu befrein;
Er schmiegt den edeln Arm in unverdiente Bande,
Und hüllet schweigend sich in sein Bewußtsein ein.

26.

Der Sultan, den sein Unmut zum Verdammen
Noch rascher macht, bleibt dumpf und ungerührt.
»Der Frevler werd in Ketten weggeführt,
(Herrscht er den Sklaven zu, die sein Befehl zusammen
Gerufen) werfet ihn in eine finstre Gruft;
Und morgen früh, so bald vom Turm der Imam ruft,
Werd er, im äußern Hof, ein Raub ergrimmter Flammen
Und seine Asche streut mit Flüchen in die Luft!«

27.

Der Edle hört sein Urteil schweigend, – blitzet
Auf das verhaßte Weib noch Einen Blick herab,
Und wendet sich, und geht in Fesseln ab,

Auf einen Mut, den nur die Unschuld gibt, gestützet.
Kein Sonnenblick erfreut das fürchterliche Grab,
Worin er nun tief eingekerkert sitzet;
Der Nacht des Todes gleicht die Nacht, die auf ihn drückt
Und jeden Hoffnungsstrahl in seinem Geist erstickt.

28.

Ermüdet von des Schicksals strengen Schlägen,
Verdrossen, stets ein Ball des Wechselglücks zu sein,
Seufzt er dem Augenblick, der ihn befreit, entgegen.
Schreckt ihn das Vorgefühl der scharfen Feuerpein:
Die Liebe hilft ihm's übertäuben;
Sie stärkt mit Engelskraft die sinkende Natur.
»Bis in den Tod (ruft er) getreu zu bleiben,
Schwor ich, Amanda, dir, und halte meinen Schwur!

29.

O daß, geliebtes Weib, was morgen
Begegnen wird, auf ewig dir verborgen,
Auf ewig auch, Dir, treuer alter Freund,
Verborgen blieb'! – Wie gern erlitt' ich unbeweint
Mein traurig Los! Doch, wenn ihr es erfahret,
Erfahret wessen ich beschuldigt ward, und mit
Dem Schmerz um meinen Tod sich noch die Schande paaret
Zu hören, daß ich nur was ich verdiente litt –

30.

O Gott! es ist zu viel auch dies noch zu erdulden!
Es büße immerhin für meine Sündenschulden
Der strengste Tod! Ich klage niemand an!
Dies einzge nur, o Oberon, gewähre
Dem, den du liebtest, noch: beschütze meine Ehre,
Beschütze Rezia! – Du weißt, was ich getan!
Sag ihr, daß ich, den heilgen Schwur der Treue
Zu halten, den ich schwor, den Feuertod nicht scheue.«

31.

So ruft er aus, und, vom Vertraun gestärkt

Daß Oberon ihn hört, berührt ihn unvermerkt
Der mohnbekränzte Gott des Schlummers
Mit seinem Stab, dem Stiller alles Kummers,
Und wieget ihn, wiewohl nur harter Stein
Sein Küssen ist, in leichte Träume ein.
Hat ihm vielleicht, zum Pfand, daß bald sein Leiden endet,
Der gute Schutzgeist selbst dies Labsal zugesendet?

32.

Noch lag die halbe Welt mit Finsternis bedeckt,
Als ihn aus seiner Ruh ein dumpfes Klirren weckt.
Ihn däucht er hör im Schloß die schweren Schlüssel drehen;
Die Eisentür geht auf, des Kerkers schwarze Wand
Erhellt ein blasser Schein, er höret jemand gehen,
Und stemmt sich auf und sieht – in schimmerndem Gewand,
Die Krone auf dem Haupt, die Lampe in der Hand,
Almansaris zu seiner Seite stehen.

33.

Sie reicht die Lilienhand ihm, reizvoll lächelnd, dar,
Und – »Wirst du«, spricht sie, »mir vergeben,
Was nur die Schuld der Not, nicht meines Herzens, war?
O du Geliebter, hängt an Deinem schönen Leben
Mein eignes nicht? Ich komme, der Gefahr
Dich zu entziehn, (trotz deinem Widerstreben!)
Vom Holzstoß dich, wozu dich der Barbar
Verdammt, auf einen Thron, den du verdienst, zu heben!

34.

Die Liebe öffnet dir der Hoheit Sonnenbahn:
Auf, mache sie von deinem Ruhm erschallen!
Nimm diese Hand, die dir sich schenket, an:
In einem Wink soll dein Verfolger fallen,
Und all sein Volk, wie Staub, um deine Füße wallen.
Im ganzen Harem ist mir alles untertan;
Vertraue dich der Liebe sichern Händen,
Und, was sie wagte, wird dein eigner Mut vollenden!«

35.

»Hör auf, o Königin! Dein Antrag häufet bloß
Mein Leiden durch die Qual dir alles abzuschlagen.
O! warum zwingst du mich's zu sagen?
Ich kaufe mich durch kein Verbrechen los!«
»Ist's möglich«, ruft sie, »kann so weit der Unsinn gehen?
Unglücklicher, im Angesicht
Der Flamme, die bereits aus deinem Holzstoß bricht,
Kannst du Almansaris und einen Thron verschmähen?«

36.

»Sag mir«, versetzt er, »Königin,
Ich könne dir mit meinem Blute nützen,
So soll die Lust, womit ich eil es zu verspritzen,
Dir zeigen, ob ich unerkenntlich bin!
Ich kann, zum Danke, dir mein Herzensblut, mein Leben,
Nur meine Ehre nicht, nicht meine Treue geben.
Wer Ich bin weißt du nicht, vergiß nicht wer Du bist,
Und mute mir nichts zu, was mir unmöglich ist.«

37.

Almansaris, aufs Äußerste getrieben
Durch seinen Widerstand, sie wendet alles an,
Was seine Treu durch alle Stufen üben
Und seinen Mut ermüden kann.
Sie reizt, sie droht, sie fleht, sie fällt, verloren
In Lieb und Schmerz, vor ihm auf ihre Kniee hin:
Doch unbeweglich bleibt des Helden fester Sinn,
Und rein die Treu, die er Amanden zugeschworen.

38.

»So stirb denn, weil du willst!« – ruft sie, des Atems schier
Vor Wut beraubt, »ich selbst, ich will an deinem Leiden
Mein gierig Aug mit heißer Wollust weiden!
Stirb als ein Tor! des Starrsinns Opfertier!«
Schreit sie mit funkelndem Aug, und flucht der ersten Stunde
Da sie ihn sah, verwünscht mit bebendem Munde
Sich selbst, und stürmt hinweg, und hinter ihr

Schließt wieder klirrend sich des Kerkers Eisentür.

39.

Inzwischen hatte das Gerüchte,
Das Unglücksmären gern verbreitet und verziert,
Von ihrem Herrn die traurige Geschichte
Auch Scherasmin und Fatmen zugeführt.
Der schöne Hassan, hieß es, sei im Bade
Vom Sultan mit Almansaris allein
Gefunden worden, und morgen ohne Gnade
Werd er, im großen Hof, ein Raub der Flammen sein.

40.

Ob Hüon schuldlos sei, war ihnen keine Frage;
Sie kannten ja der Sachen wahre Lage.
Doch, hätt er auch gefehlt, so war er mitleidswert.
In Fällen dieser Art wird echte Treu bewährt.
Anstatt die Zeit mit Jammern zu verderben,
Beschlossen sie, das Äußerste für ihn
Zu wagen, um ihn noch aus dieser Not zu ziehn,
Und, schlüg es fehl, mit ihrem Herrn zu sterben.

41.

Kurz eh der Tag begann, gelingt es Fatmens Mut
Und Wachsamkeit, die Hüter zu betrügen,
Und unerkannt sich bis ins Schlafgemach zu schmiegen,
Wo Rezia, von Hüon träumend, ruht.
Des unverhofften Wiedersehens Freude
Macht einen Augenblick sie sprachlos alle beide.
Das erste Wort, das Fatme sprechen kann,
Ist Hüon, ist Bericht von dem geliebten Mann.

42.

»Was sagst du, goldne Amme?« ruft Amande,
Und fällt ihr um den Hals – »Mein Hüon, mir so nah?
Wo ist er?« – »Ach! Prinzessin, was geschah!
(Schluchzt jene weinend) Hilf! zerreiße seine Bande!
Spreng seinen Kerker auf! Dem Unglückselgen droht,

Aus Liebe bloß zu dir, ein jämmerlicher Tod.«
Und drauf erzählt sie ihr genau die ganze Sache,
Und ihres Ritters Treu und der Sultanin Rache.

43.

»Schon«, ruft sie, »steht der Holzstoß aufgetürmt,
Nichts rettet ihn, wenn ihn nicht Zoradine schirmt!«
Mit einem Schrei der Angst, halb sinnlos, fährt Amande
In wilder Hast von ihrem Lager auf,
Wirft, wie sie steht, im leichten Nachtgewande,
Den Kurdé[2] um, und eilt in vollem Lauf
Des Sultans Zimmer zu, durch alle Sklavenwachen,
Die sie mit Wunder sehn, und schweigend Platz ihr machen.

44.

Sie dringt hinein, nichts achtend daß es früh
Am Tage war, und wirft mit lilienblassen Wangen,
Und Haaren, die zerstreut um ihre Schultern hangen,
Sich vor dem Sultan auf die Knie:
»Almansor, laß mich nicht vergebens
Dir knieen! Schwöre, wenn mein Leben dir
Erhaltenswürdig scheint, daß du die Bitte mir
Gewähren willst! Es gilt die Ruhe meines Lebens!«

45.

»Begehr, o Schönste«, spricht erstaunt und froh zugleich
Der Sultan, »laß mich nicht in Ungewißheit schweben!
Dir zu gefallen ist mein feurigstes Bestreben;
Begehre frei! Mein Schatz, mein Thron, mein Reich,
Nichts ist zuviel, was ich zu geben
Vermag. Ein einzigs nur behält sich Mansor vor,
Dich selbst!« – »Du schwörst es mir?« – Der liebestrunkne Mohr
Beschwört's. – »So schenke mir des Gärtners Hassan Leben!«

46.

»Wie?« ruft er mit bestürzter Miene,
»Welch eine Bitte, Zoradine?
Was geht das Leben dich von diesem Sklaven an?«

»O, viel, Almansor, viel! Mein eignes hängt daran!«
»Sprichst du im Fieber? Schwärmest du? Verzeihe,
Doch, du mißbrauchst des unbegrenzten Rechts
Das dir die Schönheit gibt. – Am Leben eines Knechts
Der sein Verbrechen büßt?« – »Er büßt für seine Treue!

47.

Mir ist sein Herz bekannt, er hält an seiner Pflicht,
Ist schuldlos, ist ein Mann von unverletzter Ehre;
Und doch – o Mansor! – wenn er schuldig wäre,
So räche sein Vergehn an Zoradinen nicht!«
Mit Augen die von kaum verhaltnem Grimme funkeln
Ruft Mansor: »Grausame, was quält dein Zögern mich!
Welch ein Geheimnis dämmert aus dem dunkeln
Verhaßten Rätsel auf! Was ist dir Hassan? Sprich!«

48.

»So wiß es denn, weil mich die Not zum Reden zwinget,
Ich bin sein Weib! Ein Band, das nichts zerreißen kann,
Ein Band, gewebt im Himmel selber, schlinget
Mein Glück, mein Alles fest an den geliebten Mann.
Uns drückt mit seiner ganzen furchtbarn Schwere
Des Schicksals Arm – Wer weiß, wie bald an dich
Die Reihe kommt! – Du siehst mich elend – Ehre
Mein Leiden, Glücklicher! – Du kannst es, rette mich!«

49.

»Wie? du bist Hassans Weib, und liebst ihn?« – »Über alles!«
»Unglückliche, er ist dir ungetreu!«
»Er ungetreu? Die Ursach seines Falles,
Ich bin's gewiß, ist einzig seine Treu.«
»Ich glaube was ich sah!« – »So ward er erst betrogen,
Und du mit ihm!« – Mit zürnendem Gesicht
Spricht Mansor: »Spanne nicht den Bogen,
Zu stolz auf deinen Reiz, so lange bis er bricht!

50.

Dein Hassan stirbt – und ich kann nichts, als dich beklagen.«

»Er stirbt?« schreit Rezia – »Tyrann,
Er, dem ein Wort von dir das Leben schenken kann,
Er stirbt? Du hast ein Herz mir das zu sagen?«
»Er hat des Harems Zucht verletzt«,
Erwidert Mansor kalt; »ihm ist der Tod gesetzt!
Doch, weil du willst, so sei des Sklaven Leben,
Sein Leben oder Tod, in deine Hand gegeben!

51.

Gib, Schönste, mir ein Beispiel edler Huld
Gib mir die Ruh, die du mir raubtest, wieder
Ich lege Kron und Reich zu deinen Füßen nieder
Ergib dich mir, so sei dem Frevler seine Schuld Geschenkt!
Er zieh, mit königlichen Gaben
Noch überhäuft, zu seinem Volk zurück!
O zögre nicht, die Güte selbst zu haben
Die du begehrst! – Ein Wort macht mein und sein Geschick.«

52.

»Unedler!« ruft mit eines Engels Zürnen
Das schöne Weib, »so teuer kauft der Mann,
Den Zoradine liebt, sein Leben nicht! – Tyrann,
Kennst du mich so? – Die schlechteste der Dirnen,
Die mich bedienten einst, verschmähte deinen Thron
Und dich um solchen Preis! Zwar steht, uns zu verderben,
In deiner Macht: doch, hoffe nicht davon
Gewinn zu ziehn – Barbar, auch Ich kann sterben.«

53.

Der Sultan stutzt. Ihn schreckt des edeln Weibes Mut.
Sein feiges Herz wird mehr von ihrem Dräun gerühret
Als da sie bat; doch, ihre Schönheit schüret
Das Feuer der Begier zugleich in seinem Blut.
Was sagt' er nicht ihr Herz mit Liebe zu bestechen!
Wie bat er sie! wie schlangenartig wand
Er sich um ihren Fuß! – Umsonst! Ihr Widerstand
War nicht durch Drohungen, war nicht durch Flehn zu brechen.

54.

Sie blieb darauf, ihr soll der Tod willkommner sein.
Der Sultan schwört mit fürchterlicher Stimme
Bei Mahoms Grab, nichts soll vor seinem Grimme
Sie retten, geht sie nicht sogleich den Antrag ein.
»Ist's nicht mein letztes Wort, soll Allah mich verdammen!«
Hört man den Wütenden bis in den Vorsaal schrein:
»Entschließe dich, sei auf der Stelle mein,
Wo nicht, so stirb mit dem Verworfnen in den Flammen!«

55.

Sie sieht ihn zürnend an, und schweigt. – »Entschließe dich!«
Ruft er zum zweiten Mal. – »O so befreie mich
Von deinem Anblick«, spricht die Königin der Frauen;
»Des Todes Grinsen selbst erweckt mir minder Grauen.«
Almansor ruft, und gibt, von Wut erstickt,
Den grausamen Befehl, und Höllenfunken sprühen
Aus seinem Aug. Der Schwarzen Erster bückt
Sich bis zur Erde hin, und schwört, ihn zu vollziehen.

56.

Schon steht der gräßliche Altar
Zum Opfer aufgetürmt; schon drängt sich, Schar an Schar,
Das Volk herzu, das, gern in Angst gesetzet,
An Trauerspielen dieser Art
Die Augen weinend labt, und schaudernd sich ergetzet.
Schon stehn, zum Leiden und zum Tode noch gepaart,
An einen Marterpfahl gebunden,
Die einzgen Liebenden, die Oberon rein erfunden.

57.

Ein edles Paar in Eins verschmolzner Seelen,
Das treu der ersten Liebe blieb,
Entschlossen, eh den Tod in Flammen zu erwählen,
Als ungetreu zu sein selbst einem Thron zu Lieb!
Mit nassem Blick, die Herzen in der Klemme,
Schaut alles Volk gerührt zu ihnen auf,
Und doch besorgt, daß nicht den freien Lauf

Des Trauerspiels vielleicht ein Zufall hemme.

58.

Den Liebenden, wie sie gebunden stehn,
Ist zwar der Trost versagt einander anzusehn;
Doch, über alles, was sie leiden
Und noch erwarten, triumphiert
Die reinste, seligste der Freuden,
Daß ihre Lieb es ist, was sie hierher geführt.
Der Tod, der ihre Treu mit ewgem Lorbeer ziert,
Ist ihres Herzens Wahl; sie konnten ihn vermeiden.

59.

Inzwischen siehet man mit Fackeln in den Händen
Zwölf Schwarze sich dem Opfer paarweis nahn.
Sie stellen sich herum, bereit es zu vollenden,
So bald der Aga winkt. Er winkt. Sie zünden an.
Und stracks erdonnert's laut, die Erde scheint zu beben,
Die Flamm erlischt, der Strick, womit das treue Paar
Gebunden stand, fällt wie versengtes Haar,
Und Hüon sieht das *Horn* an seinem Halse schweben.

60.

Im gleichen Augenblick, da dies
Geschah, zeigt sich von fern in zwei verschiednen Reihen,
Von ängstlicher Bekümmernis
Gespornt, Almansor hier, und dort Almansaris,
Er Zoradinen, Sie den Hassan zu befreien.
»Halt!« hört man sie aus allen Kräften schreien.
Auch stürzt mit blitzendem Schwert durch die erschrockne Menge
Ein *schwarzer Rittersmann* sich mitten ins Gedränge.

61.

Doch Hüon hat das Pfand, daß nun sein Oberon
Versöhnt ist, kaum mit wonnevollem Schaudern
An seinem Hals erblickt, so setzt er ohne Zaudern
Es an den Mund, und lockt den schönsten Ton
Daraus hervor, der je geblasen worden.

Sein edles Herz verschmäht ein feiges Volk zu morden:
»Tanzt«, ruft er, »tanzt, bis euch's den Atem raubt;
Dies sei die einzige Rache, die Hüon sich erlaubt.«

62.

Und wie das Horn ertönt, ergreift der Zauberschwindel
Zuerst das Volk, das um den Holzstoß steht,
Schwarzgelbes, lumpiges, halb nackendes Gesindel,
Das plötzlich sich, wie toll, im schnellsten Wirbel dreht;
Bald mischet sich mit allen seinen Negern
Der Aga drein; ihm folgt – was Füße hat
Bei Hof, im Harem, in der Stadt,
Vom Sultan an bis zu den Wasserträgern.

63.

Unlustig faßt der Schach – Almansaris beim Arm;
Sie sträubt sich; doch was hilft sein Unmut und ihr Sträuben,
Der Taumel reißt sie fort, sich mitten in den Schwarm
Der Walzenden mit ihm hinein zu treiben.
In kurzem ist ganz Tunis in Alarm,
Und niemand kann auf seiner Stelle bleiben:
Selbst Podagra, und Zipperlein und Gicht
Und Todeskampf befreit von dieser Tanzwut nicht.

64.

Indessen, ohne auf das Possenspiel zu blicken,
Hält das getreue Paar, in seligem Entzücken,
Sich sprachlos lang umarmt. Kaum hat ihr Busen Raum
Für diesen Überschwang von Freuden.
Er ist nun ausgeträumt der Prüfung schwerer Traum!
Nichts bleibt davon als was ihr Glück verschönt:
Gebüßt ist ihre Schuld, das Schicksal ausgesöhnt,
Aufs neu von ihm vereint, kann nun sie nichts mehr scheiden!

65.

Teilnehmend inniglich, sieht, noch auf seinem Roß,
Der biedre Scherasmin (Er war der schwarze Ritter)
Der Wonne zu, worin ihr Herz zerfloß.

Er ist's, der wie ein Ungewitter
Vorhin daher gestürmt, um das geliebte Paar
Zu retten aus der feigen Mohren Händen,
Und, schlüg's ihm fehl, ein Leben hier zu enden,
Das, ohne sie, ihm unerträglich war.

66.

Er springt herab, drängt durch den tollen Reigen
Mit Fatme, die ihm folgte, sich hinan,
Den Liebenden von ihrem Throne steigen
Zu helfen, und sie im Triumphe zu empfahn.
Groß war die Freude, doch sie schwoll noch höher an,
Da sie den wohl bekannten Wagen,
Von Schwanen durch die Luft, stets niedriger, getragen,
Zu ihren Füßen nun auf einmal halten sahn.

67.

Sie stiegen eilends ein – Die Mohren mögen tanzen
So lang es Oberon gefällt!
(Wiewohl der Alte raspeln oder schanzen
Für eine beßre Kurzweil hält.)
Der lüftge Phaethon, fliegt leicht und ohne Schwanken,
Sanft wie der Schlaf, behender als Gedanken,
Mit ihnen über Land und Meer,
Und Silberwölkchen wehn, wie Fächer, um sie her.

68.

Schon tauchte sich auf Bergen und auf Hügeln
Die Dämmerung in ungewissen Duft;
Schon sahen sie den Mond in manchem See sich spiegeln,
Und immer stiller ward's im weiten Reich der Luft;
Die Schwanen ließen itzt mit sinkendem Gefieder
Allmählich sich bis auf die Erde nieder:
Als plötzlich, wie aus Abendrot gewebt,
Ein schimmernder Palast vor ihren Augen schwebt.

69.

In einem Lustwald, mitten zwischen

Hoch aufgeschoßnen vollen Rosenbüschen,
Stand der Palast, von dessen Wunderglanz
Der stille Hain und das Gebüsche ganz
Durchschimmert schien – »War's nicht an diesem Orte«,
Spricht Hüon leis und schaudernd – Doch, bevor
Er's ausspricht, öffnet schnell sich eine goldne Pforte,
Und zwanzig Jungfraun gehn aus dem Palast hervor.

70.

Sie kamen, schön wie der Mai, mit ewig blühenden Wangen.
Gekleidet in glänzendes Lilienweiß,
Die Erdenkinder zu empfangen
Die Oberon liebt. Sie kamen tanzend, und sangen
Der reinen Treue unsterblichen Preis.
»Komm«, sangen sie (und goldne Zimbeln klangen
In ihren süßen Gesang, zu ihrem lieblichen Tanz)
»Komm, trautes Paar, empfang den schönen Siegeskranz!«

71.

Die Liebenden – sich kaum besinnend – in die Wonne
Der andern Welt verzückt – sie wallen, Hand in Hand,
Den Doppelreihen durch: als, gleich der Morgensonne
In ihrem Bräutgamsschmuck, der *Geist* vor ihnen stand.
Nicht mehr ein Knabe, wie er ihnen
In lieblicher Verkleidung sonst erschienen –
Ein Jüngling, ewig schön und ewig blühend, stand
Der *Elfenkönig* da, den *Ring* an seiner Hand.

72.

Und ihm zur Seite glänzt, mit ihrer Rosenkrone
Geschmückt, *Titania,* in mildem Mondesglanz.
In beider Rechten schwebt ein schöner Myrtenkranz.
»Empfange«, sprechen sie mit liebevollem Tone,
»Du treues Paar, zum edlen Siegeslohne,
Aus deiner Freunde Hand den wohl verdienten Kranz!
Nie wird von euch, so lang ihr dieses Zeichen
Von unsrer Huld bewahrt, das Glück des Herzens weichen.«

73.

Kaum daß das letzte Wort von Oberons Lippen fiel,
So sah man aus der Luft sich eine Wolke neigen,
Und aus der Wolke Schoß, bei goldner Harfen Spiel,
Mit Lilien vor der Brust drei Elfentöchter steigen.
Im Arm der dritten lag ein wunderschöner Knab,
Den sie, auf ihren Knien, Titanien übergab.
Süß lächelnd bückt zu ihm die Königin sich nieder,
Und gibt, mit einem Kuß, ihn seiner Mutter wieder.

74.

Und, unterm Jubelgesang der Jungfraun, die in Reihn
Vor ihnen her den Weg mit Rosen überstreun,
Ziehn durch die weite goldne Pforte
Die Glücklichen hinein in Oberons Freudenhaus.
Was sie gesehn, gehört, an diesem schönen Orte,
Sprach ihre Zunge nie beim Rückerinnern aus.
Sie sahn nur himmelwärts, und eine Wonneträne
Im glänzenden Auge verriet wohin ihr Herz sich sehne.

75.

In einen sanften Schlaf verlor sich wonniglich
Der selge Traum. Und mit dem Tage fanden
Sie beide, Arm in Arm, wie neu geboren, sich
Auf einer Bank von Moos. Zu ihrer Seite standen
Im leicht umschattenden Gebüsch,
Reich aufgeschmückt, vier wunderschöne Pferde,
Und ringsum lag ein schimmerndes Gemisch
Von Waffen, Schmuck und Kleidern auf der Erde.

76.

Herr Hüon, dem das Herz von Freude überfloß,
Weckt seinen Alten auf; Amande
Sucht ihren Sohn, der noch auf Fatmens Schoß
Sanft schlummernd lag. Sie sehn sich um. Wie groß
Ist ihr Erstaunen! – »Herr, in welchem Lande
Glaubt ihr zu sein?« ruft Scherasmin entzückt
Dem Ritter zu – »Kommt, seht von diesem Stande

Nach Westen hin, und sagt, was ihr erblickt!«

77.

Der Ritter schaut hinaus, und traut
Dem Anblick kaum. – Er, der so viel erfahren,
Und dessen Augen so gewöhnt an Wunder waren,
Glaubt kaum was er mit offnen Augen schaut.
Es ist die *Sein'*, an deren Bord sie stehen!
Es ist *Paris,* was sie verbreitet vor sich sehen!
Er reibt sich Aug und Stirn, schaut immer wieder hin,
Und ruft: »Ist's möglich, daß ich schon am Ziele bin?«

78.

Nicht lange schaut er hin, vor Freude ganz betroffen,
So stellt sich ihm ein neues Schauspiel dar.
Ihm däucht, daß alles um die Burg in Aufruhr war.
Man hört Trommetenschall, und eine Ritterschar
Trabt dem Turnierplatz zu, die Schranken stehen offen.
»Mein Glück«, ruft Hüon, »läßt mein Hoffen
Stets hinter sich. Geh, Freund! wofern nicht alles mich
Betrügt, gibt's ein Turnier; geh, und erkundge dich.«

79.

Der Alte geht. Inzwischen wird Amande
Von Fatmen angekleidt. Denn, was sie haben muß,
Sich, mit dem Glanz, der ihrem hohen Stande
Und ihrer Schönheit ziemt, in diesem fremden Lande
Zu zeigen, fanden sie im reichsten Überfluß
Gehäuft zu ihren Füßen liegen.
Herr Hüon läßt indes, mit manchem Vaterkuß,
Den kleinen Hüonnet auf seinem Knie sich wiegen,

80.

Und sieht, mit inniglicher Lust,
Das schöne Weib, durch alles fremde Zieren
Und Schimmern nichts gewinnen noch verlieren.
Ob eine Rose ihre Brust
Umschattet, ob ein Strauß von blitzenden Juwelen

In Glanz sie hüllt – stets durch sich selber schön
Und liebeatmend, scheint durch Den
Ihr nichts geliehn, bei Jener nichts zu fehlen.

81.

Der Alte kommt itzt mit der Nachricht an,
Drei Tage sei bereits der Schranken aufgetan.
»Karl, (spricht er) immer noch durch seinen Groll getrieben,
Hat ein Turnier im Reiche ausgeschrieben:
Und ratet, welchen Dank der Sieger heut erhält!
Nichts Kleiners, Herr, als – *Hüons Land und Lehen!*
Denn, euch aus Babylon mit Ruhm gekrönt zu sehen,
Ist was dem Kaiser nicht im Schlaf zu Sinne fällt.«

82.

»Auf, waffne mich«, ruft Hüon voller Freuden;
»Willkommner konnte mir kein andre Botschaft sein.
Was die Geburt mir gab, sei nun durch Tugend mein!
Verdien ich's nicht, so mag's der Kaiser dem bescheiden
Der's würdig ist!« – Er sagt's, und siehet Rezia
Ihm lächelnd stillen Beifall nicken.
Ihr Busen klopft ihm Sieg! – In wenig Augenblicken
Steht glänzend schon ihr Held in voller Rüstung da.

83.

Sie schwingen sich zu Pferd, die Ritter und die Frauen,
Und ziehen nach der Stadt! und allenthalben schauen,
Von ihrer Pracht entzückt, die Leute nach, und wer
Die Gassen müßig tritt, läuft hinter ihnen her.
Bald langt mit Rezia Herr Hüon vor den Planken
Der Stechbahn an. Er läßt, nachdem er sich bei ihr
Beurlaubt, Scherasmin zu ihrem Schützer hier,
Zieht sein Visier herab, und reitet in die Schranken.

84.

Ein lautes Lob verfolgt von beiden Seiten ihn,
Ihn, der an Anstand und an Stärke
Den besten, die der ritterlichen Werke

Bisher gepflegt, weit überlegen schien.
Scheel sehend stand am Ziel, auf seinem stolzen Roß,
Der Ritter, der in diesen dreien Tagen
Des Rennens Preis davon getragen,
Und mit den Fürsten sah der Kaiser aus dem Schloß.

85.

Herr Hüon neigt, nach ritterlicher Weise,
Sich vor dem Kaiser tief, dann vor den Damen und
Den Richtern – tummelt drauf im Kreise
Den mutgen Hengst herum, und macht dem Sieger kund,
Daß er gekommen sei, den Dank ihm abzujagen.
Er sollte zwar erst Stand und Namen sagen;
Allein sein Schwur, daß er ein *Franke* sei,
Und seines Aufzugs Pracht, macht vom Gesetz ihn frei.

86.

Er wiegt und wählt aus einem Haufen Speere
Sich den, der ihm die meiste Schwere
Zu haben scheint, schwingt ihn mit leichter Hand,
Und stellt, voll Zuversicht, sich nun an seinen Stand.
Wie klopft Amandens Herz! wie feurige Gebete
Schickt sie zu Oberon und allen Engeln ab,
Als itzt die schmetternde Trompete
Den Ungeduldigen zum Rennen Urlaub gab!

87.

Dem Ritter, der bisher die Nebenbuhler alle
Die Erde küssen hieß, schwillt mächtiglich die Galle,
Daß er gezwungen wird, auf diese neue Schanz
Sein Glück und seinen Ruhm zu setzen.
Er war ein Sohn des Doolin von Maganz,
Und ihm war Lanzenspiel kaum mehr wie Hasenhetzen.
Er stürmet, wie ein Strahl aus schwarzer Wolken Schoß,
In voller Wut auf seinen Gegner los.

88.

Doch, ohne nur in seinem Sitz zu schwanken,

Trifft Hüon ihn so kräftig vor die Brust,
Und wirft mit solcher Macht ihn seitwärts an die Planken
Daß alle Rippen ihm von seinem Fall erkranken.
Zum Kampf vergeht ihm alle weitre Lust;
Vier Knappen tragen ihn ohnmächtig aus den Schranken.
Ein jubelnd Siegsgeschrei prallt an die Wolken an,
Und Hüon steht allein als Sieger auf dem Plan.

89.

Er bleibt am Ziel noch eine Weile stehen,
Ob jemand um den Dank noch kämpfen will, zu sehen;
Und da sich niemand zeigt, eilt er mit schnellem
Trab Amanden zu, die, hoch auf ihrem schönen Rosse,
Wie eine Göttin glänzt, und führt sie nach dem Schlosse.
Sie langen an. Er hebt gar höflich sie herab,
Und führt sie, unterm Vivatrufen
Des Volks, hinauf die hohen Marmorstufen.

90.

Wie eine Silberwolk umwebt
Amandens Angesicht ein undurchsichtger Schleier,
Durch den sich jedes Aug umsonst zu bohren strebt.
Voll Ungeduld, wie sich dies Abenteuer
Entwickeln werde, strömt die Menge ohne Zahl
Dem edeln Paare nach. Itzt öffnet sich ein Saal;
Hoch sitzt auf seinem Thron, von seinem Fürstenrate
Umringt, der alte Karl in kaiserlichem Staate.

91.

Herr Hüon nimmt den Helm von seinem Haupt,
Und tritt hinein, in seinen schönen Locken
Dem Gott des Tages gleich. Und alle sehn erschrocken
Den Schnell-erkannten an. Der alte Kaiser glaubt
Des Ritters Geist zu sehn. Und Hüon, mit Amanden
An seiner Hand, naht ehrerbietig sich
Dem Thron, und spricht: »Mein Lehnsherr! siehe mich,
Gehorsam meiner Pflicht, zurück in deinen Landen!

Denn, was du zum Beding gemacht
Von meiner Wiederkehr, mit Gott hab ich's vollbracht!
In diesem Kästchen sieh des Sultans Bart und Zähne,
An die, o Herr, nach deinem Wort, ich Leib
Und Leben aufgesetzt – und sieh in dieser Schöne
Die Erbin seines Throns, und mein geliebtes Weib!«
Mit diesem Worte fällt von Reziens Angesichte
Der Schleier ab, und füllt den Saal mit neuem Lichte.

93.

Ein Engel scheint, in seinem Himmelsglanz,
(Gemildert nur, damit sie nicht vergehen)
Vor den Erstaunten da zu stehen:
So groß, und doch zugleich so lieblich anzusehen,
Glänzt Rezia in ihrem Myrtenkranz
Und silbernen Gewand. Die Königin der Feen
Schmiegt, ungesehen, sich an ihre Freundin an,
Und alle Herzen sind ihr plötzlich untertan.

94.

Der Kaiser steigt vom Thron, heißt freundlich sie willkommen
An seinem Hof. Die Fürsten drängen sich
Um Hüon her, umarmen brüderlich
Den edeln jungen Mann, der glorreich heim gekommen
Von einem solchen Zug. Es stirbt der alte Groll
In Karls des Großen Brust. Er schüttelt liebevoll
Des Helden Hand, und spricht: »*Nie fehl es unsern Reiche
An einem Fürstensohn, der Dir an Tugend gleiche!*«

Anmerkungen

1 *Glorie,* XII. 16. »Wie eine Glorie.« – Wenigstens in *dieser zu* unsrer *Malerkunstsprache* gehörigen Bedeutung, in welcher es das Bild des sich öffnenden Empyreums und der Erscheinung himmlischer Wesen, Engel, und Heiligen, in der Phantasie erregt, sollte, dünkt uns, dieses zwar fremde, aber schon in Kaisersbergers Postille und einigen unsrer ältesten Kirchenlieder vorkommende, und also längst verbürgerte Wort beibehalten werden. Aber auch bloß als poetische Farbe ist es der Dichtersprache, um den höchsten Grad von Ruhm, Herrlichkeit und Majestät auszudrücken, (wie so manche andre Wörter, deren man uns ohne Not oder Nutzen berauben will) unentbehrlich.

2 *Kurdé,* XII. 43. Ein weites Oberkleid der Türkischen Damen. S. Letters of Lady M. Worthley Montague, L. XXIX.